歡迎來到
電影小吃店

火星爺爺——著

獻給「創意王」課堂的同學們

誠摯推薦

吳俊賢／花旗銀行前副總裁

何榮樹／創投總經理

段鍾沂／滾石唱片董事長

陳正然／蕃薯藤創辦人

陳敏慧／台灣萊雅前總裁

詹炳發／新光證券董事長

羅秀瑩／甲上娛樂副總經理

（依姓氏筆畫數排列）

目次

一、老曹的炸豬排

六十五歲的退伍軍人老曹半夜夢遊，手裡拿了一把菜刀，一路狂奔，朝著一處鐵皮圍起來的廢棄加油站衝了進去。他停下腳步，氣喘吁吁，四處張望後大叫一聲：「你們給我出來！」

老曹的身高一百六十五公分，挺著一個小號鮪魚肚，退休七年經常運動，看上去要比實際年齡年輕一些。他是被一位三十八歲、叫阿珠的女人騙光積蓄之後，才開始夢遊的。

老伴過世五年多，他一直想找個伴，一年前有人介紹阿珠給他。阿珠個子不高，相貌姣好，說起話來聲音細柔，明顯有外地人口音，是一位溫柔寡言的女人。

阿珠曾經是一位外籍配偶，因爲生不出小孩而經常被愛喝酒的先生家暴。後來她受不了，向法院訴請離婚。法院判准離婚後，阿珠獨自謀生，在一家賣藥燉排骨跟臭豆腐的小吃店工作。

認識阿珠之後，老曹經常在中午的用餐高峰過後去小吃店裡用餐。老曹總是點一樣的東西：一碗藥燉排骨麵線，再加上一盤油炸臭豆腐。吃什麼不是重點，重點是阿珠。店裡客人不多的時候，老曹就找機會跟阿珠聊上幾句，聊著聊著，兩人也就逐漸熟稔。加上後來阿珠也有意靠近，兩人就慢慢走在一起。

一開始老曹還擔心兩人的年紀相差太大，怕相處不來，也怕街坊鄰居們說閒話。但是阿珠完全不介意，她經常下班後就來陪老曹聊天。與其說阿珠是來跟老曹聊天，不如說阿珠是來當老曹的聽眾。阿珠是個好聽眾，不管老曹說什麼，不管有些內容老曹其實重複說了又說，阿珠還是聽得津津有味。

老曹是一個有故事的人，四十年的軍旅生涯讓他看盡軍中人情冷暖，能說的故事可多了。只是那些故事他反覆說了又說，身邊的人早就聽膩了。老曹的處境尷尬，他沒有新故事可以說，而那些老故事又沒有新的聽眾可以聽。遇見阿珠，情況改變了，阿珠想聽。對老曹這樣年紀的人來說，自己的故事只要有人想聽，就是知音。

阿珠不只是個好聽眾，藥燉排骨店休假時，她還會來爲老曹做飯，幫他洗衣服，陪他泡茶吃點心。後來，還會陪他睡覺。老曹常想，他怎麼會這麼幸運呢？一把年紀，還有一位小他快三十歲的女人當伴侶，願意陪他、聽他說話、把他的生活照顧得妥妥貼貼……看來，他上輩子應該幹了不少好事。

相處一年，老曹覺得阿珠是一位可以共度餘生的人，就問阿珠，願不願意嫁給他？阿珠答應了。沒想到，在公證結婚前幾天，阿珠偷走老曹的存摺跟印章，領光他的積蓄，跑了。原來阿珠腳踏兩條船，跟老曹在一起的同時，也跟一位小白臉往來。

原來，一切都是騙局。老曹的心好痛，每天劇痛五百次，感覺胸口被一列載滿乘客的高鐵列車碾過，而列車上坐滿了訕笑他的人。

爲什麼看起來如此安靜溫柔的人會做出那麼惡毒的事？那些情意都是假的嗎？那些善待都是裝的嗎？那些「歲月靜好」都他媽騙人的嗎？更不堪的是，阿珠拿了他的錢，轉身就去倒貼小白臉。老曹輾轉得知後，更是羞愧、痛恨到無以復加，憂憤到活不下去（天啊！他還以爲自己老當益壯，能滿足虎狼之年的阿珠）。

老曹拿錢給阿珠，阿珠拿了錢轉手就給小白臉。也就是說，老曹的錢最後是拿去倒貼了小白臉……眞他媽太可惡了！「你小白臉年輕力壯有本事，爲什麼要來啃我這種沒本事、只剩棺材本的老頭？蛤？這種事你們怎麼幹得出來？」老曹心想，他怎麼會這麼不幸呢？一把年紀，還被一位小他快三十歲的女人欺騙，騙到渾渾噩噩、毫無所覺……看來，他上輩子應該幹了不少壞事。

老曹報了案，然後三天兩頭跑警察局，關心案子的偵查進度。停不住的焦躁跟憂慮，讓老曹一下子蒼老好幾歲，白髮比一年前多了不少。如今看上去，他比實際的年齡要老一些。白天的老曹心神不寧，夜裡的他更難以入睡。好不容易睡著，也是一睡著就做夢，夢裡都是阿珠。老曹開始夢遊。

幾乎都是同樣的情節：老曹夢見阿珠來家裡，故作熱絡喝茶，直到老曹醒悟阿珠拿走他全部積蓄，要阿珠還錢，但阿珠不肯，轉身就跑出門。現實裡的老曹於是就從床上起身夢遊，出門追著阿珠跑……老曹拚命跑、拚命跑，但他畢竟有點歲數，拚命跑也追不上夢裡的阿珠，只能在阿珠背後聲嘶力竭的吶喊：「妳不要走，妳不要走！妳把錢還給我！」那可是他人生最後，僅剩的保命錢啊！

那就是老曹被騙光積蓄後所過的生活：他白天追著阿珠的下落，夜裡又追著阿珠還錢。阿珠已經離開老曹，但是老曹的生活卻全都是阿珠，沒有別的主題。

那一晚，老曹再一次夢見阿珠，只不過這一次夢裡不只有阿珠，年輕的小白臉也一起出現在老曹家裡。他們倆不僅不理會老曹還錢的要求，還變本加厲將老曹羞辱一番……老曹氣不過，再一次起身夢遊。他先衝到廚房抄起一把菜刀回到客廳，夢裡的兩人快速奪門而出，現實裡的老曹也跟著追出去。

夢裡阿珠跟小白臉跑得飛快，還回頭嘲笑老曹追不到。現實裡的老曹揮舞著菜刀拚命跑，一邊喘，一邊大喊：「你們給我停下來！有種、有種就不要跑！」結果，老曹跑到一間被鐵皮圍起來的廢棄加油站，氣喘吁吁。一進加油站後張望半天，卻看不到阿珠跟小白臉，就在空曠的加油站裡大喊：「你們給我出來！」

他前前後後找了半天，都沒看到人。那是凌晨三點半，不知道爲什麼，突然間有一隻塊頭不大、不太有生氣的黑毛豬闖進來（沒有這隻豬，後面的故事無以爲繼，請你不要再苦苦追問這隻豬的來歷）。

老曹根本分不清楚夢境跟現實，他把那隻黑毛豬當成阿珠，衝上去將黑毛豬撲倒。他畢竟鍛鍊過，加上恨意催出蠻力，他用下半身跟左手壓住黑毛豬的身子，右手手起刀落，往黑毛豬的頸子和胸口，又劈又刺又砍的一連十幾刀……

無辜的黑毛豬遭遇奇襲被砍了好幾刀，無助又淒厲的哀嚎聲響徹深夜漆黑的加油站，好像是有人拿了一把利剪，唰唰唰，利索的剪開一整夜暗黑的布幕……要說有多詭異，就有多詭異。

沒多久，黑毛豬停止哀嚎，牠的身子在老曹懷裡沒了掙扎，破舊的廢棄加油站像是再一次被黑夜的死寂按下「靜音鍵」，宛如什麼事都沒發生過。老曹一番劈砍後氣喘不停、疲累不堪，逕自倒在一大片豬血泊中沉沉睡去，一覺無夢。

清晨，暈黃的天光，以及身上黏稠濕冷的寒意喚醒老曹。老曹醒來，發現自己置身在一間廢棄加油站，躺在一片血泊當中，身邊竟然還有一頭死豬……

他驚懼萬分，心跳加速……這、這到底、到底是發生了什麼事？他似乎做了一場夢，似乎在夢中拿菜刀砍了什麼而耗盡力氣……喔不，那不是夢，他是真拿菜刀砍了東西，天啊，原來他砍死了一隻豬！

老曹覺得很恐怖，這一刻砍死一隻豬，下一刻會砍死一個人嗎？砍死誰呢？剎那間，老曹意識到「恨意」的力量有多強大。如果他砍的是人，往後的人生就算夢遊，恐怕也只能在監獄裡面了。老曹想像自己在監獄囚室裡漫遊的畫面，那畫面震懾了他。

那一刻，老曹的身心完全被殺豬所帶來的驚嚇佔領，那份驚嚇無比強烈，以至於阿珠背叛帶來的痛楚竟然暫時消失了。驚魂甫定，老曹想著，要怎麼處理眼前的一切呢？既然豬殺都殺了，就不要浪費吧。

他慢慢起身，在附近找到一塊廢棄的木棧板，看起來適合拿來當砧板。他把棧板拖到黑毛豬旁邊坐下來，拿起菜刀將黑毛豬剖開，清出內臟。接著慢慢大部位的肢解豬隻，再將每一個部位，慢慢的剁成一塊一塊……

另一邊，老曹中年失婚的女兒一早醒來，發現爸爸不在房間，知道老爸應該又是夢遊去了，就急忙出門找老爸。她一路找、一路喊，來到被鐵皮圍起來的廢棄加油站外頭，聽到老爸回應她的呼叫：「我在這裡！加油站裡面！」

老曹的女兒循著聲音找到加油站入口，走進去一看，發現老爸拿著菜刀，渾身是血，身旁還有一堆切好的豬肉塊……她大吃一驚，發生了什麼事？老曹見女兒嚇壞了，要她先別驚慌。簡單交代事情源由後，就請女兒回家拿一些袋子，拉個拖板車來，把這些豬肉塊分裝帶回家。

老曹的女兒飛奔回家，一邊跑一邊哭，心想怎麼會發生這種事？她自己的事都操心不完，老爸還沒完沒了上演這一齣？夢遊就夢遊，怎麼還殺豬呢？現在殺豬以後會殺人嗎……無數的想法在她腦海飛快輪轉。

回到家，她急忙拿了幾條毛巾，準備一套給老爸換的新衣服，帶上一卷大尺寸的黑色塑膠袋，又裝了一大桶清水放上拖板車，匆忙趕回加油站。她先用濕毛巾幫老爸擦淨臉，脫下他血跡斑斑的衣服並擦去他身上的豬血漬，再換上新衣服。接著跟老爸一起把豬肉塊分裝進幾個塑膠袋，放上拖板車，跟老爸一起推著車慢慢走回家。一路上，兩人無言。

當天事出驚悚，老曹女兒想，不如用現成的豬腳煮鍋豬腳麵線，給老爸跟自己壓壓驚。可能是事情太驚悚，也可能是女兒做的豬腳麵線太好吃，那晚入睡，老曹一夜好眠無夢。

休息一天，老曹心想，既然豬肉是現成的，不如來炸豬排吧。老曹把肉片切厚拍薄，先裹一層薄薄的高筋麵粉，然後浸入蛋液，再裹上一層麵包粉，下油鍋炸（油溫一百七十度），先炸兩分半鐘，再翻面炸一分半鐘……他每一餐都炸，前面兩餐炸得普普通通，後來越炸越香酥，越炸越好吃。再搭配上紅蘿蔔馬鈴薯咖哩醬，一碗咖哩豬排飯，他跟女兒還有外孫吃得津津有味。

老曹女兒把炸好的豬排，分送給左右鄰居，大家吃完也都豎起大拇指說好吃。這給了老曹信心。老曹心想自己的積蓄沒了，人生還是要重新開始。既然鄰居覺得他炸的豬排好吃，不如就來炸豬排、賣炸豬排飯好了。

老曹說幹就幹，他把房子拿去貸款，借了錢出來租一家兩層樓的店面，賣起炸豬排飯。一開始街坊鄰居捧場，生意還過得去。後來，一位網紅無意間光顧店裡，喜歡上老曹的炸豬排口感，就跟老曹聊天，問他是怎麼開始炸豬排的？

老曹於是把半夜夢遊殺豬的故事，說給網紅聽。網紅一聽覺得超妙，寫了一篇圖文並茂的貼文分享到社群媒體。沒想到貼文爆紅，分享破千。大家嘖嘖稱奇，一塊炸豬排竟然有這種來歷，老爹夢遊殺豬還開起炸豬排店，太不可思議。

大家都很好奇，想來試試夢遊老爹炸出來的豬排究竟是何種滋味？於是老曹的店成了打卡名店，用餐時經常要排隊。老曹忙得不可開交，一大早要採買、備料、料理食材；開店要應對客人、收錢找錢、收桌面、清碗盤；打烊前還要洗鍋碗瓢盆、清掃、擦桌、結帳……忙碌一天後的老曹，夜裡睡得很沉，很少做夢。就算夢見阿珠，他也完全沒有力氣再追著她跑，逼她還錢了。

開店之後，老曹的生活有了重心，他再也沒有夢遊過。被阿珠騙光積蓄的記憶還在，但那段記憶如今只佔去老曹非常少的注意力。就像是一件放在衣櫃底層抽屜的藍色舊毛衣，只有在不小心打開抽屜，才會想起來：「對喔！原來還有這一件。」

老曹的心思，完全放在他的炸豬排。說來，必須感謝那頭黑毛豬，沒有那頭黑毛豬，就沒有今天的老曹。老曹覺得好奇妙，老天讓阿珠離開他，卻又讓一頭黑毛豬闖進他的生活。從某個角度看，老曹覺得自己跟那一頭豬好像：你得到額外的幸運，就會付出額外的代價。

能跟三十八歲的阿珠在一起，是老曹的幸運；賠光積蓄，是老曹的代價。黑毛豬能在深夜漫遊，是牠的幸運；賠上性命，則是牠的代價。很難想像，一頭黑毛豬，竟然能帶給老曹這樣的人生體悟。那麼，騙光老曹積蓄的阿珠，應該也會付出她應該付的代價吧。

有一段時間，老曹總是幻想著阿珠可能遭遇的各種悲慘下場：過馬路時被車撞飛；下雨天在路上被雷劈到；坐遊輪撞上冰山；搭飛機時被錯誤發射的飛彈擊落……先前，老曹就是靠著不斷幻想阿珠遭到報應來消解心頭之恨，但在開店七個月後，老曹終於徹底放下了。他知道只要自己好好炸豬排，那些被騙走的錢會再回來的。

至於阿珠，無論她往後發生什麼事都與老曹無關。就像衣櫃最底層抽屜的那件藍色舊毛衣，既然已經被老曹丟進舊衣回收箱，那麼衣服往後會再穿到誰的身上都不重要了。

有一天老曹突然發現，阿珠就像是一位擺渡人。擺渡人總是把人從河岸的這一邊，送到另外一邊。阿珠先是把老曹，擺渡到一處廢棄的加油站，讓老曹遇到一頭黑毛豬。接著那頭黑毛豬又將老曹擺渡到現在這一刻，成爲一家生意興隆的炸豬排店老闆。

曙光，總是出現在至暗的時刻，出現在一個人最走投無路的時刻。曙光，不一定有固定的樣貌，在老曹的人生末段出現的這道曙光，是一頭黑毛豬。自此之後，老曹再也沒有忿恨，他只有感謝。他感謝阿珠，感謝那頭黑毛豬，感謝後來光臨炸豬排店的所有客人。

那頭黑毛豬犧牲了自己的生命，讓老曹明白這一切，又給了他晚年的生活一個全新的起點……多麼像一位哲學家啊！

老曹的店一開始沒有招牌，後來爲了紀念那頭黑毛豬，他製作了招牌，他將店名取爲：

「深夜加油站遇見豬格拉底。」

二、女兒的豬腳麵線

多年後，「深夜加油站遇見豬格拉底」連鎖炸豬排飯的創辦人老曹，在面對第四家分店開幕時的排隊人潮，想起那個自己夢遊砍死一頭黑毛豬的遙遠深夜，以及隔天早晨回到家女兒做的那碗豬腳麵線，老曹才意識到那頭黑毛豬在改變他的人生之後，緊接著又將改變女兒的人生。

那一夜，老曹在廢棄加油站殺了一頭黑毛豬後，沉沉睡去。清晨，老曹女兒醒來打開房門，發現老爸的房門開著，裡頭沒有人，於是快速把屋子巡了個遍。客廳、浴室、廚房都沒看到人，天啊！老爸又夢遊去了。

顧不得梳洗，老曹的女兒立刻就出門找老爸。她一路找，一路喊著老爸，來到一處廢棄的加油站，聽見老爸回應她的呼叫。她走進加油站發現老爸渾身是血，右手拿著一把菜刀，面前放著一塊木棧板當砧板，正在肢解一隻豬……那個畫面太驚悚，她完全嚇壞了。老爸怎麼會跑來廢棄的加油站？怎麼會渾身是血？怎麼會在剁一隻豬？到底是發生什麼事？

老曹見女兒驚慌，趕忙說明情況——他半夜夢遊跑來這裡，也不知道爲什麼加油站裡出現一隻豬，他反正神智不清，莫名其妙就把那頭豬給殺了……既然殺了一頭豬就不要浪費，他請女兒趕快回家拿些袋子，拉個小拖車來把豬肉塊分裝帶回家去……對老曹的女兒來說，這一切，眞的太詭異了！

她一路飛奔回家，一邊跑一邊胡思亂想：老爸半夜夢遊就算了，怎麼還殺豬呢？這次殺豬，下次殺什麼？殺人嗎？眞讓人受不了，她的煩惱已經夠多了，老爸還嫌不夠嗎？這又是誰家的豬？黑毛豬的主人知道自己的豬被殺，會不會報警呢？老爸會不會被抓去關呢？如果被抓去關，她又要多久去探監一次老爸才不會難過呢？養豬人家會不會私下尋仇？這回老爸在加油站把人家的豬砍到渾身是血，下回會不會變成老爸被豬隻的主人砍到渾身是血呢？

這就是老曹的女兒，曹懷玉。她剛經歷第二次離婚不久，處於憂鬱低潮期，無論什麼事進到她腦海，都會像這樣被無止境的恐怖放大。

曹懷玉身形嬌小瘦弱，雙頰凹陷，臉上沒有笑容，看上去就像是北極圈裡正在經歷永夜的挪威北角。明明是四十多歲的女人，從背後看去卻容易被誤認爲是一位憂鬱、長不大的高中女生。

曹懷玉二十二歲就結婚，嫁給一位長她十歲的中小企業主二代。結果三年不到，第一段婚姻就以老公外遇告終。幸虧他們沒有孩子，曹懷玉當做自己年輕沒有見識，遇上花心大蘿蔔，認栽了。只是沒有想到，曹懷玉第二段婚姻，人看起來老實的老公，竟然也外遇了。

同樣的事情來兩次，曹懷玉開始覺得，應該是自己有問題。曹懷玉並沒有像其他經歷老公外遇的女人一樣抱怨起男人，沒有，她想的不是：「男人沒有一個好東西！」她想的是：「男人遇上我，終究要外遇！」

她的名字就不應該叫「曹懷玉」，應該叫「曹外遇」才對。也不能怪她這麼想，她的第二任老公名字就叫「李世忠」。李世忠！光看名字就覺得這個人很可靠，應該是會對老婆忠心一輩子的人吧？不然怎麼會取這種名字呢？然而一切都是誤會，沒用的。就算曹懷玉嫁給一個有這種名字的人，對方還是外遇了。真是叫人絕望。

第一段婚姻，老公大曹懷玉十歲；第二段婚姻，李世忠小她六歲。一開始，曹懷玉完全排斥姊弟戀，畢竟年紀大的都不可靠了，年紀輕的豈不是更花心？但是李世忠看起來很老實，而且他叫「李世忠」。當時他就對曹懷玉說，他會對老婆忠心一輩子，要不然怎麼會取這種名字呢？聽起來很有道理，對吧？

結果證明，那不過就是男人的甜言蜜語。男人追求女人的時候，什麼樣的甜言蜜語講不出來？女人啊！有三種人的話妳最好不要信：騙妳投資的人，不要信；一直要妳上繳功德金的師父，不要信；只會對妳甜言蜜語的男人，也不要信。信了，妳早晚會出事。

從結果來看，「李世忠」這個名字很明顯也是取錯了。他就不應該叫李世忠，應該要叫「李似忠」才對！就是表面上會對另一半忠心耿耿，實際上不會。不然怎會結了婚還外遇呢？

經歷第一段失敗的婚姻後，曹懷玉真的很謹慎在挑選未來伴侶，李世忠是她認真考慮過、精心篩選過的男人。怨只怨，一個男人會不會外遇，眞的無法透過名字、外表，以及當時的人品看出來。李世忠當時看起來那麼老實、安靜，那麼不愛嘻嘩，做事認眞又正派，怎麼看都不像是一個會拈花惹草的匪類啊！曹懷玉當年就是因爲這樣，才答應他的追求開始姐弟戀，最終甚至答應嫁給他。

結婚後他們生了個兒子，一家三口也的確過上幾年甜蜜幸福的家庭生活。事情開始出現變化，是從李世忠在公司被拔擢成業務部的單位主管之後。那一陣子，李世忠開始三天兩頭不回家吃飯，不是加班，就是應酬。應酬隔天，曹懷玉在換洗李世忠的衣服時，總會在襯衫上聞到淡淡的香水味。襯衫有香水味不是問題，男人在酒店應酬逢場作戲，這種事情，曹懷玉懂。問題是，每一次襯衫上的香水味聞起來都是同一款，這就不對勁了。

之後李世忠的出差行程開始變多，又是拜訪客戶，又是辦說明會，又是跟工廠開會，又是公司辦團隊共識營……一個月總會有兩、三次。有過前任老公外遇的經驗，曹懷玉對這種事很敏感，她直覺出事了：李世忠可能在外面有女人。

她感到恐慌。最後證實李世忠真的有小三，對象是一位年輕貌美、胸部大的酒店妹。李世忠所謂的「出差」，其實都是去找小三。事情暴露之後，李世忠倒也十分坦白，他完全不否認，甚至主動提離婚。他告訴曹懷玉：「很抱歉，我真的無法忍受再跟妳一起生活。」那句話，深深刺傷曹懷玉的心。

跟她一起生活，到底有多難以忍受？有過一次失敗婚姻，曹懷玉比以前更努力想經營好一個家庭、當一個好妻子。李世忠一回家，就有熱騰騰的飯菜（雖然不算美味）；他出門穿的每件衣服都燙得筆挺；家事全由曹懷玉一手包辦，沒讓李世忠換過一次燈泡、修過一次水管、通過一次馬桶；就連小孩的功課也不用他操心，曹懷玉也從沒少過對他噓寒問暖……老婆做到這種程度，容易嗎？你李世忠還有什麼不滿意？你到底還想要怎麼樣？

儘管一肚子怨氣，曹懷玉還是想挽回，畢竟孩子都還沒上國中。而且離過一次婚已經夠難堪，她不想再來第二次。曹懷玉心想，或許李世忠對「妻子」的標準比較高吧？沒關係，她可以努力，她可以改進。李世忠可能還年輕，對外面年輕妹妹的誘惑沒有抵抗力，等他「玩膩了」，也許就會迷途知返吧？

但李世忠並不這樣想。要說「膩」，他膩的不是外面的花花世界，而是這個嚐起來永遠平淡無味、如同白開水一樣的家。眞是太平靜無波了，每一天都像是一灘死水般毫無變化。李世忠覺得可以了，他不想把每一天的家庭生活都過成是昨日的「複製貼上」。他覺得人生，應該可以有一種新的滋味。

面對曹懷玉的挽留，李世忠的心，像是點燃推進器的火箭，離開只剩下倒數。既然先生留不住，曹懷玉最後也死心了。兩人協議離婚，李世忠連孩子的監護權也不爭取就讓給曹懷玉，他著急著想跟小三開始全新的生活。

曹懷玉拿了一筆贍養費，帶兒子回老家跟老爸一起住。那時兒子剛從小學畢業，過完暑假轉眼要讀國中。曹懷玉遷了戶口，把孩子的學籍轉到老爸住家所在學區的「桃元國中」。擔心兒子開學後跟不上進度，她還幫孩子報名國中先修班，每天一早送兒子去補習班。

每天送孩子去補習班回來後，曹懷玉就獨坐在房間看著窗外發呆。她總是想著同一件事：爲什麼自己兩段婚姻都留不住男人？她到底做錯什麼？

第一段婚姻算她太年輕，識人不明，妻子也當得不好，她沒有話說，但是第二段婚姻她明明很認眞扮演好李世忠的妻子啊！她沒有敗家，沒有買一些不實用的昂貴行頭，也不像很多沒本事又有公主病的老婆，成天給老公找麻煩。她從來沒給李世忠添過麻煩，家裡也打理得好好的，李世忠到底還有什麼不滿足？

往後的日子又該怎麼過？她一個女人家，離開職場多年又帶著一個孩子，到底要靠什麼給孩子幸福呢？孩子沒了父親陪伴以後怎麼辦？長大會不會變壞？會不會走上歪路、誤入歧途呢？曹懷玉焦慮又沒有答案，一想到不幸的過往、不確定的未來，常常淚流不止。如今，她自己的事還搞不定，老爸又搞出一堆事情讓她煩心。還沒搬回去跟老爸住之前，老爸就告訴曹懷玉，他在跟一個叫阿珠的女人交往（年紀比曹懷玉小），並且考慮要跟對方定下來。曹懷玉不知道該說什麼好。

老爸有個伴是挺好的，但是兩個人年紀相差不只一點，對方又曾是來自國外的外配，生活習慣大不相同，這樣眞的合適嗎？曹懷玉覺得事情恐怕沒有那麼單純，但是老爸一頭熱，像個情竇初開的青春小伙子，一心只想跟對方在一起。畢竟那是老爸的人生，自己也不好多說什麼。她只是想，哪天老爸要是眞娶了阿珠，要她叫年紀比自己小的阿珠一聲「媽」，她叫得出口嗎？

後來阿珠騙了老爸的錢，跟一個小白臉跑了。老爸非常痛苦，身心交瘁，半夜開始夢遊，夢遊時還會大吼大叫。是有一次老爸的鄰居半夜打電話給她，她才知道老爸的情況。那時曹懷玉就想著要搬回去跟老爸住，一方面照顧老爸，一方面跟李世忠已經在談離婚，她也想搬離那個令人傷心的家。

結果離婚搬回去跟老爸住之後，老爸半夜夢遊的次數越來越多，一直到曹懷玉的兒子上國中之後，情況都沒改善。曹懷玉自己都還沒從失婚的苦楚中走出來，不僅要照顧剛讀國中的兒子（小孩變得有點怪，成天不說話），還必須照顧老爸。

曹懷玉每天早上醒來的第一件事，就是去巡老爸的房間，看他在不在？如果不在，就是又夢遊去了，她就得出門去找他。這種時候，曹懷玉就不能幫兒子弄早餐、送他上學，只能塞錢給兒子讓他自己買早餐，自己去學校。

那天早上，曹懷玉發現老爸又夢遊，就急著出門找老爸，一邊找一邊喊人。結果來到一處廢棄加油站發現老爸渾身是血，右手拿著一把菜刀，面前有一隻被肢解到一半的黑毛豬……老爸要她回去準備幾個袋子，帶個拖板車來，把豬肉分裝一下帶回家。她趕忙回家，帶了幾條毛巾、一套老爸的衣服、一桶清水，拉著拖板車匆忙回到加油站。曹懷玉俐落的脫下老爸的血衣，幫老爸擦掉身上的血漬，換上新衣服，又把豬肉分裝進袋子裡，才跟老爸慢慢走回家。

回到家，曹懷玉還是驚魂未定。既然豬腳是現成的，曹懷玉便想，不如來煮一鍋豬腳麵線，幫老爸跟自己壓壓驚吧！曹懷玉的廚藝不佳，但照著網路上的食譜，心無旁騖的按表操課，竟然也做出一鍋美味的麻油豬腳麵線。

可能是經歷的事情太過驚悚，也可能是大家一整天都費盡氣力（兒子當天也沒坐公車，他走路上學），當晚，一家三口竟把一鍋豬腳麵線全部吃光。之後老曹再也不曾夢遊，不僅如此，他還開始炸起豬排。結果因爲豬排炸得太好吃，便開起「**深夜加油站遇見豬格拉底**」炸豬排店，開展全新的人生。

老曹開店人手不足，曹懷玉就每天到店裡幫忙外場、招呼客人、收錢找錢。雖然有事做比較沒有空胡思亂想，但老曹看得出來，女兒還是心不在焉。她的人是在店裡幫忙沒錯，但是她的心不在。兩段破碎的婚姻，還是像一個趕不走的幽靈一樣纏擾著她。

老曹覺得女兒需要加大劑量，她需要一份能讓她更投入的工作。有天下午，忙過中午的用餐高峰後，老曹在店裡跟曹懷玉聊天。老曹說她這樣下去不是辦法，她應該要走出來，也許可以像他一樣開一家小吃店讓生活有新的重心，這樣就沒有心思想別的。

老曹說：「你看老爸就是最好的例子，一家炸豬排店，如果能治好老爸的夢遊，說不定妳開一家小吃店，也能治好妳的兩段情傷。」

曹懷玉聽完愣住，心想這是什麼建議啊？老爸開這種藥方，也未免太蒙古大夫了一點。她婉轉說，做吃的她恐怕不行。老曹不同意，老曹請曹懷玉回想他最後一次夢遊殺豬回到家之後，曹懷玉用現成豬腳做的那一鍋豬腳麵線，老曹說那可是他這輩子吃過最美味、最療癒也最壓驚的豬腳麵線。

「莫忘世上苦人多。」老曹說：「這世間有很多艱苦的人，需要那樣一碗豬腳麵線來安慰自己。說不定有一天，妳的豬腳麵線在安慰過很多人之後，會回過頭來安慰到妳。」老爸的說法觸動了曹懷玉，她想起當時她做的那鍋豬腳麵線，眞的非常好吃。做豬腳麵線的時候，她也眞的心無旁騖、腦海淨空，什麼念頭也沒有，眞的獲得了片刻的寧靜跟喘息。

曹懷玉當下沒回應老爸，但是老爸說的那個療癒世界令她心動。她眞的可以把自己的人生，從這個不堪的當下，遷移到想像中那家充滿療癒的豬腳麵線店嗎？離婚後的曹懷玉一直覺得，自己就像是撞上冰山的鐵達尼號上，一名跌落海裡的乘客。她苦苦掙扎、滿心焦慮、徬徨無助，只剩一息尚存，感覺隨時都會滅頂。一切看似無望之際，開小吃店賣豬腳麵線的想法就像一根浮木，遠遠朝她漂了過來。那會是一劑有效的處方箋嗎？她應該試試看嗎？

當天晚上，曹懷玉陪孩子做功課，她跟孩子提起這個想法：「如果媽媽開一家小吃店，來賣豬腳麵線，你覺得怎樣？」

「豬腳麵線？」孩子問。

「嗯。」

「就是上次外公夢遊殺了一頭豬，妳做的那鍋豬腳麵線嗎？」孩子問。

「嗯。」

「喔，那個很好吃，如果賣那個，生意應該會很好喔！」

「是嗎？」曹懷玉難得笑了：「眞開心你對媽媽有信心。如果媽媽眞的開店賣豬腳麵線，你覺得店名叫什麼比較好呢？」

兒子想了一下說：「快樂腳豬腳麵線。」

「快樂腳？」曹懷玉不明所以：「爲什麼？」

「因爲，」兒子認眞的看著她說：「我希望妳快樂。」

三、前夫的當歸鴨

後來，曹懷玉在離老爸的店不到一百公尺處，開了一家小吃店，賣起老爸口中的療癒系豬腳麵線。店名就依國中兒子的建議，叫做「**快樂腳豬腳麵線**」。那麼開店之後，曹懷玉有如兒子期待那般，開始「快樂」了嗎？沒有。但是開店之後，兒子認爲應該會很好的「生意」開始了。「快樂腳豬腳麵線」生意興隆。

老曹很挺女兒，他印了兩百份五折優惠券，給來「深夜加油站遇見豬格拉底」吃炸豬排的老客戶，讓他們也去女兒曹懷玉的店嚐鮮，照顧一下女兒的生意。這是爲人老爸的一點心意。他逢人就說女兒做的豬腳麵線，是「夢遊老爹炸豬排」的延伸版。他的炸豬排主打一個「爽脆驚奇」，而女兒的豬腳麵線則是非常「暖心療癒」。

老曹很喜歡女兒的店名，知道「快樂腳」這名字是孫子取的，更覺得這名字取得好。做人嘛，本來就應該開開心心。曹懷玉離過兩次婚也不算什麼，不用因爲這樣整天眉頭深鎖，還是要有點笑容嘛！

人生難免風雨，曹懷玉眞的沒必要爲了離婚兩次繼續難過下去。再說男人多得是，再找就有，犯不著爲了一個男人難過一輩子。的確生意一忙，曹懷玉慢慢就把重心放在工作上，要忙的事情眞的太多了。一大早要採買、備料、燉湯、料理食材，店一開要應對客人點菜、上菜、收錢找錢、收桌面清碗盤，打烊前還要洗鍋碗瓢盆、清掃、擦桌、結帳……事情多到做不完。

忙歸忙，但一時片刻要曹懷玉全然揮別情傷，她還是做不到。一想到前夫李世忠爲了小三拋棄她，曹懷玉還是不免難過。三不五時剁著豬腳，腦海盤旋的還是那個王八蛋前夫。李世忠怎麼能那麼狠心？曹懷玉明明給了他一個溫暖的家，讓他沒有後顧之憂、全力拚搏業務當上主管，還盡可能多給他溫暖、少給他負擔，他怎麼就在外面搞小三？他做人怎麼就那麼不厚道呢？

有時候，曹懷玉豬腳剁著剁著，不免心生怨念，一邊剁，一邊在心裡咒罵：「我就剁掉你一雙腳，看你怎麼找小三！」剁到傷心處，她還會流下眼淚。員工看見了關心問起，她只說：「沒事啦！剛剛蔥花切太多。」

曹懷玉希望自己是個灑脫的人，能坦然放下，但她不是。後來，前夫李世忠意外出了車禍，他的兩隻小腿被一輛卡車碾過，只能截肢。曹懷玉知道消息之後非常自責，她覺得前夫出事，多少跟自己的「咒怨」應驗有關。一定是她每天剁豬腳，三不五時詛咒王八蛋前夫，「怨力」太強的關係，李世忠才會出這種意外。

之前她巴不得剁掉李世忠的一雙腿，如今咒怨應驗了，她內心卻完全沒有「惡有惡報」的快感。心軟的她，反而又責怪起自己：爲什麼就那麼放不下呢？都離婚了，不好好過自己的生活，又怨恨對方幹什麼？你看吧，這下子眞的出事了。

曹懷玉怕到了，之後剁豬腳時，她再也不敢咒怨前夫，深怕李世忠又因爲她新的怨念應驗而遭遇什麼不測。她改在心裡誦念心經、大悲咒，迴向給前夫以及十方法界眾生。

她還是每天一樣料理豬腳麵線，配方跟做法照舊，不同的只有這一項改變。但是就這麼一個小小的改變，還是被好幾個客人吃出來。有一、兩位客人吃完豬腳麵線，跑來跟曹懷玉說她的豬腳麵線變得比以前好吃，上升不只一個檔次，是有多加了什麼好料嗎？還是做法上有什麼改變？

曹懷玉聽完一臉困惑，以爲客人就是客氣，撩一下老闆娘、討老闆娘歡心，就回說：「沒有啦！都跟以前一樣，是你們不嫌棄啦！」曹懷玉完全沒有想到，那個小小的改變竟然是「快樂腳豬腳麵線」走向「療癒系小吃」的開始。沒錯，儘管料理豬腳麵線的老闆娘還憂傷著，但是她的客人已經吃出快樂了。

回到車禍截肢的李世忠。曹懷玉爲了彌補內心的虧欠，三天兩頭派人給他送豬腳麵線，幫他壓驚，順便進補（吃腳補腳）。這一送，可把身邊的親友惹怒了，大家都數落曹懷玉，尤其是她老爸。

老曹罵她：「他截肢關妳什麼事啊？蛤？他當時狠心拋下妳們母子兩個，出車禍截肢那就是報應！還給他吃什麼豬腳麵線？吃屎啦！卡車沒撞死他，妳就應該餓死他！妳是豬腳麵線賣多了，腦袋也跟著變豬腦袋了是不是？妳想什麼啦？指望他回頭嗎？做夢啦妳！他出院之後只會去找小三、小四、小五，輪不到妳啦！」

老曹的重話純粹是想罵醒女兒，偏偏罵完後又捨不得，擔心女兒會不會因爲念舊，跑去探望李世忠？徒生更多不必要的煩惱？老曹心想，一定要激她，讓她斷了這個念頭才行：「妳那麼愛送，怎麼不自己送啊？」

曹懷玉不想自己送，是因爲她完全不想因此見到小三，不想見到那個搶走她老公的女人。但她不知道，李世忠離婚不久之後，小三也悄悄離開他了。

李世忠當時並沒有把離婚的計畫告訴小三，他打算給對方一個驚喜，離婚之後才讓對方知道她不用再當小三，可以升格當正宮。他從頭到尾都是認眞的，不是一個隨便玩玩的男人。沒想到，小三完全沒有想跟李世忠定下來的念頭。

身為職業小三，她想的包養關係就是一陣子，完全沒想跟任何人定下來一輩子。李世忠一離婚，小三就悄悄搬家，不告而別。李世忠聯絡不上她，搞得每天心神不寧，才會在過馬路的時候不小心出車禍，導致雙腳截肢。他出車禍之後傳訊息給女方，希望女方能夠來探望他，結果女方都已讀不回。是吧！人家是酒家女又不是孝女，要喝酒、聊天、上床可以，要床前伺候湯藥、噓寒問暖，那眞的不必了。酒家女的職務說明書上面，可沒有這一條。

對李世忠來說，小三的離開就跟失去雙腳的打擊一樣沉重。李世忠一直把小三當成是他的翅膀，能帶他飛離那個讓他感到窒息的家……這下好了，現在他不僅雙腳沒了，連翅膀也斷了。他覺得自己活像是一隻斷翼又斷腳的孤鳥，孤伶伶懸在一張病床上，新巢沒著落，舊巢回不去。

後來曹懷玉三天兩頭派人送豬腳麵線給他，李世忠經常一邊吃一邊流淚。李世忠很意外，他知道曹懷玉做菜不太行，那些年她每天晚上做飯眞的不好吃，他表面不說，心裡卻總是嫌棄。最初，他還會勉強把飯菜吃完，後來才總推說應酬，經常在外面吃完飯才回家。

但是眼前這一碗豬腳麵線眞是好吃，整個豬腳燉到透爛，皮Q肉軟，柔軟到舌尖竟能化身切肉刀，輕輕一劃便皮肉分離。那豬骨湯頭更是濃郁鮮美，豬腳浮在冒氣的麻油湯頭上，像極了在華清池內泡熱水澡的楊貴妃。麵線也十分彈牙有韌性（應該是關廟手工麵線吧），往嘴裡一送，像是一道逆行而上的飛濺白瀑，勁道綿延不絕……怎麼會這麼美味啊？到底發生什麼事？曹懷玉怎麼就從一個做菜不行的家庭主婦，搖身一變，成了能做出好吃的豬腳麵線、還開起小吃店的老闆娘呢？

李世忠想起當時曹懷玉帶著兒子離家的情景，母子倆提了三大箱行李，像是要出國旅行。他知道曹懷玉打算帶小孩投靠岳父，但他不知道他們往後會過上怎樣的生活？開小吃店賣豬腳麵線這種事，他更是完全想像不到。那麼離開家門的那一刻，母子倆在想什麼呢？又是懷抱著什麼樣的心情呢？

當時李世忠完全不關心，眼中更是沒有他們母子倆，他心裡只想著小三，以及即將跟小三展開的全新生活。他怎麼會那麼鬼迷心竅？又怎會決定要離婚呢？他怎麼捨得讓母子兩人離開？這一切，是怎麼發生的？

李世忠的母親在他小學二年級時癌症過世，爸爸因爲忙工作，就把他丟給爺爺照顧，直到他上高中。爺爺的年紀有點大，又有一點駝背（所以後來家裡的粗活，李世忠都不讓爺爺做），又有一點耳背（所以心裡有事，李世忠也不跟爺爺說）。爺爺多半是陪在李世忠身旁，但是給不了太多實質的照顧。在李世忠升上小學高年級後，與其說是爺爺在照顧他，不如說是他在照顧爺爺。

李世忠後來常想，這是爸爸刻意安排的嗎？爸爸把照顧他的責任丟給爺爺，又把照顧爺爺的責任丟給他。爺孫倆相濡以沫，彼此照顧，爸爸只要專心賺錢就好。沒有雙親寵溺，身邊能幫忙的人又少，李世忠只能提前長大。他慢慢習慣學校家長會，家裡沒有大人出席；習慣跟同學打架受傷後，自己處理傷口；習慣各種重要場合（畢業典禮、會考、聯考）沒人陪，得自己一個人去……

很多事他都自己來，慢慢變得獨立。獨立，並非是先天素質，而是後天鍛鍊出來的。就像沙漠裡的仙人掌，是因應環境演化，水不用多就能活下去。水很少，也可以活得好，但那不代表仙人掌不需要水。李世忠也是，他一個人可以活得好，但並不代表他不需要關愛。

因此出社會工作遇上曹懷玉，李世忠莫名有一種熟悉感。曹懷玉讓他想起母親，感覺就像重逢了當年提早離開自己的媽媽。那時李世忠是公司新進業務人員，曹懷玉則是業務後勤小主管，是一位會不時提點他、關心他、叮嚀他的前輩。事實上，曹懷玉對所有新進業務都如此，一視同仁。她不光對新進業務這樣，對身邊的人也是這樣。

曹懷玉可以說是與人爲善的「德雷莎修女」分身版，她把同事、家人跟朋友都照顧得很好，像是山裡一道終年不歇的湧泉，給人源源不絕的關懷，「解渴」對方的孤單、無助、寂寞、冷。

有一次李世忠遇上客戶刁難，提出不合理的交貨要求，他回公司請曹懷玉協助，曹懷玉不光幫忙加快行政流程，還叮嚀他在應對客戶刁難時，一定要平常心以對，千萬不能隨之起舞。那一刻，李世忠覺得曹懷玉彷彿在告訴他：「面對這個不容易的世界，請不要以為只有你孤單一個人，還有我呢……」

看著曹懷玉暖心的照顧自己以及身邊的人，李世忠覺得自己像是一株小仙人掌，看見了一汪湧泉。他心想，如果能跟這樣的人一起生活，年少成長期經歷過的那些孤苦缺憾，通通都值得了。於是，小仙人掌從旱地拔營，慢慢的朝那一汪湧泉走去。李世忠不管曹懷玉大自己六歲，又離過一次婚，對曹懷玉展開積極追求。

李世忠很認真跑業務，遇上問題就請教前輩、主管，努力把客戶服務到位。一家大客戶的採購主管感受到他的用心，還特別把給別家的大訂單移過來下給他。部門長官很開心，獎金給得很大方，還叮囑他好好幹，未來一定重用他，好處少不了他。

當時李世忠每個月領的業績獎金，比底薪還多好幾倍。李世忠那麼拚，是想做給曹懷玉看。他想證明自己雖然年輕，卻完全有能力給曹懷玉一個有保障的生活。幾年後他們結婚，生了一個兒子，曹懷玉辭掉工作，專心照顧他們父子倆。兒子出生後，李世忠改口叫她「媽媽」。曹懷玉一直以為李世忠是把她「當孩子的媽媽」，殊不知，李世忠是把她當成「自己的媽媽」。

曹懷玉對李世忠關懷備至，妥善安排一切，不用他操心。眞的，一切都很好，沒有什麼問題。只是隨著時間過去，李世忠總覺得有哪裡怪怪的，他完全不明所以。眼前的生活，不就是他渴望多年的版本嗎？他不就是一直想找一個能專注愛他的人嗎？他念茲在茲的，不就是要創造一個充滿愛意的家庭嗎？爲什麼他會覺得怪？爲什麼會有一種莫名的「窒息感」呢？

一個夜裡，李世忠在半夜醒來，聽著身旁曹懷玉規律的呼吸，他刹那間明白了。他是渴望愛，渴望擁有一個幸福的家庭，但他一直以來都是獨自長大，年少的成長經歷早已經把他仙人掌化。他明明就在沙漠長大、適應乾燥少雨的氣候，卻還誤以爲自己是親水性植物，渴望搬遷到雨林。

曹懷玉給了他一座雨林，但李世忠卻像是移植到雨林的仙人掌般，難以適應。曹懷玉那麼豐沛、綿密又無死角的愛，成了他感覺窒息的原因。「原來，是誤會一場啊！」李世忠有點慌，他不知道該怎麼辦，開始往外逃。

有一次陪客戶應酬，他在酒店認識了年輕貌美、高挑又大胸部的酒店妹，小橋。他發現小橋那種時有時無、抓不住的愛，非常對他的胃口。似乎深愛過他卻又過早離開的母親，給了李世忠一份深刻的銘記，那就是：源源不絕、不會斷供的愛，不是眞愛。以這種標準來看，曹懷玉給他的不算眞愛，小橋的比較像。李世忠於是背叛了曹懷玉，暗地裡跟小橋在一起。

外遇被發現後，李世忠主動提離婚，計畫離開曹懷玉與兒子，跟小橋開始新生活。只是沒想到，一場車禍讓他失去雙腳，只能躺在病床上，哪裡也去不了。他眞的過上新生活了，但完全不是他原先計畫的那種，這算是報應嗎？

李世忠一出事，小橋就拋下他了，但是曹懷玉沒有。李世忠想起自己因爲一時鬼迷心竅，對曹懷玉做出的種種傷害，不禁悲傷又痛心。曹懷玉的好，李世忠全都想起來了。躺在病床上的他什麼事情都做不了，很多地方也去不了。當生活中的小事全都變得無比艱難，李世忠才明白有人幫忙打理一切、完全不用擔憂，那種付出有多巨大又有多難得。

李世忠終於看清自己失去了什麼，感到非常懊悔。但如今他已經一無所有，還斷了兩條腿，他有什麼資格回頭再去找曹懷玉呢？他消沉了一陣子。所幸保險理賠，以及肇事司機的賠償，給了李世忠一點餘裕振作。他裝上義肢開始復健，經過一段時間練習，慢慢可以像常人一般走動（速度當然不如以往）。李世忠決定做點什麼，試著挽回曹懷玉。

眼前的生活，像是一座曾經繁華卻遭到無情轟炸過的大城市，已經是一片廢墟。他必須從斷壁殘垣中，努力振作起來才行。李世忠回到爺爺老家，跟一位老師傅學做菜。在車禍事故十個月之後，他在「快樂腳豬腳麵線」斜對面五十公尺處，租了一間店，賣起當歸鴨。

「當歸」是他的決心，他想要回家，回到那個他曾經不想要的家。就像當年追求曹懷玉一樣，李世忠想再一次用實際的行動，證明給曹懷玉看。為了展現決心，他把店名取為：

「不管媽媽多麼討厭我——當歸鴨。」

四、小三的三角飯糰

離開曹懷玉的前夫李世忠不到一年，小橋竟然想念起他，自己都覺得不可思議。像她們這種職業小三，本質上跟遊牧民族沒什麼兩樣。遊牧民族「逐水草而居」，哪邊水草豐美，就往哪邊去。職業小三也是，她們是「逐有錢的男人而居」，哪個男人有錢，就跟哪個男人在一起。

遊牧民族不能眷戀土地，一眷戀土地就會活不下去。職業小三也是，她們不能夠眷戀男人，一眷戀男人就是危險的開始。小橋雖然年輕，卻很世故，她早就明白小三就是一份工作（就跟一個人在小七上班一樣是一份工作），她付出感情並不是出於真心，而是工作需要。有錢的男人想跟年輕妹妹談戀愛、有進一步發展，可以啊，她完全可以配合，價錢談妥就行。男人想要戀愛的感覺、想要一親芳澤年輕妹妹豐腴的肉體，而小橋需要錢，價碼合理，大家銀貨兩訖，皆大歡喜。

是的，職業小三這種工作，小橋就是看得這麼透澈。不管什麼工作，只要妳看得夠透澈，行事灑脫、手腕又高，就有做不完的生意。有做不完的生意，妳就可以選客人。對小橋來說，最好的客人不是「眞正有錢」的男人，而是那些「自以爲有錢」的男人。

因爲一個男人再怎麼有錢，相處久了也會膩，特別是那些上了年紀的男人。上了年紀的男人有錢又有過剩的賀爾蒙，跟他們在一起，妳不只能感受到濃濃的銅臭味，還會聞到他們渾身上下散發出來的老人臭！天啊，眞讓人受不了。

小橋年紀不大，很容易對同一個對象產生職業倦怠。她喜歡新鮮感，所以她不喜歡長期包養關係，不喜歡眞正有錢的男人。眞正有錢的男人不在乎花錢，他們撒錢就跟颱風天下雨一樣，下到天荒地老、沒完沒了，令人生厭。

所以，小橋更偏愛那些自以爲有錢的男人。因爲時間一到，自以爲有錢的男人就會發現，他們的口袋好像沒有自以爲得那麼深，長期負擔這樣一份關係，好像有點過於奢華了……慢慢的，他們就會知難而退。

這麼一來，小橋就可以省下不必要的糾纏，換換口味，繼續遊牧尋找下一個男人。自以爲有錢的人，比眞正有錢的人多很多，所以對小橋來說這個市場很大，套一句廣告詞說的：「整個城市，都是我的大酒家。」

小橋總會讓離開的男人明白：「葛格，不能怪小橋用情不夠深喔，要怪只能怪你的口袋不夠深。」其實，面對那些最終發現自己阮囊羞澀，又克制不住慾望的男人，小橋心裡眞正的OS是：「要談免費戀愛，回家找黃臉婆去吧你！」

小橋工作認眞，但她從來不對「男人」認眞，只對「賺錢」認眞。表面上，她把每一個客戶照顧得妥妥貼貼，但內心裡完全看不起這些男人。這些男人貪圖年輕妹妹的美色在外面亂來，爲了跟年輕妹妹一夜春宵，不惜浪擲千金，欺騙家裡老婆，簡直卑劣到一個不行，沒有一個不是爛人。最可笑的是，那些臭男人還以爲自己那一點點本事，騙得了她。呵呵呵，誰騙誰還不知道呢！

行走江湖，可不是你年紀大、鹽巴吃得多就會贏。（不要再講什麼「你吃過的鹽巴比我吃過的米多」那種屁話了，小心鹽巴吃多了會高血壓、腎衰竭！）不是每個長得好看、胸部大的年輕坐檯陪酒妹，都不帶大腦上班的。小橋我就不是，別的酒店妹是用屁股坐檯，我可是用大腦坐檯。

是的，小橋總是挖空心思讓男人多花錢，像遊戲設計師一樣布下一層又一層的關卡：「這樣不行啦，葛格，要贏得小橋芳心，沒有那麼容易唷！扛八疊！扛八疊！」八疊，是鈔票的計量單位，「扛八疊」就是繼續加油、繼續花錢的意思。想過關，哼，哪有那麼容易！當然，遇上了誰中途感到挫折想要放棄的時候，小橋也是會給一點甜頭慰勞慰勞、鼓勵鼓勵啦！你知道，愛的教育。

小橋喜歡打電動，也讀一點書，她知道要讓男人上癮很簡單，就三件事：首先，給男人一個上酒店的機會；然後，再給他一個無法預期的回報（不知道什麼時候可以吃豆腐，什麼時候可以上床）；最後，讓他很快再來一次（我有Line，酒店有開，你隨時可以來喲）。

這麼簡單的「一套三件式」就像吃角子老虎，男人很快就會上癮。小橋甚至想過，以後要是不當職業小三、不坐檯陪酒，說不定可以去遊戲公司設計一款「紅牌酒店妹養成遊戲」：就比誰Cosplay的酒店妹，能在最短時間內讓男人把錢花光光。這個遊戲應該會紅才對。各家酒店，只要稍微有一點規模，應該都會買這款遊戲給旗下小姐玩，當做是職前訓練。

表面上看，勾引男人上癮的小橋，是破壞別人家庭的元凶，是正宮太太們的敵手。但小橋自己不這麼看，她從來都不覺得自己是那些正宮太太的敵手。相反的，小橋覺得自己是在替天行道，在替那些正宮太太教訓壞老公——堂堂一個大男人不好好照顧家庭、疼愛老婆，還背地裡欺騙老婆，在酒店裡吃年輕妹妹的豆腐，算什麼男人？既然你們這些男人落在本姑娘手裡，姑娘我就使點本事，好好教訓教訓你們。你們這些臭男人以爲灑下眞金白銀，年輕酒店妹就會無腦跟你眞心到白頭？眞是太傻、太天眞！姑娘我就讓你們嚐嚐「春夢醒來一場空」是什麼滋味。做人不上道，到頭來人財兩失，那就是活該。

從這個角度看，小橋哪算得上是正宮太太的「敵手」？說是「幫手」還差不多，要不然，至少也是「打手」吧。就像卡通裡的美少女戰士會說的：「我要代替正宮太太懲罰你！」說白了，小橋就是從這些行爲不義的男人身上劫一點財富，教訓教訓他們。當然劫來的財富，小橋都花在自己身上，沒有拿去做公益、贊助弱勢團體。拜託，她又不是羅賓漢。

看到這裡你應該就明白，爲什麼小橋對自己會想念李世忠，感到不可思議了吧？話說一開始，小橋完全沒有考慮要選擇她口中的「忠哥」。最早那一次，李世忠跟老闆還有客戶一起來，小橋看見他，直覺李世忠應該很少來酒店，有一點不習慣。他一個人靜靜坐角落，不怎麼自在，小橋就故意坐過去跟他哈啦。

男人啊，小橋看多了。她知道李世忠這種人不像玩咖，大概就是客戶想玩愛玩，明示暗示了老半天，老闆爲了拿下訂單只好投其所好，讓李世忠跟著作陪一起來。李世忠大約是「人在江湖身不由己」，只好陪老闆出來應酬客戶。

小橋一直都覺得調戲這種人最有趣，要麼你看著他慢慢從人性底線一再撤退，最後露出獸性；要麼他夠正派，就只來這麼一次，以後不會再來這種聲色場所，那麼我倆沒有明天，調戲起來也完全沒有負擔。所以那一次，小橋放開來尬聊，非常輕鬆。忠哥後來似乎也變得自在，不再拘謹。散場後，小橋直覺忠哥應該是不會再來了。他這個人算正派，不是酒店咖，日後應該也沒有成爲酒店咖的潛力。

只是萬萬沒想到半個月後忠哥一個人來，還指名小橋坐檯。包廂內，忠哥不喝酒只喝可樂，不唱歌只聊天；他不吃小橋豆腐，只吃一點滷味豆乾，然後聊天時專注看著小橋。忠哥給小橋一種錯覺，宛如他們不是坐在酒店包廂裡面，而是坐在麥當勞速食店裡面。那陣子，小橋剛結束一段包養關係，重新回到酒店上班準備找下一個金主。也就是說忠哥要是早幾個月來，或是晚幾個月來，可能都碰不到她。能說，這是冥冥中注定好的嗎？

之後忠哥每個禮拜來一次，一次兩小時。遇到小橋坐別人的檯、一時不能轉檯，他也不找其他女生，就一個人坐在包廂裡等。等到小橋之後，他一樣不喝酒、不唱歌、不吃豆腐，只是純聊天。小橋有一陣子想，這男人是把酒店包廂，當做心理諮商師診間嗎？喂，她可不是心理諮商師耶！再說，哪有心理諮商師，長得像她這麼辣？

言談之間，忠哥也會提起老婆，他說老婆很顧家，只是不太有趣，神經很緊繃，每天都很怕沒把家裡照顧好，經常給他一種喘不過氣的感覺……哎，是啦，都麼這樣。你們男人流連酒店，都是老婆的不對啦！都說什麼老婆沒有給溫暖啦、老婆都不給碰啦、老婆把人管得死死的啦、都什麼對老婆已經完全沒有感覺了……幹，都他媽你們在說！

對對對，要是家裡老婆完美無瑕，你們男人還會來酒店嗎？家家有本難唸的經沒錯，那麼你們就應該更努力去搞定老婆啊！怎麼會搞不定家裡老婆，跑到外面來搞女人呢？這是什麼邏輯？烏克蘭打不過，跑去打蝴蝶蘭？說到底，忠哥果然也只是「另一個會上酒店的男人」而已。

按照小橋過往的選客標準，忠哥這種上班族連「自以爲有錢」都談不上，一點都不適合包養她。但是忠哥這個人很好聊，跟小橋一樣有很多不堪的往事。特別是忠哥講起小時候跟爺爺一起生活的故事，讓小橋聽得津津有味。

平心而論，跟之前那些言語無味的金主相比，忠哥算有趣、好聊。小橋跟他聊天很自在，不用假裝自己對話題感興趣，能夠流露自己的眞性情。最特別的是，忠哥常常讓她想起小時候的爸爸。小橋心想：「好吧！就當作是換口味好了，這次不要大魚大肉，來一點清粥小菜。」

於是，小橋展開一貫的包養SOP。小橋刻意讓忠哥覺得，他跟其他的酒客不同，很特別。她說忠哥那種「柳下惠式」的行爲讓她覺得很正派、很紳士，她好害怕自己會動了眞感情……小橋暗示忠哥可以在她不上班的時間約她，讓忠哥誤以爲他們兩人，可以有酒客跟酒店小姐以外的朋友關係。忠哥眞的約了小橋，連續好幾次。小橋每次出門都盡量素顏淡雅，穿著搭配都把自己身子包緊緊的，讓忠哥以爲她本性素樸，是因爲不得已的原因才會去酒店上班。

然後在一個適當時機，小橋主動向忠哥告白，接著又主動獻上自己青春的肉體，把忠哥拐上床，迷得他神魂顚倒。（床上的忠哥可衝動了，喂，忠哥，你之前在酒店的那份矜持跟自制，跑哪兒去了？）

確認忠哥上鉤後，小橋開始跟忠哥說，她眞的不想繼續在酒店上班了（需要還酒店一大筆錢），她想離開酒店去進修一些課（但是學費好貴喔），她想去考一些證照，以後可以去銀行當理專（眞的好難考喔，不去補習班恐怕考不上，眞是讓人裹足不前啊）……她眞的好想好想跟忠哥一起，開始全新的生活喔……忠哥義氣滿滿的說：「我幫妳！」然後忠哥認眞賺錢欺騙家裡，小橋認眞花錢寵愛自己。最後忠哥竟然還跟老婆提出離婚，打算跟小橋定下來。

喔不不不，忠哥你誤會了！小橋我可從來沒有想要跟任何男人定下來的念頭，現在沒有，以後恐怕也不會有。小橋非常清楚那意味著什麼，那意味著跟忠哥告別的時間到了。那意味著遷徙，意味著換季，意味著小橋又要再一次回去酒店上班，開始新一季的遊牧，尋找自以爲有錢的男人。

小橋悄悄搬了家，後來忠哥打電話、傳Line，她不接也不回。即便忠哥最後傳來一則訊息：「我出車禍在醫院，兩隻小腿截肢了」她也一樣已讀不回。對小橋來說不管誰包養她，那都是交易，沒有情意。交易結束，你這個人就是斷了線的風箏，斷了就斷了，誰還在乎你飄到哪裡呢？

小橋一向灑脫，她也以爲自己會一直如此。是離開忠哥大半年後，小橋開始對自己的小三生涯感到厭倦。她意識到，長期把感情當做交易商品，每份感情都明碼標價，那麼說到底她不過就是一個「生產感情」的工廠而已。一個只是爲了交易而生產感情的工廠，最後還能生產出「非賣品」的感情嗎？小橋突然害怕早晚有一天，她會體會不到一種純粹爲一個人付出所帶來的快樂。就在那一刻，小橋想起忠哥。

在那麼多包養過她的男人裡面，忠哥是唯一一個爲了小橋跟老婆離婚的人，忠哥是眞心想跟她在一起。小橋覺得當時對他不理不睬，似乎有一些殘忍。忠哥當時躺在醫院無依無靠，應該很無助吧？他後來復原了嗎？他一切都還好嗎？

小橋很想知道他現在在幹什麼？後來她輾轉打聽得知，忠哥爲了挽回前妻，在前妻的小吃店對面開了一家「**不管媽媽多麼討厭我——當歸鴨**」，她生氣了。她試著傳訊息給忠哥，結果這回換成忠哥已讀不回，打電話他也不接。所以現在是怎樣？

李世忠你當時說你老婆有多麼平淡無味、多麼讓你喘不過氣來，我是聽見的。你離婚時說你有多麼想跟我在一起、多麼想一起開始新生活，我也是聽見的。你現在他媽爲了那個女人回頭？你他媽認眞的，還是想再騙那個女人一次？所以你當時對我的情意也是他媽騙我的？你把我小橋當什麼啊？

小橋突然興起一種鬥志，想要Win Win。就是我能從正宮太太那裡把你贏過來一次，我就可以再贏過來第二次。出道以來，小橋從來不當輸家。小橋做了些準備，在李世忠的當歸鴨店同一排的五十公尺處，開了一家小店賣起三角飯糰。這是小橋下的重本，專門設計給李世忠玩的「料理東西軍」實境遊戲。

我們就來看看，李世忠最後「當歸」的方向，是往「豬腳麵線店」還是往「三角飯糰店」？

小橋把自己的店取名爲：「**再見，總有一天三角飯糰。**」她在飯糰裡加了大量起司，濃得扯不開。

五、小三媽的雲南米線

得知女兒開了一家三角飯糰店，小橋的媽媽一直想打電話給她。雖然已經有幾年沒有聯繫，但畢竟是自己的女兒，總想知道女兒到底過得好不好。遲疑了兩個月，她還是撥了電話，電話足足響了八聲才接通。

電話響起，小橋拿起手機，來電顯示是「媽咪」。她愣了一下，要接嗎？雖然已經有幾年沒有聯繫，但畢竟是自己的媽媽，總想知道媽媽到底過得好不好。遲疑了八響，她還是接起電話。電話另一頭傳來媽媽熟悉的聲音：「小橋，我是媽媽，妳過得都好嗎？媽媽聽說妳開了一家店賣飯糰，妳忙不忙啊？生意好不好呢？妳以前不是最討厭開店賣吃的嗎？」

聽到媽媽說：「妳以前不是最討厭開店賣吃的嗎？」小橋再一次愣住。是，小橋以前很討厭開店賣吃的，極度厭惡……那一刻，一波波回憶像雨後山洪，朝小橋瘋狂湧來。

小橋爸爸家是臺灣南部望族，營建業做得有聲有色。爺爺一脈單傳，只生下她爸爸一個兒子，原本爺爺心中屬意的未來媳婦，是事業夥伴的小女兒。那位小女生人看上去端正大方，很會講臺語又懂得討老人家歡心，加上屁股大看起來應該很能生，非常適合傳宗接代。爺爺自然就想把兒子跟小女生湊成一對，親上加親。小橋的爸爸不喜歡這個安排。他對小女生沒有意見，但是他不喜歡爺爺把他的婚姻，當成是生意上的籌碼跟布局，所以不願意配合爺爺。

好吧，他排斥跟小女生送作堆也就算了，但是他後來找的對象竟然像是故意要跟老人家作對似的，挑了一個爺爺、奶奶都難以接受的人：他愛上一位外省第二代的女生，也就是小橋的媽媽，一位祖籍雲南的外省女兒，還執意非她不娶！是不是很故意！擺明了就是要跟老人家唱反調嘛！

小橋的爺爺、奶奶是傳統南部本省人，有比較重的省籍情結。當然他們也有一些外省籍的客戶跟朋友，但這種事情是這樣，跟外省人交朋友或做生意往來，那可以！但是要娶外省人的女兒當媳婦一律免談，特別還連一句臺語都不會說，那更是連提都不要再提。

「袂曉講臺語，啊遮以後是要安怎逗陣啦！」

偏偏兒子就愛上一個外省人的女兒，還一句臺語都不會說。更讓人生氣的是，兒子完全不聽勸，固執得跟頭牛一樣，竟然還說如果不讓他娶對方，就跟家裡斷絕關係！這下子可把爺爺、奶奶氣壞了，斷絕關係？這孩子也未免太忤逆，完全不把老人家放在眼裡。

偏偏兩個老人家就這麼一個兒子，你叫他們怎麼辦？那段日子家裡沒有一個人好過，奶奶最慘了，爺爺三不五時就會臭罵奶奶一頓，說都是她從小把兒子慣壞了，如今才會無法無天爬上天！

一家兩代三個人僵持四個多月之後，兩個老人家認栽了。他們深怕這個獨生子任性做傻事，帶著女朋友遠走高飛，讓他們失去唯一的兒子，搞到家業沒人繼承。不得已，只好心不甘情不願，讓一位外省媳婦進了家門。

小橋的媽媽好不容易嫁過來，在家中卻沒有什麼地位。她一開始就不是公婆屬意的媳婦，就算慢慢開始學著說臺語，也始終得不到兩老歡心。加上婚後她的肚皮一直沒消息，有很長一段時間備受公婆的冷落。

所幸有小橋的爸爸疼她、支持她，所幸婚後三年，小橋媽媽終於懷孕。公婆眼看就要有孫子可以抱，一下子對她客氣起來，公婆媳三人的關係看似出現轉機。不料孩子一出生，是個女娃，三人的關係又瞬間回到冰點。兩老滿肚子不是滋味，妳做人家媳婦的，起碼給人家生個金孫啊！這個家就這麼一個兒子，這一代已經是單傳，妳的肚皮三年沒消沒息，好不容易懷上，妳還生個女兒？妳好意思讓這個家的血脈傳不下去嗎？這個家吃的、穿的、用的，一樣都沒少給妳，妳對得起這個家嗎？

不管在私下或公開場合，爺爺、奶奶總是不斷數落小橋媽媽，因爲他們冀望抱的是孫子，不是孫女啊！還好，小橋的爸爸完全不在意，他非常疼愛她們母女。小橋的五官跟爸爸長得很像，看上去就像是爸爸的「迷你復刻」女娃版。爸爸叫「大橋」，所以就幫她取名爲「小橋」。光看名字就知道，小橋爸爸有多麼珍惜這個女兒。

小時候只要爸爸在，小橋幾乎想要什麼就有什麼。爸爸常常對她說，他這輩子啊，只要有小橋跟她媽媽兩個人就夠了，其他人他都不在乎。小橋印象最深的是小學畢業那年暑假，爸爸獨自帶她一個人去巴黎旅行。他們父女兩人去了巴黎鐵塔、聖母院、奧塞美術館、羅浮宮、龐畢度美術館、羅丹美術館、凱旋門、香榭里榭大道……

小橋開口要什麼，爸爸通通都買給她，寵愛到沒有極限。小橋眞的好開心，每一份禮物背後，都是爸爸滿滿的愛。她不禁好奇問爸爸，爲什麼只帶她一個人來，沒帶媽媽一起來？爸爸說，他單獨帶小橋來是要她永遠記得，她第一次到巴黎，是跟一個會愛她一輩子的人來的。小橋聽完非常感動，當下就流下眼淚。一個小女生要有多幸運，才能出生在這樣的家庭？要有多幸運，才能有這樣一個爸爸？對比很多同齡孩子們的爸爸，平凡、普通又重男輕女，小橋覺得自己有這樣一位爸爸，就像是中了樂透頭獎。

儘管爺爺、奶奶對她這個孫女有點冷淡，但人生中有一個如此疼愛她的爸爸也就夠了。

小橋國三之前，爸爸眞的很疼愛她們母女。但在她上國三之後，事情出現變化。首先是她們家族的營建事業開始走下坡。

家族建設公司蓋的一棟房子，在一場地震中嚴重傾斜，必須拆除。住戶群情激憤，組織起自救會向建設公司提告求償，光是善後賠償費用就是一大筆錢。更糟的是消息傳開後，大家都覺得這家建商的房子不可靠，導致後來蓋好的房子一間也賣不掉。

那陣子爸爸每天焦頭爛額，他每天跑自救會、調解委員會、法院、跑銀行軋三點半⋯⋯加上爺爺、奶奶長期給他壓力，小橋的爸爸終於受不了，晚上開始在酒店流連，每天晚上都喝到半夜才醉醺醺的回家。

酒店有一個厲害的小姐（要說姿色只能算中等，而且也不年輕），很會說話又極有手段。她抓緊小橋爸爸的空虛內心，深知他無助需要溫柔、安慰與吹捧，於是用甜言蜜語把小橋爸爸迷得死去活來，吃得死死的。小橋爸爸像是被下藥一樣，整個人大轉性。他白天還是忙碌，夜裡卻喝得爛醉才回家，而且一不高興就斥責母親。對小橋也開始愛理不理，已經完全不是小橋熟悉的那個爸爸。

當時的小橋正值叛逆青春期，她本以爲這種反復無常、難以捉摸的行爲，只會發生在青少年身上，沒想到已步入中年的爸爸竟然也會這樣。難道說，爸爸的青春期從年少開始到現在，一直都沒結束嗎？小橋的爸爸只要一發酒瘋，就醉話連篇，什麼話都說得出口。小橋聽過最難聽的是，他抱怨媽媽沒給他生個兒子，讓他無法對爺爺、奶奶交代。

「你生查某囡仔是麥衝啥毀（要幹什麼）？生查某囡仔是有啥米路用啦？你害我予老歲仔（老人家）兩個罵一世人！」小橋親耳聽見的。從那一天起，他們家的天氣一直都是多雲陣雨。多雲，是小橋的心情；陣雨，是媽媽的眼淚。媽媽知道這個丈夫，是無法挽回了。

小橋高二那年，爸爸不管家族的建設公司還有很多事情需要處理，透過地下匯款偷偷把公司最後一筆應急的資金轉出去，跟著酒店小姐捲款跑到大陸，跟家裡斷了聯繫。爺爺著急萬分，透過各種關係找人，卻怎麼也找不到。

這下好了，小橋的爸爸就這樣撇下一切，拿了錢跟一個女人遠走高飛了。他終於可以跟酒店小姐樂逍遙，再也沒人會管他、罵他，也不用再面對成天哭喪著臉的老婆，還有害他被老爸、老媽罵不停的女兒了……多好啊！那一刻小橋才意識到，看似是樂透頭獎的爸爸，也可以瞬間變成一個她完全認不出來的爸爸：一個拋棄妻女、把爛攤子丟給爺爺、不顧一切跟酒店小姐去外地逍遙的爸爸。

小橋後來想，爸爸會不會也像當年帶她去巴黎一樣，帶酒店小姐去巴黎玩呢？會不會酒店小姐想要什麼，爸爸也都會買給她呢？又會不會把當年對小橋說過的那些話，也對沒去過巴黎的酒店小姐說一遍呢？如果會，那麼爸爸這一生想愛一輩子的人，可眞是多啊！

以爸爸的個性，小橋相信酒店小姐也不會是他感情路的終點。爸爸在這一刻拋下她們母女，以後自然也可能會拋下酒店小姐。酒店小姐說穿了，不過是爸爸感情接力賽道上的某個中間棒次。

爸爸跑路了，爺爺沒辦法，只好出來繼續賣老臉，收拾爛攤子。爲了籌措資金救公司，爺爺要把他們原來住的大房子賣掉。他告訴媽媽，除了一間夠她們母女倆住的小公寓外，他沒有多餘的錢可以給她們，她們得自己想辦法。

想什麼辦法呢？小橋的媽媽當了那麼多年的家庭主婦，早就已經沒有什麼職業技能，除了「做菜」這項手藝，勉強拿得出手。因此她想到的辦法，就是開一家店賣雲南老家的過橋米線。小時候，外婆經常做過橋米線給小橋的媽媽吃，那是媽媽最懷念的兒時料理。後來媽媽偶爾也做給小橋吃，口味蠻道地的，她決定開店來賣雲南米線。

小橋的媽媽把爺爺留給她的公寓拿去抵押，貸款了一筆錢，在她小時候住的眷村附近，租了一間小店賣過橋米線，賣給那些懷念家鄉味的老鄰居。當時的小橋剛升上高三，媽媽店裡忙不過來，小橋放學後就得去媽媽的店裡幫忙。老實說，小橋完全不情願。

她從小當公主慣了，玩家家酒可以，眞要她去弄那些湯湯水水，太爲難她了。更別說在備餐與上餐之餘，還得應付一票懷念家鄉味、身上老人臭很重，又愛拿她發育良好的外表亂開玩笑的「老芋仔」，她眞的無比痛恨。

爲了媽媽，她隱忍在心。有一次她動作不俐落，把一碗剛煮好的米線摔落在地，當下碗破羹殘灑落一地，母親忍不住叨唸了她一下，結果她當場就爆發了。她在攤子上對媽媽發飆、叫囂，也不管旁邊還有客人，撇下一切就轉頭走人。面對小橋的大呼小叫與撒手轉身走人（唉，多麼像她爸爸），以及地上灑落一灘的米線，小橋的媽媽什麼也沒說，只是默默流淚收拾地上殘餚，將手洗淨之後，又繼續準備湯湯水水。

小橋同情媽媽，卻眞心認爲，媽媽從頭到尾都是個輸家。媽媽先是不會講臺語，一開始就輸掉公婆的喜愛；生了女兒之後，又輸掉公婆抱金孫的期盼；雖然贏得一位老公，最終卻還是輸給一位酒家女；最後不得已賣起過橋米線，讓女兒來幫忙，結果又輸掉了唯一的女兒……小橋完全不想過這樣的生活，她告訴自己，如果輸家只能過這種生活，她永遠都不要當輸家。考上大學後，小橋很有骨氣，她拚命打工不跟媽媽拿錢，並且找各種理由不回家。

小橋打工很辛苦，時間長、薪水也不多。是大三下學期，她聽說隔壁班有女同學在酒店兼差陪酒很好賺，就請那位同學介紹她去。她高挑、端正、發育好又很會聊天，因此出道不久，慢慢就有酒客指名她坐檯。她陪男人喝酒、打情罵俏，碰上不討厭而且出手大方的人，就偶爾招待對方吃吃豆腐……反正好玩嘛！賺錢嘛！

酒店的媽媽桑很喜歡她，不光是因爲她條件好，還因爲她有頭腦。媽媽桑把自己對付男人的本領，一點一滴教給小橋，小橋悟性高，很快就讓幾個中年大叔送花、送錶又送包的。每回小橋收到禮物，總是不忘回頭買些禮物孝敬媽媽桑。

媽媽桑收到禮物很開心，覺得店裡難得有個女孩年紀輕輕卻懂得感恩，眞是值得栽培。因此傳授起應對男人的本領，更是毫無保留。小橋感念在心，她不光以實質禮物回報媽媽桑，每回遇上客人當著媽媽桑的面誇自己，小橋就會說她年輕不懂事，都是媽媽桑會栽培，逗得媽媽桑滿臉燦笑。

小橋大學畢業後繼續留在酒店，在酒店工作四年後（感覺好像又讀了一所技職大學），她乾脆當起職業小三，專門找那些自以爲有錢的大叔包養，省得在酒店跟一堆男人糾纏。從老爸身上失去的，小橋從這些包養她的男人身上一點一點要回來。差別只在於，這些男人就算給得再多、對她再好，小橋對他們也完全沒有愛。小三純粹就是一份工作，小橋認眞努力，只是爲了把工作做好，如此而已。

職業小三的工作核心就是布下關卡，設下層層關卡讓男人爲了破關，不停花錢。要男人源源不絕掏錢破關很簡單，就是讓他們知道：「不不不，還有很多獎盃跟寶物都還沒到手呢，請趕快前往下一關喔！」

要過下一關，就要課金。小橋明白，女生只要有條件、有頭腦，賺錢這種事根本不是煩惱。小橋總是不斷拉高包養的門檻，測試包養大叔的底線。一等到他們負擔不起，小橋就果斷換人，像遊牧民族一樣爽快果決，說走就走，互不糾纏：「青春有限，葛格，我們彼此珍重，不要彼此耽誤。」

小橋做這種工作，終究是紙包不住火。媽媽後來知道小橋當起別人的小三，非常生氣。媽媽自己就是受害者，她的老公就是被一個小三搶走的，她後來過上賣米線的辛苦人生，也全都是因爲一個小三。小橋的媽媽完全無法接受，女兒變成自己最痛恨的角色，變成一個專門破壞別人家庭的小三。媽媽對小橋說：「妳要是決定繼續當小三，就當沒有我這個媽媽，永遠不要回來找我！」

小橋沒怎麼遲疑，就做出決定。跟媽媽本來就少聯絡，小橋看不出有什麼必要，要爲了媽媽放棄眼前舒服而且容易的生活。於是，媽媽在失去丈夫之後，又失去了女兒。冥冥之中，這似乎跟媽媽開的店有關。媽媽的店叫「**再別康橋——過橋米線**」。

是的，小橋姓康。她家曾經是南部康氏望族，有自己的建設公司，靠土地買賣、蓋房子發家，早年家裡很有錢。看得出來當時媽媽在取店名的時候，就決心要切斷跟爸爸的一切。

只是沒想到，媽媽先是再別了先生「康大橋」，接著又再別了女兒「康小橋」……

小橋意識到，媽媽電話中那句「妳以前不是最討厭開店賣吃的嗎」之所以讓她驚懼萬分，是因爲，她竟然複製起媽媽曾經走過的路。媽媽是因爲爸爸離開，才開小吃店賣過橋米線；小橋是因爲李世忠離開後，才開小吃店賣三角飯糰。她先是扮演起媽媽最討厭的角色，接著又扮演起自己最討厭的角色……

那麼最後，她會是個輸家嗎？

六、小強的謀殺書店

第一次從爸媽嘴巴裡聽見「離婚」那一天，是四月一日，恰好是李宇強十二歲生日。要說不驚訝是騙人的，但李宇強多麼希望，「離婚」，只是爸媽在愚人節開的一個玩笑。

李宇強是在門外偷聽到的。那一天，李宇強從學校走路回家，剛從大樓電梯走出來，就在家門外聽到爸媽在屋內吵架，吵得很大聲，媽媽還哭了。然後，他從爸爸的口中聽見「離婚」兩個字。李宇強很意外，明明還不到下班回家的時間，爸爸怎麼會在家呢？又怎麼會跟媽媽吵架呢？兩個人又爲什麼會吵到要離婚呢？他故作鎮靜，刻意在門外等候，等爸媽停下爭吵。屋內，曹懷玉跟李世忠兩個人約莫也正想著，兒子應該快放學回家了吧？今天兒子生日，不能再吵下去了。

李宇強等他們吵完，又在門口多站了五分鐘，才拿出鑰匙開鎖進門。那一天，家裡的氣氛很奇怪。晚餐結束後，爸爸從冰箱裡端出生日蛋糕，爸媽兩人對著餐桌上一個八吋大的十二歲生日蛋糕，一首「生日快樂」歌唱得言不由衷。爲了不讓爸媽知道他偷聽到他們吵架，李宇強強顏歡笑，心裡卻想著：你們祝小孩生日快樂，那你們大人快樂嗎？你們怎麼會搞到要離婚呢？在開玩笑吧？

雖然在愚人節又是小孩生日這一天，當人家爸媽開這種「玩笑」一點都不有趣，但如果是玩笑，他勉強可以接受。李宇強有點不安，他心想爸媽該不會是要把「離婚」，當成是他的十二歲的生日禮物吧？不要鬧了，沒有小孩會喜歡這種生日禮物。

只是後來的演變證明，爸媽口中的「離婚」並不是玩笑。那是一則預告，一個已經安排好、寫上行事曆、沒過多久就抵達的行程。兩個多月後，爸爸跟媽媽簽字離婚，就在李宇強小學畢業典禮之後兩天。原來這個畢業季的畢業生不只有李宇強，爸媽也從彼此的婚姻裡畢業了，差別在於他們兩人並沒有畢業典禮。爸爸完全沒有想爭取李宇強的監護權的意思，因此他跟著媽媽，搬去跟外公一塊住，準備就讀外公家附近的一所「桃元國中」。在那所新的國中，李宇強連一個認識的小學同學也沒有。

「李宇強」這個名字，是爸爸取的。李世忠是「星戰」迷，好不容易自己有小孩，就一廂情願希望孩子長大以後，是宇宙級別的強大……有夢最美，事與願違，李宇強一點也不強大。他遺傳到母親的基因，不僅從小身形瘦弱，左邊耳朵還有聽力障礙，從小就聽不到聲音。不要說什麼宇宙級別的強大了，他就連在小學班上「班級別的強大」也辦不到。

因爲個子不高，李宇強在班上坐前排，位置四周都是女生，你從教室後面遠遠看過去，就會覺得李宇強有點娘。李宇強不喜歡女生，但班上個子不高的男同學，也沒什麼人想跟他交朋友。而那些個子高壯的男同學，一逮住機會只會欺負他。

沒關係。老實說，李宇強一點也不在乎能不能跟班上同學當朋友。他覺得班上的同學一個比一個幼稚，不僅說話沒營養，行爲也超白癡，根本是一群無聊的小學生。他才不在乎能不能跟無聊的小學生當朋友，他寧可把跟同學打交道的時間拿來讀課外書。

每個禮拜，李宇強都從學校圖書館借書回家。他最喜歡看偵探小說，學校的每一本福爾摩斯跟亞森羅蘋的書，他都看過好幾遍。爸媽帶他去書店買書，他也總是挑日本偵探小說或偵探漫畫買。國小男生多半外向、好動、愛打球，偏偏李宇強內向、文靜、愛看書，看起來就像一個瘦弱的書呆子。坦白說，李宇強覺得自己的樣子看起來，還蠻讓人沮喪的。

叫什麼李宇強？強個屁啦！他根本弱爆了，他一點都不喜歡爸爸幫他取名爲「李宇強」。特別是後來外公開炸豬排店之後，每次放學回家到外公店裡的二樓做功課時，晚餐時刻外公總會在樓下喊他：「小強，下來吃飯了！」他都會覺得，外公你到底是不是在叫一隻蟑螂啊？

雖然李宇強從小有一隻耳朵聽不見，但他的視力很好，爸媽之間發生的一切，他看得一清二楚。大概是小學五年級下學期開始，李宇強就覺得爸爸有點怪，常常出差不回家，對待媽媽也明顯比以前冷淡。媽媽懷疑爸爸外面有女人，整個人很焦慮。後來證實爸爸有外遇，媽媽很崩潰的跟爸爸攤牌後，爸爸乾脆就跟媽媽離婚，給了媽媽一筆贍養費，把李宇強的撫養權交給媽媽。李宇強跟媽媽離開原來的家搬去跟外公住，準備讀一所沒有任何小學同學會一起就讀的新國中。

對李宇強來說，一切都兵荒馬亂。爸媽剛離婚，暑假結束他就要讀國中，他們搬去跟外公住，結果外公也一堆狀況。外公先前被一個女人騙光積蓄，整個人焦慮不已，看上去蒼老許多，還經常半夜夢遊。每天早上媽媽醒來，就會先去巡外公房間，一發現外公不在家，就知道外公夢遊去了。媽媽會塞錢給他，讓他自己買早餐、上學，接著匆忙出門去找外公。

國一開學沒多久，有一次外公半夜夢遊，在一處廢棄加油站殺了一隻豬。隔天醒來還把那隻豬大卸八塊，跟媽媽帶了一堆豬肉回家。回家後外公開始炸豬排請左右鄰居吃，大家都說炸得很好吃。

外公受到鼓勵，心想乾脆來開一家專賣炸豬排飯的店好了。沒想到外公的炸豬排店生意非常好，經常忙不過來，媽媽只好每天去外公店裡幫忙。李宇強放學後會先到外公的店裡做功課，然後趕在晚上用餐尖峰時段前吃完晚飯。有時候外公會陪他一起吃飯，李宇強經常扒著碗裡的炸豬排飯，聽坐在對面的外公跟他說：

「你年紀雖然小，但是要堅強啊！你爸媽雖然離婚了，那也沒什麼大不了的，現在外面離婚的人多得是。想當年外公在你這個年紀的時候，我爸爸也經常不在家啊！你看我還不是活得好好的。有爸爸可以依靠當然好，爸爸不在身邊那你就靠自己……」

老人家都是這樣，愛講一些陳年往事，都以為小孩需要聽那些，以為講那些對小孩有幫助……李宇強都麼沒在聽。李宇強不喜歡外公老是提醒他要堅強，好像爸媽離婚對他來說有多難受，坦白說還好。李宇強小學的時候，班上就有幾位同學的爸媽離過婚，他也不覺得那些同學有什麼不一樣。輪到自己的爸媽離婚，李宇強只覺得：「喔，原來大人離婚是這麼一回事啊！」

他的反應就像是一個打過疫苗的人，雖然後來還是不小心中鏢，但畢竟打過疫苗、已經有抵抗力，因此沒有明顯的症狀。李宇強頂多只覺得，爸爸跟小三很噁心。一個是有老婆卻還在外面亂搞的男人，一個是知道對方有老婆卻還跟他一起亂搞的女人，真是爛透了。他們難道不知道這麼做會破壞一個家庭嗎？會讓一個小孩從此變單親嗎？

李宇強覺得變單親還好，他比較擔心的是媽媽。他知道媽媽在嫁給爸爸之前，有過一段不美滿的婚姻，曾經離過婚。好不容易又跟爸爸結了婚，到最後還是離婚收場；連續離婚兩次，對媽媽來說打擊很大。媽媽覺得很受傷，覺得自己人生很失敗，步入中年，既然青春留不住也就算了，怎麼會連老公也留不住呢？媽媽每天都沉浸在哀傷裡面。

外公開炸豬排店後，媽媽在店裡幫忙，外公爲了鼓勵媽媽走出傷痛，就叫媽媽也開一家店賣豬腳麵線。外公說他在加油站殺豬那天回家時，媽媽做的那一鍋豬腳麵線超好吃又超療癒，他吃完一覺睡到天亮、完全沒有做夢，更別說夢遊了。外公說，一定有很多人也需要那樣一碗豬腳麵線來療癒身心，他鼓勵媽媽開一家店賣豬腳麵線，既可以療癒別人，也可以轉移自己失婚的注意力。

後來媽媽眞的開店了，店名就叫做「快樂腳豬腳麵線」。店名是李宇強取的，他根本不在乎媽媽做什麼，他只希望媽媽能夠快樂。但是媽媽並沒有，媽媽只是忙，只是團團轉，像一個坐在旋轉咖啡杯裡不停轉圈圈的中年婦人。

「快樂」並沒有來到媽媽身邊，相反的，來的只有「忙碌、暈眩跟憂傷」。每個禮拜六、日早上，李宇強都會到店裡幫忙。每回在店裡看著媽媽發狠剁著豬腳，剁到眼淚直流，他就難過。他慢慢滋生出一股恨意——他恨父親，恨小三，恨他們兩個人聯手毀了一個家，讓媽媽一直哭。

沒想到李宇強國二上學期開學不久，爸爸就出了車禍導致兩隻小腿截肢，爸爸心心念念的小三也跑了。先是媽媽離開爸爸，接著是小三離開爸爸，到最後爸爸的一雙小腿也離他而去。情況轉變成這樣，李宇強的情緒有點複雜。他對爸爸還是有恨意，卻也爲爸爸失去一雙小腿感到不捨，另一方面又覺得（好像不應該）爸爸有這種下場，是罪有應得。其實最應該遭受報應的，是那個小三才對。她不僅害慘了媽媽，爸爸出車禍也丟下爸爸不管，她做了那麼多喪盡天良的壞事，自己卻一點事也沒有，太沒天理了。

但是媽媽展現的寬容，打動了李宇強。爸爸出了車禍，媽媽非但沒計較爸爸過去做的種種不是，還三不五時讓人送豬腳麵線給爸爸吃，李宇強自己就送過幾次。第一次送豬腳麵線去醫院給爸爸，看見爸爸沒了一雙小腿，兩雙大腿纏滿繃帶，李宇強眞的覺得爸爸很可憐。他幫爸爸把豬腳麵線從保溫鍋裡盛出來，裝進碗裡，端到病床上的小桌架上放妥，再把筷子跟湯匙遞給爸爸。

他看著爸爸費力拿起筷子，夾起一小塊豬腳往嘴巴裡咬一小口，再放回碗裡，一邊咀嚼一邊夾起細長麵線放進嘴裡，接著又放下筷子、舀了一口湯喝……爸爸似乎覺得那一碗豬腳麵線很好吃，吃著吃著，眼裡布滿了淚水……爸爸的內心似乎很澎湃，很百感交集，有很後悔的感覺。

果然，李宇強第二次送豬腳麵線給爸爸吃，爸爸吃完之後，就請李宇強幫忙傳話給媽媽。大意是說，他對媽媽做出那些事，眞的覺得很抱歉，很對不起媽媽，希望媽媽能夠原諒他。李宇強沒有傳話。爸爸騙過媽媽一次，李宇強不知道那些道歉的話，會不會是爸爸的另一次謊言？他完全不想要媽媽再受傷一次。

爸爸出院後開始復健，他裝上義肢一步一步重新學走路。等腳步穩當到能夠順利走路，他跑去跟人家學做菜。在李宇強國二下學期結束前，爸爸竟然在媽媽的豬腳麵線店斜對面開了一家小吃店，賣起當歸鴨。爸爸很明顯是想企圖挽回媽媽，光聽他取的店名就覺得很好笑：「不管媽媽多麼討厭我——當歸鴨。」

這是什麼跟什麼啊？當年你爲什麼就不好好珍惜媽媽呢？你當時傷透媽媽的心，現在卻想要「當歸」？你幹麼「當歸」啊？你不要「當初」不就好了嗎？你們大人都叫小孩不要任性，自己任性就可以嗎？想離開就離開，想回來就會來，這算什麼？把我們當7-11可以隨便進出嗎？爸爸你也太隨便了吧？

結果媽媽原本逐漸平靜的小吃店生活，因爲爸爸新開的店，心情又起波瀾。她本來是店頭料理食材、招呼客人，後來乾脆把這些事都交給員工，自己躲到後面廚房去忙，眼不見爲淨。這也就算了，沒想到過沒多久，那個差勁的小三也在附近開了一家三角飯糰店。小三很明顯是企圖搶回爸爸，光看她取的店名就覺得很誇張：「**再見，總有一天三角飯糰。**」

太可惡了！你們兩個人欺負我媽媽一次不夠，還要再來第二次嗎？原本以爲媽媽已經擺脫兩個人，現在卻又無端捲入三角糾纏。媽媽再度陷入焦慮，白天慌慌張張，半夜難以入眠。李宇強很想報復，但是他已經國三了，要準備高中升學考試。媽媽就他這麼一個兒子，要煩心的事已經夠多，他不能再做傻事讓媽媽操心。報復的事不能做，想一想總可以吧！

因爲從小喜歡看偵探小說，李宇強從國二開始，就在網路上開了一個部落格，用筆名「十八顆子彈」（很想贏九把刀的感覺）在週末寫「偵探小說」。他寫了幾篇短的，但感覺還不太成熟。爸爸的小三開店之後，他開始寫全新的題材。他寫的都是謀殺小說，都是一個飯糰店老闆娘遇害的故事。

第一個故事叫「深夜飯糰店遇見夢遊殺手」，故事是：有一個老屠夫半夜夢遊，拿了一把殺豬刀闖進飯糰店裡，誤把在深夜備料的老闆娘當成一頭黑毛豬給錯殺了……第二個故事是「愛上委員長的哥哥」，講一個獨裁者，擔心他的哥哥會發動政變，就派特務到臺灣來追殺他的哥哥。最後連同哥哥在臺灣的情婦，也就是飯糰店老闆娘，一起毒殺了。

第三個故事是「砂石車司機的輪轉正義」，講一個被戴綠帽的砂石車司機，專門開車撞那些行爲不檢的姦夫淫婦，有一天開著砂石車衝進飯糰店，把老闆娘撞死了……第四個故事李宇強還在構思，內容有點像很久以前的電影《牯嶺街少年殺人事件》（他在市立圖書館看過這部電影）。李宇強會試著在故事中，化身成那個少年親自上場，也許他會用上外公當年夢遊的那把殺豬刀。

週末，李宇強書讀累了，就寫故事。班上一位女同學孫妮妮來找他，他也不出門。這些故事會持續，但是他不會幹傻事。他聰慧早熟，知道那些爲了報復別人而賠上自己的人都是大傻瓜，他不會當傻瓜。只是他不知道，這些故事最後會把他引領到一家書店，一家在十八年後他開的獨立書店，專門賣推理小說。

書店的名字就叫：「**殺手沒有假期——謀殺專賣店**。」

P.S. 請你不要計較：「喂，火星爺爺，認眞一點啦！書店耶！賣書的耶！算什麼小吃店嘛？」讓我們把「推理小說」當做重口味的精神糧食吧！

七、男同學的四神湯

國一開學沒多久，李宇強很快就在班上交到朋友。王厚禮是李宇強在班上最好的同學，他們倆跟另外一位女同學孫妮妮在班上組成「桃元三結義」；桃元是他們讀的國中，三結義則是命運的安排。

他們三個人的個子都矮，坐在前排，本來就容易親近，加上三個人多少都有一點「不正常」：王厚禮長短腳，他的右腳比左腳要短一些，也比較沒力氣，是小時候爬樹摔斷腿留下的後遺症。

孫妮妮則是有亞斯伯格症，她說她小時候超級麻煩，爸爸都快被她搞瘋了，現在應該算是有好一點。李宇強則是左邊耳朵聽不見，放學跟另外兩個人一起回家時，他總是走在最左邊，右耳向著兩人，才能聽清楚他們在說什麼。

開學沒多久，三個人多少都被班上的同學欺負過，加上坐得近，自然而然就在一起相互支持。簡單來說，「桃元三結義」在學校裡發生的故事，基本上就是一齣「小人國演義」。

王厚禮是獨生子，爸媽很晚才生下他。老來得子，爸媽覺得這孩子是老天爺饋贈的厚禮，就幫他取了「王厚禮」這個名字。爸媽不只認為他對這個家而言是一份厚禮，更希望王厚禮長大以後，對身邊的人來說也是一份厚禮。爸媽的期待很美好，但自從王厚禮爬樹摔斷腿後就不那麼想了，先不要說變成「禮物」了，不要變成別人的「負擔」就阿彌陀佛了。

王厚禮走起路來有點右傾，他自己覺得還好，但別人看他都覺得有點吃力。剛開始他還會跟著大家一起參加操場的朝會升旗，但是沒多久後，老師就特准他不用參加朝會。照理說，多出來的時間本來是一種福利，不用跟大家一起去朝會、曬太陽、聽校長講一些無聊又沒用的話，真好……好到讓同學羨慕。但是這項「福利」沒多久，卻變成王厚禮的夢魘。

有個滿臉青春痘、個子比王厚禮高兩個頭、身形粗壯的霸道同學阿賓，開始回家不寫作業，到學校才叫王厚禮幫他寫。阿賓總是趁著朝會前、教室同學走得差不多之後，才拿著作業簿給王厚禮叫他幫忙寫。王厚禮一開始面有難色不願意，阿賓就說：「反正你也不用升旗，幫我寫一下會死喔？」

王厚禮很怕阿賓，不知道怎麼拒絕，只好滿腹委屈的幫阿賓寫作業。後來李宇強知道這件事，非常生氣！每個人都自己寫作業，你阿賓憑什麼叫王厚禮幫忙寫？王厚禮欠你的嗎？

有一次朝會前，阿賓又找王厚禮幫忙寫作業，李宇強在教室外面隔著窗玻璃看見，就衝進教室奪走阿賓的作業簿，一把砸在阿賓臉上：「幹！你手斷掉不會自己寫是不是？爲什麼要叫王厚禮幫你寫？」

阿賓盛怒，衝過去把李宇強推倒在地，一頓海扁。李宇強很有膽識，但他太瘦弱了，完全沒有招架的能力。事實證明阿賓的手沒有斷，他的拳頭拿來握筆寫作業是不太行，但是拿來揍人把人揍到流鼻血，倒是很可以。

李宇強還不了手，整個人被揍得很慘，但他一聲不吭。幾個還沒離開教室的同學趕過來架開阿賓，阿賓揍人揍得起勁還沒過癮，就對李宇強嗆聲說：「恁爸的手不是拿來寫作業的，是拿來揍人的啦！現在知道了吧！」

班上的同學都怕阿賓，沒人敢出頭。孫妮妮本來想去報告老師，也被李宇強跟王厚禮阻止。王厚禮害李宇強被揍，心裡很難過，一整天魂不守舍，但是那一天事情還沒完呢！那天放學，阿賓也沒放過王厚禮，他夥同死黨在學校外面的一條小巷子，堵住王厚禮的去路。

死黨們把王厚禮的雙手分別架在牆上，阿賓一手扯緊王厚禮的衣領，另一隻手停在空中：「讓你寫個作業是會怎樣啦？蛤！是會怎樣啦？」一句質疑一記巴掌，啪啪兩大響，打得王厚禮兩道鼻血，緩緩從鼻孔流出來。

「你再去說啊！蛤！」阿賓說：「再去跟別人說啊！再去跟你的小強哥說啊！再去跟老

師說啊！你他媽敢再說，給我試試看！」

阿賓警告王厚禮，要是他敢告訴老師，下一次可不會只有流鼻血這麼簡單。阿賓從書包裡摸出一把扁鑽，對著王厚禮把玩，傍晚的夕陽照映在扁鑽上，閃著斑燦金光，顯得扁鑽無比鋒利。「你他媽龜孫子！」阿賓對王厚禮說：「我看下一次，就用這支扁鑽在你背後畫一隻烏龜吧，你說好不好啊？哈哈哈！」

王厚禮被阿賓的兩巴掌打得頭昏眼花，但一聽到阿賓要拿扁鑽在他背後畫烏龜，他瞬間清醒過來，腦海閃過一個無比鮮明的畫面……不知道爲什麼，那一刻在王厚禮腦海閃過的畫面，是以前課本讀過的，岳飛他媽在他背上刺「精忠報國」四個字……王厚禮當然不是岳飛，阿賓也不是岳飛他媽，阿賓更不可能刺什麼「精忠報國」，那四個字對阿賓來說，筆畫太多了。

明明被欺負了，那天回到家王厚禮卻安安靜靜，什麼話也沒跟爸媽說。只不過那一天之後的每一天，王厚禮都不想去上學。他完全不想再見到阿賓，一見到他，腦海就會浮現阿賓手上那把亮燦燦的扁鑽。想到阿賓有可能會拿扁鑽在自己背上刻烏龜，他就一點上學的動力也沒有。

他討厭阿賓，討厭時不時要多寫一份作業。他也怕李宇強又被牽連挨揍，更怕放學後又一次被圍堵，被阿賓打到流鼻血……每一天上學前，他總是琢磨著各種請假理由，總是要從頭到腳把身體認真掃瞄過一遍，確定沒有什麼地方不舒服，才肯心不甘情不願的去上學。

阿賓秀扁鑽嚇唬他的事，王厚禮也沒有告訴李宇強跟孫妮妮，是後來李宇強覺得王厚禮每天上學都悶悶不樂不太對勁，有一次中午吃飯就追問他，王厚禮才說出口。

孫妮妮聽完終於忍不住了，跑去跟老師告狀。老師把王厚禮跟阿賓兩個人叫到辦公室，確認真有其事後，就把阿賓的爸爸請到學校來。阿賓的爸爸到學校，知道阿賓拿扁鑽在學校外面嚇唬同學，就當老師面把阿賓訓了一頓。

阿賓的爸爸是做生意的，辦事周到，該道歉就道歉，該送禮就送禮，該訓斥兒子就訓斥兒子。他對老師說，阿賓這孩子從小就比較頑皮，但是心地並不壞。跟同學玩笑開得太過火，他真的覺得很抱歉，眞是給老師跟同學添麻煩了。快放暑假了，他一定會在家好好管教阿賓，請老師再給阿賓一次改過的機會，懲處的部分就請老師手下留情、高抬貴手，不要出手太重……

明眼人都知道，阿賓的爸爸不過就是做做表面工夫，班導師說什麼，他根本不當一回事。阿賓老爸的後臺硬，有一位堂哥在市議會當議員。自己小孩在學校欺負同學當然不對，但是哪一個青春期的小孩不調皮？小孩子吵吵鬧鬧，事後和好也就沒事了，當爸爸的他該做的禮數一樣也沒少，已經十分周到，這樣應該可以了吧！

如果做到這種程度，還有誰要爲難他兒子，那就是擺明了要找他阿賓爸爸的麻煩了喔！他這個人做人，也是懂得與人爲善的，人不犯我，我不犯人。要是有誰不識相想要找麻煩，那個誰，可就是擺明要給自己找麻煩了喔。阿賓老爸眞正想傳達的意思是：老師啊！你做人要識時務啊！識時務者不一定能成爲俊傑，但肯定是可以逃過一劫。

老師當然懂。像阿賓跟他老爸這種學生跟家長每一年都會有，好在他們三年後就會離開。做老師的要負起管教責任當然沒有錯，但是也要懂得明哲保身。那些孩子，他們的父母從小管到國中都管不動了，你期待一個國中老師花三年就能改變孩子？這是不實際的。一個班級有那麼多孩子等著老師付出，爲了一個學生賭上自己的教學前途，那是犯不著的。暑假快到了，也許過完暑假，情況會有所改變也說不定。

果然暑假一過完，情況眞的有所變化。國二上開學第一天，王厚禮就沒來上課，李宇強跟孫妮妮都有一點意外。那天下午第一堂課，老師回到教室跟大家說王厚禮的身體出了點狀況，他媽媽早上來幫他辦休學，但具體是什麼情況，她媽媽也沒有說清楚。

發生什麼事？暑假結束前幾天，李宇強跟孫妮妮還去王厚禮家找過他，王厚禮看起來明明好好的，怎麼一開學身體就出狀況？好不容易熬到放學，李宇強就跟孫妮妮一起去王厚禮家找他。王媽媽出來開門，只說王厚禮身體不太舒服、不方便見他們，請他們先回去。

兩個青少年一臉茫然，到底怎麼回事啊？王厚禮身體哪裡不舒服？要不要緊啊？但是王媽媽話說得含糊，兩個國中生不好多問，只能帶著各種問號各自回家。眞是奇怪了，好端端一個人怎麼會突然就沒辦法上學，還沒法見人呢？

見不到人，李宇強回到家就打電話到王厚禮家，結果還是王媽媽接的。王媽媽還是說王厚禮身體不舒服、不方便接電話，請李宇強短時間內不要再打電話來，然後就把電話掛了。什麼情況？怎麼會這麼嚴重？人見不著就算了，連電話也不能接？李宇強不死心，幾天後又在不同時間打電話到王厚禮家。但是他學乖了，只要電話是王媽媽接的，他就立刻掛電話。

連著打了幾天都是王媽媽接電話，李宇強忽然有一種感覺：好像自己是一個在追大明星八卦的狗仔記者，想打電話給明星本人求證事情，卻老是被經紀人（王媽媽）擋下電話。不行！不能這麼容易就被打發。再怎麼說王厚禮都是他兄弟，無論如何他都想知道王厚禮到底出了什麼事？如果能夠幫上忙，要他做什麼都願意。

既然要當狗仔，那就徹底一點。好幾個上學的早上，李宇強比平常更早出門，來到王厚禮家對面守候，看他會不會從家裡出來？結果李宇強等到上學快遲到都沒見到人。

又有好幾個晚上過了十點，李宇強來到王厚禮家外面，故意在樓下學狗叫，結果叫了老半天也沒看到王厚禮從樓上的房間陽臺探頭出來。又有幾個週末，李宇強跑去王厚禮家附近，一看到有鄰居出入就跑過去問對方，最近有沒有看到王厚禮？但鄰居都說有一陣子沒看到王厚禮了，也沒聽他家人說是什麼原因。

奇怪了，發生什麼事？王厚禮怎麼會就這樣不見，只留下一團謎？李宇強平常偵探小說看得也算挺多的，但是他完全不知道王厚禮留下的謎團該怎麼破解。他花好多時間打聽消息，還是一點線索也沒有。李宇強這樣三不五時跑去王厚禮家門外當狗仔，卻什麼也沒發現。最後李宇強只好停下來，安慰自己說：也好，這樣一來王厚禮就不用再去學校，不用再被阿賓欺負了。

就這樣過了快一年，王厚禮一直沒有回學校。國二下結束時大家都知道，就算王厚禮回到學校也要從國二開始復讀，是不可能再跟他們同班當同學了。然而國三新學期一開始，王厚禮也沒有回來復學。李宇強掛念王厚禮，都過了一年，他的身體還好嗎？以後還會回學校嗎？他是想等阿賓畢業後再回學校，這樣就不會遇見阿賓……王厚禮是這樣想的嗎？

國三上第一次段考前，阿賓請了幾天假沒有來學校上課。聽阿賓的死黨說，阿賓前一晚補習回家，在路上被人狠狠揍了一頓。聽說，阿賓的爸爸在醫院裡看著一顆頭腫得像豬頭的阿賓，氣急敗壞的問他到底是誰幹的？阿賓竟然張著腫到快撐不開的眼睛說：「忍、忍、忍者龜……」現場的人聽到「忍者龜」，都覺得阿賓是不是被打傻了？都什麼時候了，還在講忍者龜？是卡通看太多、語無倫次了嗎？但阿賓就一直說「忍者龜」，說是忍者龜打了他……到底在講什麼東西啦！

阿賓被打，他老爸第一時間就報警，還兵分兩路，先讓市議員堂哥給警察局長打了電話（警方立刻派人調閱監視器，展開調查），同時又找了幾個幫派弟兄跟著明查暗訪，還特別交代弟兄們說：「管他是什麼忍者龜、龜苓膏，找到了，先給我打斷一條腿再說！」

結果警方跟幫派兄弟查了半天，也查不出什麼忍者龜、龜苓膏，眞的很詭異。那是國三上學期的一個小插曲，班上同學都在認眞準備升學考試，只把這件事情當成八卦，沒有人有空理會被打的阿賓（活該啦），還有他口中的什麼忍者龜。

李宇強也一樣認眞準備考試，只不過週末時，他還會寫謀殺小說當消遣，更新在自己的部落格。有時候孫妮妮來找他，他也不肯出門。國三上學期第二次段考後，一個星期四的晚上八點，李宇強突然接到王厚禮的電話，約他晚上十一點在學校教學大樓的頂樓見。李宇強又驚又喜。

天啊！這麼久沒消息，你可終於出現了。他急著想在電話裡知道王厚禮到底怎麼了，但王厚禮卻只說：「見面再說吧。」就掛斷電話。好吧，至少王厚禮沒事，至少到晚上就可以知道王厚禮這一年多來，到底發生什麼事。

李宇強什麼事也做不了，書也唸不下去，當晚十點半不到，他就摸黑進學校，依約來到教學大樓的頂樓。十分鐘後，王厚禮也到了，李宇強一看到王厚禮大吃一驚！王厚禮抽高不少，比李宇強高出一個頭，而且變更壯了。他看起來很魁梧壯碩，像充飽氣的米其林輪胎寶寶。

李宇強的臉上藏不住興奮，衝過去要打招呼，但王厚禮這一身裝扮是怎麼回事……

「嘿，你幹麼把自己打扮成忍者龜啊？」李宇強問。

「等一下，」週末都在寫謀殺小說、心思細膩的李宇強，瞬間把一切都串連起來，他拉高音調：「不會吧？阿賓是你打的？」

「是我打的。」王厚禮直接承認了：「我不是故意裝成忍者龜的，我是背後長出烏龜殼。」王厚禮說完，脫掉忍者龜外套，轉過身把汗衫往上一掀，讓李宇強看他背部長出的烏龜殼，要李宇強摸摸看。

李宇強一看嚇一大跳，真的有像烏龜殼的東西，他一摸，那觸感無比堅硬厚實，皮膚表面還布滿龜殼紋路，李宇強像是被電到一般無比驚訝：「怎麼會發生這種事呢？」

王厚禮轉過身來，說他是升國二開學的前幾天，一早醒來發現自己完全翻不了身。他用力左右搖晃才跌到床底下，站起身來卻發現自己的背部變好重，好像揹了一個十幾斤的沙包一樣。他走到穿衣鏡前脫掉衣服，發現背後長出像烏龜殼的東西，他驚呼一聲、往後一仰，就暈倒在地上。

王厚禮醒來之後，發現床邊坐著住附近的醫生表哥，還有他爸媽，他們也全都是一臉錯愕。表哥幫他量了血壓、脈搏，又觀察了瞳孔，一切看起來都正常。但是背部的烏龜殼是怎麼一回事？

「你是怎樣？」李宇強問：「是像蜘蛛人，睡前被一隻輻射烏龜給咬了一口嗎？」

「講什麼啦？你電影看太多！」王厚禮說：「我也不知道是怎麼回事，就開學前幾天，烏龜殼突然之間就一夜長出來……我表哥後來帶我去醫院檢查，我還要穿我爸爸的外套大衣才能包住烏龜殼咧……」

「這也太誇張了吧！檢查結果怎麼樣啊？醫生怎麼說？」

「醫生說身體狀況都還算正常，『烏龜殼』可能是一種肌肉纖維瘤，需要進一步切片檢查才能知道，但一夜之間長出這麼大一片，還有烏龜殼紋路，還眞是從來沒有見過，如果要切除這些纖維瘤，可能要開好幾次刀……」

李宇強難以置信：「太扯了！」

「是不是！」王厚禮說：「我一聽到要開刀就嚇壞了，我才不要！後來切片檢查結果，纖維瘤是良性的，對身體沒有什麼大礙，但是我哪敢揹著烏龜殼去上學啊！」

「說得也是，會很奇怪。」

「對啊，我不敢去上學，出門又怕被人家指指點點，只好躲到鄉下阿嬤家。」

「難怪都找不到人。」

「我請我爸媽千萬要保守祕密，不可以說出去，特別是不可以跟學校老師或同學說，因爲阿賓那些人要是知道我背後長出烏龜殼，一定會笑我的。阿賓一定會說：『我還沒在你背上畫烏龜，你就自己變忍者龜喔！你是怕我動手所以先自己來唷？哈哈哈，笑死我了！』我才不要讓他有機會笑話我咧！」

李宇強心想，阿賓說你是「忍者龜」那還算是好的，你要是女生，阿賓可能會說你是「龜殼花」，王厚禮三八阿花龜殼花……「那你怎麼會跑去揍阿賓一頓呢？」李宇強問：「聽說他被揍很慘。」

「我身上多了烏龜殼，做什麼都很吃力，我只好在鄉下鍛鍊身體。我每天做重訓、跑山路，我阿嬤在鄉下養了很多放山雞，她三不五時就抓一隻來燉雞湯給我吃，結果不到一年，我就長高了不少，身體也變強壯了，連本來弱弱的右腳也長出肌肉來！」

「那很不錯啊！」

「對啊，我變壯之後膽子也變大了，以前阿賓欺負我，我就想找個機會討回來。反正我有烏龜殼，他就算拿扁鑽我也不怕。我從鄉下回家就一直想著要教訓阿賓，我偷偷跟蹤過他幾次，知道他晚上補習回家都走哪一條路。有一個晚上，我就把自己打扮成忍者龜，帶了一支球棒，趁他補習回家，在一條人少的巷子把他扁了一頓。」

「你眞的把他打傻了。」

「他眞的嚇壞了，突然看見一隻忍者龜拿球棒衝出來，他平常的霸氣都不見了，嚇都嚇死了。」

「齁，不管是誰在半夜遇到忍者龜拿球棒，都會嚇呆掉吧！你到底爲什麼會長出烏龜殼啊？」

「我也不知道啊，可能是我老是想著阿賓要拿扁鑽在我背上畫烏龜，我害怕又不甘心，一直希望有一天能變強壯去報仇……不知道是不是因爲這樣才長出烏龜殼？我變壯後就想說，既然都長出烏龜殼了，乾脆就打扮成忍者龜去找阿賓出一口怨氣好了；把一肚子的怨氣變成一道『龜派氣功』，讓阿賓嚐嚐我的厲害……」

「還龜派氣功勒，你很會嘛！哈哈哈。」李宇強忍不住大笑，隨卽又愣了一下。如果一個人不停想著一件事，那件事情就有可能發生，那麼李宇強每天想著飯糰老闆娘怎麼死，最後又會發生什麼事呢？

「你不回學校上課，那以後怎麼辦啊？」李宇強問。

「以後的事以後再說吧，說不定我以後會開店賣吃的喔！就像你外公賣炸豬排、你媽媽賣豬腳麵線，或孫妮妮她爸爸賣親子丼一樣。我平常在家沒事都會看 Youtube 影片學做菜。你知道嗎？我的四神湯做得很不錯，我白天就剛煮好一鍋，應該帶一碗來給你吃才對。」

李宇強的腦海瞬間閃過一個畫面，就是王厚禮扮成忍者龜，站在一大鍋湯桶前，舀起四神湯倒進碗裡的樣子。

「忍者龜賣四神湯？這也太奇怪了吧！」

「也只能打扮成忍者龜了，不然我怕我的烏龜殼會嚇到小朋友啊！」

「那你開的店要叫什麼名字啊？」

「我都想好了耶，你聽聽看。」王厚禮說：「**老闆不是人——四神湯**。」

李宇強聽完大笑：「哈哈哈，有梗耶！」

「是不是？」王厚禮笑著說：「我也覺得很有梗耶！」

那一夜，桃元國中的教學大樓頂樓，滿月的月光映照在兩人身上，把兩人身影拉得好長。如果你遠遠看見兩人拉長的身影，會覺得好像是一位小男生坐在一隻大烏龜的旁邊。那幅景象似乎預告著未來，會有一段奇異的故事。

王厚禮說，他會取那個店名不是隨便開玩笑的，那是他的「出櫃」預告。總有一天，他會脫下忍者龜裝扮讓世人知道，他不是在Cosplay，他是眞的長出烏龜殼。

八、孫爸爸的親子丼

國一開學第一天，李宇強就讀的桃元國中一年三班，女班導師站在臺上，請同學們按照座號輪流上臺介紹自己。孫妮妮的座號排在中間，她一上臺就對大家說：「老師好，同學好，我的座號是十七號，我叫孫妮妮。不是尼姑的『尼』喔，是有女字旁的那個『妮』，我跟大家說，我有『亞斯伯格症』喔！」

坐在後排一位好奇的同學「阿星」，天眞的舉起手問孫妮妮：「請問什麼是亞斯伯格症？」坐阿星隔壁（家也住阿星家附近，從小學就跟阿星同班），不久前才剛上臺介紹完自己的「阿賓」對阿星竊笑說：「就是一種神經病啦！笨蛋，連這個也不知道！」

「其他同學不要講話！」老師斥喝道。孫妮妮不受影響繼續說：「同學們家裡都有電腦吧！一般電腦都要裝Windows這種東西才能跑，我們的大腦也一樣，也要裝類似Windows才能跑。只不過一般人的大腦裝的都是Windows，但我裝的不是喔！」

那是孫妮妮的爸爸教的，孫爸爸說如果有人問起孫妮妮：「爲什麼妳看起來跟別人不太一樣？」或者如果有人問她：「什麼是亞斯伯格症？」孫妮妮就可以這樣回答。孫妮妮才一說完，好奇寶寶阿星又追問：「哦？妳的大腦裝的不是Windows，那妳裝的是什麼啊？」

阿賓又在旁邊笑說：「裝大便啦！你白痴喔！」這下班導師生氣了：「吳奇賓，你給我站起來，去後面罰站！」

人跟人之間的關係，很多時候都是在一開始那一瞬間就寫定好了。往後在班上，霸道同學阿賓會一直嘲弄孫妮妮，而老師再怎麼管也管不動阿賓那一張嘴。出於正義感，李宇強跟王厚禮會努力保護孫妮妮，只不過他們很快就發現，他們兩人的保護，脆弱得就像九十五歲阿嬤經常疼痛的膝蓋骨。

三個人後來在班上組成一個小團體，彼此互相支持，號稱「桃元三結義」。雖然小團體裡面只有三個人，但是硬要分的話裡面還是有「派系」的。很明顯李宇強跟王厚禮兩個男生是一派，而孫妮妮自己一個女生是一派，原因是孫妮妮她眞的很奇怪，怎麼說呢？

孫妮妮就像是一個在KTV裡喝醉酒的女生，想幹麼就幹麼，根本不管旁邊的人發生什麼事。明明電視大螢幕放的MV是周杰倫的〈聽媽媽的話〉，孫妮妮拿起麥克風，就唱起謝沛恩的〈Daddy's Girl〉！眞的有夠離譜。就算她終於發現自己唱錯，改回去唱〈聽媽媽的話〉，也是唱得歪七扭八，怎麼唱都對不上Key。

沒騙你，要跟孫妮妮說上話有時就有這麼難！李宇強跟王厚禮常覺得，明明孫妮妮也講國語，爲什麼他們卻經常聽不懂呢？爲什麼跟孫妮妮說話，常常有一種雞同鴨講的感覺呢？好啦，具體舉一些例子，讓你知道跟孫妮妮說話有多不容易好了。

就拿「聽話」來說吧，孫妮妮完全聽不懂什麼是「客套話」。有一次，一個家裡很有錢的女同學在跟其他同學炫富，說她家用的東西有多麼高檔、多麼名貴，各種名牌在他們家有多麼平常之後，孫妮妮就問她說：「那我可以去妳家玩嗎？」

女同學就跟孫妮妮說：「看看吧，有機會再找一天找妳來我家玩。」人家女同學說的是「客套話」，女同學的意思其實是：「妳有沒有搞錯，我家是隨便什麼人都可以來的嗎？妳當我家新光三越啊？妳先去抽個號碼牌慢慢等好了，目前排到三千五百七十九號喔……」

孫妮妮就聽不懂，她還三天兩頭追著女同學問，到底哪一天可以去她家玩？搞得女同學很火大，對孫妮妮破口大罵：「妳煩不煩啊！」孫妮妮覺得奇怪，怎麼妳之前才說要找一天找我去妳家玩，今天卻覺得我煩呢？

聽不懂客套話就算了，輪到該孫妮妮說客套話的時候，她也不會說。就有一次美術課，美術老師出作業要大家畫一間廟宇，結合現實裡的廟宇跟自己的想像去畫出一間廟。王厚禮花好幾個晚上，畫了一座五彩斑斕、造型奇特的廟宇，供奉著奇怪的神明。他非常得意，覺得自己畫出一幅曠世傑作，還想說畢卡索、梵谷在他這個年紀，畫出來的畫應該也差不多就是這種水平吧。

規定要交作業的那天，他把畫作帶到班上，很得意洋洋的拿給孫妮妮看，期待孫妮妮看完會好好讚美一番，結果你知道孫妮妮說什麼？孫妮妮不帶情緒，只說了兩個字：「很醜。」很醜？王厚禮一聽，一肚子火差點爆發出來！同學妳就一定要這麼直接嗎？蛤？妳不會說這幅畫看起來很有特色嗎？不會說這幅畫的用色非常大膽嗎？不會說在無數平行宇宙的某個地球角落，一定會有一間廟跟我畫的這間廟一模一樣嗎？妳這樣說是會少一塊肉嗎？蛤？虧我平常那麼照顧妳！

沒辦法，孫妮妮就是不會。孫妮妮聽不懂客套話，也不會說客套話，因爲「客套話」這種東西對孫妮妮來說太深奧了。除此之外，孫妮妮也不懂什麼叫做「嘲諷」，比方阿賓經常笑她腦子裝大便、裝豆花，孫妮妮也一點都不難過。因爲她很清楚自己腦子裡裝的，既不是大便也不是豆花啊，是要難過什麼啦？

一樣畫畫，別的同學故意誇她畫得好說：「哎喲～地球人是根本畫不出這種東西的啦，這根本就不是地球人的水準。」孫妮妮會把對方的話當做讚美，聽不出對方眞正的意思是：「這種東西啊，恐怕只有外星球來的怪胎才畫得出來吧！」

不管是聽別人講話，或者自己講話，孫妮妮都是直接不拐彎的，就像投手丘上的一位投手沒有別的球種，只會直球對決。不光說話是這樣，孫妮妮的情緒也是這樣，總是來得直接又快速。她的喜怒哀樂常常說來就來，說走就走，像極端氣候一樣變幻莫測。「桃元三結義」的兩個男生，經常搞不懂她的情緒。

除此之外，孫妮妮還固執得不得了。她老是吃同一款零食，喝同一款飲料，走同樣一條路回家。如果你說的事跟她理解的不一樣，錯的人只可能是你。孫妮妮活在自己的世界，多數時候，她總讓人感覺她神遊去了，人沒在現場。以至於三個人相處的時候，李宇強跟王厚禮常會覺得，孫妮妮看起來好像一尊「銅像」，完全不理會人間。

每當孫妮妮進入「銅像」模式，李宇強跟王厚禮都會試著去喚醒她。孫妮妮當然會回神，她會像一位高空傘兵一樣從天而降，但是你千萬不要以為，孫妮妮會降落在你為她畫好的降落點上，那是不可能的。

這一點，李宇強就非常有感。有一次李宇強為王厚禮幫阿賓寫作業的事情出頭，結果被阿賓推倒在地狠狠揍了一頓，躺在地上流鼻血。那一刻王厚禮馬上蹲下來，讓李宇強的頭躺在自己大腿上，用右手食指抹去李宇強人中上的鼻血。

而孫妮妮只是走過來對李宇強說：「放心吧，正義最後一定會得到伸張的。」李宇強苦笑，心裡想著，同學妳幫幫忙好不好，都這節骨眼了，妳可不可以先別管正義能不能伸張？可不可以先去拿兩張衛生紙讓我把鼻血擦乾淨？可不可以？可不可以嗎？

你看，要跟孫妮妮相處就是這麼不容易，眞的要非常有耐心才可以。說到耐心，有耐心的大人都已經非常少了。（不然怎麼會有那麼多大人，小孩一吵鬧受不了就把 iPad 丟給小孩啊？）何況要兩個血氣正盛的青少年有耐心，那眞的太爲難了啦！

你看，如果連願意跟孫妮妮講話的兩個男生都有這種感覺，那麼其他不太搭理孫妮妮的同學一下子受不了、轉身走人，不是很正常的嗎？這就是爲什麼孫妮妮在班上，只有李宇強跟王厚禮兩個朋友了。雖然說好三個人一起「桃元三結義」，但是相處一學期之後，李宇強跟王厚禮也不免會覺得「好辛苦」、「好累喔」。國一下學期開始沒多久，兩個人都各自想過是不是不要「桃元三結義」了？「桃元兩結義」也就可以了……

後來兩個男生私下聊天，發現彼此都覺得跟孫妮妮相處好辛苦，就決定要慢慢疏遠孫妮妮。於是兩個男生開始中午不跟孫妮妮一起吃飯，作業不跟孫妮妮一起討論，放學也不跟孫妮妮一起回家……孫妮妮知道事情不對勁，但是她不知道該怎麼辦。每當她不知道該怎麼辦時，她就回家問爸爸。對孫妮妮來說，爸爸就是她的一一九。有問題只要找爸爸，爸爸總是會有答案，總是會幫她想出辦法。

國一下學期第一次段考後的一個禮拜三，孫妮妮一早到學校，就拿出兩張邀請卡給李宇強跟王厚禮。卡片是孫妮妮做的，但內文跟署名是孫爸爸寫的，卡片上寫：「誠摯邀請李宇強跟王厚禮同學，蒞臨寒舍晚餐（不是「寒舍艾美酒店」啦）。」孫妮妮說，爸爸想請他們兩個人明天吃晚飯，就在她家開的店，她爸爸在賣親子丼飯。

兩個男生知道孫妮妮她爸爸開店賣吃的，但孫妮妮一直都沒怎麼講家裡的事，也沒找他們去過她家，所以他們都不知道孫爸爸到底開了怎樣一家店。店面大嗎？餐點好吃嗎？生意好嗎？有請員工嗎？

「你們要來嗎？」孫妮妮問。兩個男生拿著邀請卡面面相覷，現在是怎樣？孫妮妮到底跟她爸爸說了什麼啊？她爸爸怎麼會突然要請他們兩個人去吃飯呢？孫妮妮是不是說了很多他們的壞話？是不是大人終於聽不下去，決定要出手了呢？孫爸爸是想藉由這頓飯來好好教訓他們嗎？孫爸爸會臭罵他們不講江湖道義嗎？說好「桃元三結義」，爲什麼後來會有一個女生被排擠呢？

孫爸爸會不會在兩個人親子丼吃到一半時，大聲質問他們：「你們兩個還知道『義氣』兩個字怎麼寫嗎？小學老師難道沒有教過你們嗎？你們兩個不會寫就應該留級啊！爲什麼還升上國中跟我們家妮妮當同學呢？蛤？當了同學還排擠她，你們兩個膽子不小嘛！」

這頓晚飯會不會是孫爸爸擺下的鴻門宴呢？到底是去還是不去啊？兩個人想了一上午，決定還是去吧，畢竟也曾經「桃元三結義」一場！當天他們各自回家，跟家人說了明天晚上要去同學家吃飯，不回家吃。

隔天傍晚，兩人放學後就跟孫妮妮一起來到孫爸爸開的店。一到店門前，就看見門口貼了一張紅紙條上面寫著：「今晚包場不對外，不便之處請見諒。」沒想到，孫爸爸只招待「桃元三結義」三個國中生。看到紅紙條，兩個男生的反應都是：事情大條了，孫爸爸竟然爲了他們包場！放著好端端的生意不做，只招待三個國中生？用膝蓋想就知道，孫爸爸打算心無旁騖的好好教訓兩個男生。

只是一進到店裡看見孫爸爸，兩個小男生各自懸著一顆忐忑不安的心就放下來了。孫爸爸看上去非常和善，超有親和力，而且沒半點威嚴，完全不是那種軍官型、教官型的家長。他身材矮胖，圓圓的臉閃著油光，眼睛小小的，笑起來瞇成一條線。他很開心兩個男生來，對他們殷勤招呼，非常熱絡。家裡拜佛的王厚禮，對孫爸爸一下子就有了好感，心想要是彌勒佛轉世回到人間，樣子應該就長得跟孫爸爸差不多吧！

孫爸爸爲兩個男生以及女兒，準備招牌親子丼，額外還有一大盤炸雞，以及好喝到爆炸的大杯港式奶茶。上了一整天課，李宇強跟王厚禮都餓了，因此不客氣的狂嗑起來，只有一旁的孫妮妮吃得比較秀氣。兩個男生一邊吃，孫爸爸一邊跟他們說，他爲什麼會開這家店？孫爸爸說，孫妮妮在很小的時候，他跟孫媽媽就注意到孫妮妮不太一樣。他們帶妮妮去醫院檢查，結果妮妮被診斷出亞斯伯格症。孫爸爸本來在廣告公司工作，後來爲了專心照顧妮妮，就辭職在家接外包的設計案。

妮妮上幼稚園時總跟同學處不來，經常哭鬧，他幾乎每天都要跑幼稚園。遇上有同學欺負妮妮，老師又管不動，孫爸爸就只好幫妮妮轉學，妮妮前前後後已經換過三間幼稚園。上小學後情況還是沒有好轉，妮妮小學三年級前，孫爸爸還是三不五時跑學校。因爲她沒有辦法好好跟同學相處，很不穩定，情緒一爆發，除了孫爸爸，根本沒有人安撫得了她。

孫爸爸白天跑學校陪妮妮，工作只能等到晚上孫媽媽下班接手照顧妮妮時，他才有空做。有一陣子，他接的案子特別多，經常會凌晨三點起來趕設計稿。孫爸爸說：「那一陣我特別忙，每天都很累。有一天妮妮放學，我帶她去超市買菜，她不知道爲什麼脾氣又爆發了，她在超市坐在地上哭鬧成一團，完全不管別人。我抓狂了，蹲下來抓住她的兩隻手臂喊著說：『妳爲什麼要這樣！蛤！妳爲什麼要這樣！妳快要把我搞瘋了妳知不知道！妳知不知道啊！』然後我們父女倆就在超市裡抱在一起，哭成一團。」

孫爸爸的眼睛瞇成一條線，笑著說：「哈哈，現在講起來還是有點難爲情呢！那一次連我自己都嚇了一大跳，想說自己怎麼會在公共場合情緒爆發啊？但也是在那一次之後，我就很少對妮妮發脾氣了。也許妮妮心裡也有我不知道的情緒壓力吧？才會時不時像我一樣爆發啊！你們在學校學過地理，應該都知道火山爆發這種事情吧？妮妮啊，她就像一座小火山，內心有我不知道的壓力，常常需要抒發，只是這樣而已。我不知道那股壓力是什麼，妮妮也說不出來，她就是這個樣子。以前是這樣，現在是這樣，說不定以後也還是會這樣。

我以前一直在想，妮妮出生之前，怎麼會挑選我當她爸爸呢？我想了很久，後來終於想明白了。我想是妮妮覺得，在那麼多『爸拔』候選人裡面，我是最適合她的吧！她一定是相信我能夠耐心對待她、呵護她、包容她，相信我一定能夠接納她原來的樣子，接納她就是一座小火山，不會想要把她變成另外一種小孩……應該是這樣吧？

如果妮妮對我有這種期待，選了我當她的爸爸，希望我能夠尊重她的不一樣，那麼我怎麼可以辜負她呢？我又怎麼能夠違背她的期待，希望她變成另一種小孩呢？爲什麼要把她從一座小火山變成阿里山呢？

她就是要一個會接納她、包容她的爸爸才會選我啊！如果她自己選的爸爸都不接納她，又有誰會接納她呢？所以後來我就幫妮妮辦休學，把很多工作推掉，我想花一整年的時間專心陪妮妮。我想給她足夠的安全感，讓她知道只要她有需要，爸爸隨時都在身邊，她可以放心，不要再有那麼大的壓力。雖然對她來說一切都不容易，但是沒關係的，她可以慢慢探索世界，我會陪伴她。

因爲妮妮很喜歡吃親子丼跟港式奶茶，每次吃完心情都很好，所以我常帶她出去外面吃。後來我想說這兩種東西也不難做，我學會了，就可以隨時在家裡做，妮妮想吃，我就隨時做給她吃。後來我學會了，每次在家裡做親子丼跟港式奶茶，妮妮都吃得很開心。她開心，我當然也開心。我想，既然妮妮那麼愛吃，家裡也不是每次都有材料，我乾脆就來開一家專門賣親子丼跟港式奶茶的店好了，這樣妮妮想吃就隨時可以吃。我是因爲這樣，才開這家店的。」

孫爸爸說：「我只是單純想讓妮妮知道，適應不了外面的世界也沒關係啊，妳還有爸爸！妳只要回家吃一碗爸爸做的親子丼，喝一杯爸爸做的港式奶茶，就沒事了啊！」聽到這裡，李宇強跟王厚禮不約而同，停下筷子。

「我今天請你們來，」孫爸爸接著說：「是想要謝謝你們願意跟妮妮當朋友。我很清楚要當妮妮的朋友不容易，要很有耐心、很有愛心、很有包容心。妮妮很特別，你們能夠把妮妮當朋友一定也很特別。我請你們吃飯純粹是想讓你們知道，你們對我來說就跟妮妮一樣，是非常獨特又珍貴的孩子。」

當晚吃完飯回家，兩個男生各有所思，一路無語。王厚禮覺得，孫爸爸眞的很了不起。會家暴小孩的家長有很多，電視新聞也經常在報導。不是每個生到孫妮妮那樣小孩的家長，都能像孫爸爸那麼有愛，那麼包容小孩。王厚禮不懂，一樣面對像孫妮妮這種小孩，爲什麼有些家長會變成「彌勒佛」，有些家長卻變成「佛地魔」呢？

李宇強一樣也打從心底敬佩孫爸爸。他想的是，這世上有像阿賓那樣的「霸凌者」，一直欺負孫妮妮；也有像孫爸爸這樣的「守護者」，一直照顧孫妮妮。那麼，他要成爲哪一種人呢？

孫妮妮從小到大，一張獎狀也沒有拿過，但是孫爸爸卻把自己的店名取爲：「**我和我的冠軍女兒親子丼**。」

九、女殺手的滷肉飯

她叫愛子，沖繩人，身高一百六十八公分；身形勻稱俐落，有著一張鵝蛋臉，鵝蛋臉上有一雙水汪汪、看上去會說話的眼睛。在特別的情境下，那雙會說話的眼睛，常被讀出來的一句話是：「你沒想到，會是我吧？」

從外表上看，愛子是一位內向安靜的人。只不過愛子一見到人，很快就會綻放出淺淺笑容，雙頰浮出兩個小小酒窩。你看著她微笑就會覺得，她是個容易親近的人。開小吃店之前，她在一家日商臺灣分公司擔任營運部長的祕書。來臺灣之前，她在沖繩的一家貿易公司擔任老闆的祕書。

沖繩的祕書工作其實是一個幌子，主要是拿來遮掩另外一個身分用的。是的，白天的愛子是一位高效俐落的女祕書；下班之後她就搖身一變，變成一位身手俐落的女殺手。

愛子是在東京讀大學中文系的時候，加入一個殺手集團的。當時愛子大二，爸媽意外死於一場連環車禍；他們的車被追撞，被夾擠在兩輛聯結車中間，爸媽兩人當場死亡。表面上像是一場車禍意外，但愛子懷疑背後是一個黑幫老大策畫的陰謀。

愛子的爸爸當時協助處理過一場土地糾紛，幫幾位農民對抗一家蠻橫的建商。一個黑幫老大出頭幫忙建商圍事，一直明示愛子的爸爸不要插手，否則有什麼後果眞的不好說。愛子父親不爲所動，積極爲農民們奔走。最後法院判決結果出爐，建商敗訴，愛子爸爸成功擋下財團跟黑幫老大的財路。愛子懷疑爸爸是被黑幫老大盯上，車禍根本是故意設計好的。愛子眞心渴望復仇，但是她完全沒有復仇的本事。聽說一個人只要眞心渴望一件事，整個宇宙都會聯合起來幫助他。

愛子先是加入學校的武道社，認識一位帥氣、家裡有錢的學長，學長的爺爺是一家保安集團社長。保安集團有一個特別的營業項目叫「障礙物排除」，這裡的障礙物指的是「人」——要是有人不上道，成了客戶前進道路上的「障礙物」，集團便會接受委託，派人出面去「清除」障礙物。在集團負責障礙清除的人，都是身手俐落的殺手，集團統稱他們爲「清道夫」。

身爲集團第三代接班人的學長，在上大學前，爺爺就特別交代過他，平時要多留意身邊有無潛力新人，可以培養成「清道夫」？爺爺提醒他，一個人有沒有當「清道夫」潛力，身手固然要俐落，但那不是最重要的，最重要的是那個人有沒有一顆近乎冷血的頭腦。

愛子一加入武道社，學長就注意到她。他觀察到愛子容易親近，但行事十分冷靜。他知道愛子爸媽出車禍過世，愛子從沖繩回來奔喪，他出於關心多問了愛子父母的事。得知愛子懷疑爸媽車禍是一位黑幫老大設計的陰謀，而她正透過各種管道調查父母車禍意外的眞正原因。學長覺得愛子不同於一般女大生，她做事理性嚴謹，又有意爲父母報仇，似乎有成爲「清道夫」的潛力。升大四的那個暑假，學長先把愛子引薦到爺爺的保安集團，從暑期工讀開始，接受集團近距離觀察。

暑假結束後，愛子繼續留在公司實習。大學畢業前，她通過一系列的測試。公司在確定愛子有意願後，讓愛子成爲集團裡的「清道夫」練習生，並開始一連串專業培訓。兩年後愛子完成集團培訓，正式成爲「清道夫」。

愛子先留在東京試試身手。她表現不錯，三年內替集團「清理」掉好幾個人，乾淨俐落，受到高層的注意跟賞識。在集團的三年「營業額貢獻度」排名中，她排得進前五名；以一個才入行三年的新人來說，算是厲害。

本事有了，愛子就想請調回沖繩，找機會料理一下黑幫老大，完成替父母報仇的心願。君子報仇，三年不晚，愛子報仇，七年可以（眞是有耐心）。高層同意了，反正集團在哪裡都有生意。人跟人往來難免有摩擦，只要有誰想讓另一個人活不下去，不想自己動手又出得起錢，就會找上保安集團，讓專業的人來。這種事情就跟家裡大掃除一樣。

只要有誰想讓自己的居家乾淨，不想自己動手又出得起錢，就會找上清潔公司讓專業的人來。保安集團的「障礙物排除」業務，跟清潔公司的「居家清潔」業務一樣，在哪裡都有生意。只是世事難料，愛子才請調回沖繩沒多久，還沒展開復仇計畫，黑幫老大就出事，掛了。

黑幫老大有個死對頭，密謀對付他很久。好不容易掌握到他的行蹤，知道他會出席一場宴會，就派了狙擊手埋伏在飯店對面大樓的頂樓。宴會結束後，狙擊手趁黑幫老大走出飯店時，瞄準他頭部就是砰砰兩槍，當場結束了他的性命。

啊，爲了復仇，愛子學會了一身本事，沒想到她還沒出手，就有人代勞了。這樣，她還要繼續當「清道夫」嗎？愛子思索了一陣子，決定還是繼續。就像有人可以爲愛子的復仇代勞，那麼愛子也可以爲一個不知道的誰，代勞復仇吧！省得那個人爲了自己動手，得像愛子一樣接受那麼漫長的殺手訓練，太花時間了。就當作是一種「復仇代工」吧。

沖繩地方不大，人口不多，愛子的工作量不大。爲了打發時間，愛子白天額外找了一份祕書工作。她能講中文，因此應徵上一間小貿易公司的老闆祕書，協助老闆跟臺灣以及中國的客戶往來。

一般來說，殺手總要盡可能低調，愛子卻總是費心打扮。如果你去沖繩旅行，在傍晚抵達那霸機場，那麼在你搭上要前往旅館的電車上，就可能會在壺川站，遇見剛下班要搭電車回家的愛子。你會看見她走進車廂，穿白底綴紅色花卉的長裙、黑短袖上衣，梳著公主頭，雙耳配戴橘色鬆餅造型耳環，左手拎藍色提包，右手捧著一個裝雜貨的紙袋。

那一刻你只會覺得，愛子是好人家女兒，是那種家教好、重儀表、沒有公主病又能搭捷運，還把捷運車廂當做是伸展臺，像模特兒一樣盛裝走秀的好人家女兒。這樣的好女孩，應該連踩死一隻螞蟻都不忍心吧？你怎麼想也想不到，下班後的愛子竟會變身成俐落的殺手。

愛子是故意用這種高調來形成反差，讓人們意想不到。人們意想不到，就會疏於防範；疏於防範，愛子就能輕易完成「清道夫」工作。愛子平時就隨著那霸電車的節奏，過著悠悠緩緩的生活。但是你千萬別被她的外表給騙了，一旦接到任務，愛子切換成「殺手模式」的速度之快，會讓人來不及反應。

有好幾個被她處理掉的人，在嚥下最後一口氣前，常常會瞪大眼睛，意外自己死在這樣一位看起來嬌弱、像是在走伸展臺的女孩手裡。就是那一刻，他們會從愛子眼神裡讀出那句話：「你沒想到，會是我吧？」

愛子是回到沖繩三個月後，才接到第一個「清道夫」任務。就是那一次任務，她確立了自己在沖繩執行工作的事前儀式。那晚出任務前，愛子先去一家臺灣人開的店，點了一碗滷肉飯，一碗鮮魚湯和一顆滷蛋。離開店家後，她找了一家百貨公司的廁所換裝，趁夜黑抓好時機進到一處民宅，把一個性侵兒童慣犯的猥瑣老頭，送上了九泉。

那一次任務執行順利，愛子覺得可能跟事前吃了好吃的臺灣料理有關，就決定以後出任務之前，都去那家臺灣小吃店用餐，當作是事前儀式；愛子很喜歡那家臺灣小吃店，後來就算不出任務的日子也會去，一個月大概會去個兩三次。只不過愛子只有在出任務的時候，才會加點一顆滷蛋。那是儀式的一部分。「勞動」工作嘛！總是比較消耗體力，事先多補充一點蛋白質也是好的。

說到愛子爲什麼會發現那家臺灣人開的小吃店，原因其實很自然。她去過臺灣出差、旅遊，很喜歡臺灣，特別是臺灣溫暖的人情、美味的小吃（她對滷肉飯情有獨鍾）。所以有一次下班閒逛，來到小吃店所在的巷弄，看到招牌寫著臺灣滷肉飯，她自然而然就走進去。

小吃店老闆是個中年臺灣人，中等身高，以這個年紀的男人來看，他的外表偏瘦、不夠豐腴。老闆看上去有些滄桑，臉上的每道細紋都像一條故事線，顯然是一個有故事的人。他話不多，但人很和善，料理動作俐落，出菜速度很快。

愛子後來聽老闆說，他早年在臺灣經商，後來才輾轉到沖繩開了這家小吃店，賣簡單的臺式料理。說到老闆爲什麼會開店賣起道地臺灣小吃，原因其實很自然——當一個人經歷了無數的人生起落，在人事全非之後，很多人你沒法再見一面。見不到面就只能追憶，追憶跟那些人一起共度的時光，一起吃過的料理。

想見的人無法再見，共度的前緣無法再續，至少跟他們一起吃過的料理可以再現。老闆想念跟那些人一起吃過的臺灣小吃，所以隻身來到沖繩，想著要做什麼來營生比較好，自然就想到可以開一家店，賣簡單的臺式小吃，主打滷肉飯。於是就把小吃店開起來了。

對愛子來說，滷肉飯只是一道美味的臺灣小吃，但對老闆來說，滷肉飯不僅是一道懷念美食，還是一部開往「過去」的列車，能載著他去拜訪記憶中的親朋好友。只是不知道爲什麼每次光臨小吃店，愛子總覺得老闆看她的眼神不太一樣，好像並沒有把她當作「一位普通客人」那麼單純。

並不是老闆對愛子有什麼不好的意圖（愛子完全感受不到），沒有，比較像是愛子讓老闆想起了某一個人。老闆是看著愛子沒錯，但他的目光比較像是順著愛子的方向投射過去，落在愛子身後大約五公尺處的地方。彷彿在愛子身後的五公尺處站著一個誰，長得有點像愛子……老闆看的人其實不是愛子，而是愛子身後五公尺處的那個人，而且常常一看就兩三秒。那個人到底是誰呢？老闆沒有說，愛子也沒有問。

愛子成爲常客之後，每次來，老闆就會招待她一盤小菜。有時候是一碟泡菜，有時候是一盤小黃瓜，有時候是一塊油豆腐……愛子總是很大方接受。愛子感覺到，與其說老闆想招待她，不如說老闆眞正想招待的是愛子身後五公尺處的那個人。老闆想善待那個人，需要一個替代對象，而愛子就替代那個人大方接受老闆好意。多數情況愛子都會大方接受，只有老闆招待一顆滷蛋時，愛子才會婉謝。原因是什麼呢？愛子沒有說，老闆也沒有問。

愛子從來都不是一個愛聊天的人，一方面天性使然，另一方面，機靈的她也知道言多必失。愛子可不想因爲隨意的聊天，無意間透露出任何線索，讓人有機會不當聯想，去揣測愛子下班後說不定是一名殺手……不，讓人有這種不當聯想的線索，愛子是一個也不會給出去的。還好老闆也不是一個愛聊天的人，要不然，一位異國老闆加上美味小吃，再加上愛聊天的客人，很容易讓人以爲這家小吃店是沖繩版的「深夜食堂」。然而就算兩個人都不愛聊天，愛子一個月光顧兩三次，時間久了也會產生情誼。那就是爲什麼，光顧小吃店一年後，愛子接到全新任務，發現集團要她清理掉的新對象竟然是小吃店老闆時，她的心頭微微一震。

嗯，也就微微。做了幾年殺手，愛子訓練有素。她很清楚做這一行就是不要放感情，不要好奇，也不要多問爲什麼。一定是小吃店老闆不知怎麼擋了誰的路，讓對方很不爽。剛好對方有錢，就找上集團協助「排除障礙物」，而剛好這個「障礙物」落在愛子的管轄範圍，集團就安排她出一趟任務，當一次清道夫。愛子很清楚，有人出得起錢請集團辦事，她照辦就行，只要做好分內的工作就好，不要橫生枝節，也不要給集團或客戶添麻煩。只是這次任務的「障礙物」跟以往不同，要處理的是一個認識的人。

不過任務就是任務，只要是任務，都會有SOP，愛子只要照著做就行。於是，愛子依照既有的「清道夫」任務流程，進行應該做的準備。她先是跟蹤老闆回家，隔一個晚上趁老闆營業，潛入老闆家中裝了微型攝影機，累積一個禮拜的觀察，摸清楚老闆每天下班回家後的作息。老闆看起來是個規律的人，每天回到家的時間差不多，回家後做的事也差不多，洗澡時間差不多，就寢時間也差不多。

大概對老闆下班後的作息時間表，有一個比較清晰的掌握之後，愛子開始擬定執行計畫，並在腦海裡模擬過無數次。執行任務當天，愛子還是不想破壞原有的工作儀式。她照例來到小吃店，點了一碗滷肉飯、一碗鮮魚湯，外加一顆滷蛋。難得點一顆滷蛋，老闆就問她是不是有什麼值得慶祝的事情發生？有嗎？愛子只是微笑。老闆照例多給她一盤小菜，這回是一塊滷得很透的軟嫩油豆腐。

那一天店內高朋滿座，頗爲熱鬧。愛子一邊吃，一邊看著老闆內場外場忙進忙出、招呼客人，自己一碗滷肉飯吃得不太專心。她邊吃邊想，過了今晚，以後執行任務前要換去哪家店比較好呢？不知道。

沒意外的話，今晚會是老闆人生的最後一夜；沒意外的話，今晚也會是小吃店最後一次營業。那是那一刻愛子確切知道的事情，畢竟她出道以來從來沒有失手過。只是那一刻愛子不知道，那一晚，也會是她最後一次執行殺手任務。

那晚愛子吃完晚餐，在老闆打烊回家前先潛入老闆家，等他從店裡下班。老闆比平常晚一些才到家，他稍作休息，便拿著換洗衣物進浴室洗澡。愛子躲在浴室外，在老闆洗完澡走出浴室的瞬間，用右腳將他一腳往前踢，再瞬間用左手勾住他前面的脖子，往後重力加速讓他的後腦勺往下重擊地面……看起來像是老闆不小心滑倒，後腦勺撞上浴室的磁磚門檻。

這些細節，愛子在腦海裡模擬過很多遍，一切都按照計畫進行，沒有意外。老闆的後腦遭到重擊，幾乎瞬間失去意識，但是雙眼圓睜，好像是在對愛子說：「怎麼會……怎麼會是你？招待妳那麼多小菜，難道……難道都沒有用嗎……」

愛子用手套掩住老闆口鼻，直到老闆沒了呼吸。愛子很清楚，這一回她透過眼神說的不是：「你沒想到，會是我吧？」而是：「很抱歉，我只是完成本分工作。」

雖然這次的「清道夫」任務跟以前有所不同，卻還是順利完成了。雖然順利，但不知道爲什麼任務完成後，愛子總覺得有什麼地方怪怪的。身爲集團的「清道夫」，愛子在工作上一直都是冷靜又不帶情感的。她看清這份工作的本質，對自己「清道夫」的身分，或是對那些被處理掉的對象，完全沒有負面的感覺。

愛子一直認爲，那些被她處理掉的人，應該就像是當年謀害她父母性命的黑幫老大一樣，幹了許多壞事之後，已經證明沒有資格留在世上，應該像被丟棄的垃圾一樣處理掉；報應，那是天經地義。而那些委託集團幫忙處理「障礙物」的人，應該就像是當年那個毫無本事，卻想替含冤而死的父母雪恨、伸張正義的愛子一樣，就算沒有本事還是想努力做點什麼；報仇，也是天經地義。

愛子不過是剛好有一點本事，可以幫忙那些想報仇的人處理掉「垃圾」而已。這次任務跟以往的差別只在於，愛子過去從來沒有遇過要處理的對象，是她認識的人。可能是因爲這樣，任務結束後幾天，愛子才意識到有些事不太一樣。每每到了傍晚，愛子的胸口總是覺得悶，感覺有點呼吸不順，彷彿周遭的空氣突然變稀薄了。怎麼會這樣呢？

愛子花了一點時間才慢慢明白，變稀薄的其實不是空氣。變稀薄的，其實是小吃店裡的人情、老闆溫情的招待、小吃店裡各種食物溫潤的滋味。愛子頭一次好奇想知道爲什麼？爲什麼會有人，想要讓老闆那樣的人活不下去？老闆是那麼單純良善，那個人和老闆之間到底有什麼過不去的深仇大恨？

愛子是第一次處理掉熟識的人，但很明顯她處理掉的，又不只是一個熟識的人那麼簡單。除了小吃店老闆，愛子似乎連同店裡那一碗熱騰騰、冒著香氣的滷肉飯，那碗濃郁鮮美的味噌魚湯，那顆蛋黃軟嫩、浸潤著醬油鹹香的滷蛋，以及小吃店裡迴盪的鼎沸人聲跟飯菜香，還有老闆順著她看過去、那位愛子永遠不會知道是誰的人，都一併處理掉了。

一種愛子不曾有過的失落感，每天傍晚來拜訪她。爲什麼是傍晚？原因其實也很自然。先前，愛子差不多都是傍晚下班後，從公司離開前往小吃店的。那一份失落感，慢慢一天一天累積，像一片擴大、散不去的濃霧圍籠著她，讓愛子在入夜之後也心神不寧。那一陣子，愛子做了兩件她以前從來沒有做過的事。

有一個夜裡，她意外有一種很深的孤獨感。她一個人跑去酒吧喝酒，趁著幾分醉意，搭訕了一個來自東京、年紀比她小的男生，還跟小男生回旅館發生一夜情。另外一個傍晚，愛子下班後閒逛，竟然不自覺走到店家附近（回到事發地點眞是大忌），看見經常在店家附近出沒的那隻老狗。老狗趴在地上，半瞇著眼似睡非睡，聽到愛子走近的腳步，不太有活力的睜開眼。愛子看著牠朦朧、無神的雙眼，心想懸浮在牠眼神表面的那層淡淡薄霧，是哀傷嗎？她蹲下來，摸一摸牠的頭，老狗搖了兩下尾巴，又閉上眼睛。那一刻愛子知道，她無法再繼續做這種事了。

她離開沖繩，去韓國整形。之後化名來臺灣教日文，認識一位殷實的上班族，交往一陣子後結婚，愛子成了外籍配偶。對愛子來說，結婚純粹是爲了要有一個身分，可以留在臺灣。但老公覺得自己很幸運，竟然能夠因爲學習日文，把一位日本美嬌娘老師娶回家。

愛子有時會想，要是老公知道她當過殺手，知道她曾用領帶殺過人，每天上班前還會放心讓她幫忙打領帶嗎？婚後，愛子辭去教日文的工作（老公不希望再有男學生喜歡上日文老師），在一家日系公司擔任一位部長的祕書。本來一切平順，但後來部長在公司派系鬥爭站錯邊，被迫離開，愛子選擇跟部長同進退。

愛子一個人閒適在家，時間變多，常常懷念起沖繩。她懷念那霸的電車，懷念那位臺灣老闆做的滷肉飯。只可惜，再也吃不到。怨誰呢？老闆跟滷肉飯，都是愛子親手葬送的。小吃店老闆，愛子是再也見不到了，但復刻出老闆的那一碗滷肉飯，應該有機會吧？

愛子依賴不太靠譜的味覺記憶，嘗試燉了幾十次滷肉後，終於做出一碗九分像的滷肉飯。一碗九分像的復刻滷肉飯，不僅老公愛吃，公婆也很愛（他們意外這位日本媳婦有這種廚藝，能把臺灣庶民料理做得這樣道地）。

愛子不想賦閒在家，央求老公讓她開店，賣簡單的滷肉飯、鮮魚湯和一些小菜。老公答應了。（老公是寵妻魔人，愛子開口他什麼都會答應，還要愛子別太累，自己有空就來幫忙。）愛子開店後生意不錯，不僅她的小吃味道神似沖繩的臺灣小吃店，愛子意識到她開店的理由，也跟沖繩小吃店老闆開店的理由神似：爲了一個回不去的地方，和一個見不到的人。

愛子的店從內到外，都是沖繩那家臺灣小吃店的復刻版。差別只在於，那位臺灣老闆賣的是料理是「懷念」，而愛子賣的料理是「告別」。告別沖繩，告別她排除過的「障礙物」，告別她曾經的「清道夫」身分。愛子把店名取爲：「**再見了可魯滷肉飯**。」可魯，是沖繩臺式小吃店門外那一隻老狗的名字。再見了，可魯；再見了，沖繩。

每天，愛子隨著午餐和晚餐的用餐節奏，過起臺式小吃店老闆娘的生活。她認眞沉浸在自己做的每一碗滷肉飯、每一道配菜和每一碗鮮魚湯。

但她畢竟當過「清道夫」，該有的職業敏感度，一點也沒有放下。每天招呼客人，她總會留意是否有日本來的女觀光客，點上一碗滷肉飯、一碗鮮魚湯，外加一顆滷蛋？如果有，可能就是保安集團還是找到她，派另一位女殺手來，故意點一樣的料理當做下戰帖。所幸，愛子沒有遇上。

愛子平日備料時，偶爾還是會想起沖繩那位臺灣小吃店的老闆。想起他忙碌的身影，想起他看愛子時的獨特眼神，想起他額外招待的那些小菜。她想起那一夜結束老闆性命後，她在老闆的屋子裡多待了一會。除了老闆店裡做的一切，愛子對老闆所知甚少。愛子看著屋裡的一切，注意到書桌角落有張照片，是她先前一次來沒有注意到的。

愛子拿起照片端詳，照片裡的地點是一所小學的大門外，年輕的老闆抱著一位穿校服的小女孩，看上去約莫是小學二、三年級。兩個人看起來十分相像，雙雙笑得燦爛，應該是老闆的女兒吧。應該是老闆跟太太去接女兒放學，太太拿起相機，隨手拍下父女倆開心的瞬間……應該是這樣吧？愛子心想。那時，細心的愛子發現小女生的制服上繡有名字，她特別把照片拿近一看，上頭繡的是：

康小橋

十、女同學的下午茶

孫妮妮大學畢業之後求職不太順利，先在爸爸的店裡幫忙；孫爸爸開店賣日式親子丼跟港式奶茶。相較許多望子成龍、望女成鳳的爸媽，孫爸爸不一樣。像孫妮妮這樣有亞斯伯格症，又對課業不感興趣的孩子，「獎狀」這種東西對爲人父母來說，遙遠得像天邊一朶雲。但孫爸爸不只一次告訴孫妮妮，她只要好好活著做自己，就是爸爸心目中第一名了。

聽到一位爸爸這樣對女兒說，你大概會覺得爸爸不過是在撩女兒吧。不，孫爸爸是當眞的。所以當孫爸爸決定爲孫妮妮開一家小吃店，賣她喜歡吃的親子丼飯跟港式奶茶，就把店名取爲：「**我和我的冠軍女兒親子丼。**」

算一算，這家店從孫妮妮國小五年級開到現在，已經超過十年。孫妮妮在爸爸的店裡，主要負責沖奶茶跟在外場招呼客人，兩件事對孫妮妮來說都駕輕就熟。她讀書的時候，放假就常常到店裡幫爸爸，因爲她從小就喜歡跟爸爸在一起。

孫妮妮讀小學時，因爲亞斯伯格症適應不了學校經常哭鬧，孫爸爸經常跑學校。後來爸爸乾脆辭去廣告公司的工作改在家裡接案，孫妮妮有狀況，他隨時就能去學校照顧她。只是孫妮妮的情況一直沒改善，孫爸爸乾脆在她小學三年級那一年幫她辦休學，專心陪她，以便給她足夠的安全感。

孫妮妮很喜歡兩種食物，親子丼跟港式奶茶。每次情緒不好的時候，只要吃到親子丼飯、喝到港式奶茶就會莫名開心起來。好像兩種東西是孫妮妮的靈魂食物，是她內在的「快樂開關」，開關一開就能讓她開心。

孫爸爸發現這個「快樂開關」後，每當孫妮妮心情不好，他用盡各種招數還是沒辦法逗她開心時，就會帶孫妮妮去吃親子丼飯、喝港式奶茶，轉化她的心情。這兩樣東西，孫妮妮怎麼吃也吃不膩，妙得是每次都管用，眞是「逗女兒開心」大絕招。

小時候的孫妮妮令人難以理解，常常莫名其妙心情不好，爸爸只好不斷使出大絕招，一直帶她出門吃靈魂食物……坦白說，挺傷荷包的。後來爲了省荷包，免去每次出門的舟車勞頓，孫爸爸乾脆學著做親子丼、沖港式奶茶。反正應該也不難，別人做得來他沒理由學不會。他不斷用心嘗試，終於做出孫妮妮喜歡的口味，那種「一吃就開心」的口味。這一來不用出門，孫妮妮在家就可以吃到喜歡的食物。後來孫爸爸接案不太穩定，就想不如開店來賣親子丼跟港式奶茶吧！增加收入，也讓孫妮妮想吃時隨時可以吃。

孫爸爸開了店，而且生意不錯，孫爸爸眞是非常寵女兒。其實開店對孫爸爸來說，轉變蠻大的——他以前在廣告公司做美術設計，後來卻爲了孫妮妮開店賣吃的；以前拿觸控筆做設計，現在拿鍋鏟做料理。

開店賣吃的很辛苦，孫爸爸從早忙到晚：一大早就得採買備料、熬湯切菜，到用餐時刻還得招呼客人、料理餐點、收錢找錢、善後收拾碗盤、清潔桌面、清洗鍋碗瓢盆……有時候孫妮妮假日來幫忙，一整天跟著爸爸忙裡忙外、忙到沒時間休息時，她就會想，如果爸爸不是生到她這種女兒，人生會不會輕鬆一些呢？但孫爸爸從來沒想過這個問題。他很早就適應這種生活，光照顧孫妮妮跟店裡的客人都沒時間了，哪有空去想一個自己沒機會過上的人生呢？

孫妮妮本以爲在爸爸店裡幫忙，是暫時的，她一找到工作就會去上班。沒想到她投出去的履歷要麼石沉大海，要麼面試第一輪之後就沒有後續。孫妮妮只好繼續留在爸爸的店裡幫忙，並且盡可能在原來的工作之外，把爸爸手上的工作接過來。食材採買，需要判斷食材新鮮度、準備多少量的這種事，還是交給爸爸，但後續處理備料、沖泡奶茶、清洗鍋碗瓢盆、收拾打掃店面、營收成本計算等等，她盡可能接下來做。爸爸只要負責採買，專心料理親子丼就好。

孫爸爸從小對孫妮妮就很有耐心，工作上有不懂的地方，都會慢慢教她，直到她學會爲止。來店裡光顧的客人大部分是老客戶，孫妮妮在店裡幫忙後，大家都發現孫爸爸的出菜速度變快了，店裡的服務水平也比以前細膩。客人因此願意多帶朋友來，店裡的翻桌率也比之前提高一些。

孫妮妮本來就喜歡重複性的工作，她俐落、做事不馬虎，把事情做完就足以讓她開心，更不用說看到客人吃得開心，更讓她有成就感。孫妮妮開始覺得，要是眞的找不到理想的工作，留下來幫爸爸照看店裡好像也不錯。

就這樣，孫妮妮在爸爸的店裡一幫忙就是兩年。然後她注意到，爸爸有一點不對勁。一開始是爸爸會重複做已經做過的餐點：忘記客人點的餐做過了，早已經讓孫妮妮端出去了，卻還是重做一次。還有一次，蛋商一天內送兩次雞蛋，第二次送來孫妮妮很意外。不是早上才送過？是不是重複了？但司機說，是爸爸打電話來要求立刻送一箱來的。怎麼會這樣呢？

孫爸爸也開始在打烊前，頻繁提醒孫妮妮要關瓦斯。明明先前交代過，孫妮妮也關好了，爸爸轉身就忘了。怎麼最近一直頻繁忘東忘西呢？完全不像是爸爸啊！孫妮妮有一種不好的預感。她跟媽媽帶爸爸去醫院做了一連串檢查，檢查結果出來，證實是阿茲海默症。

孫妮妮很意外，阿茲海默？也就是說，爸爸會一天一天失能、一天一天健忘、一天一天記憶模糊，就像一顆終究握不住的氣球一樣，要開始朝天際飛去了嗎？孫妮妮就要一天一天、一點一點，開始慢慢失去爸爸了嗎？孫媽媽想提前退休陪孫爸爸，但孫爸爸建議她等一下，先不要著急。他的狀況還可以，家裡多媽媽一份穩定的公職收入也比較安心，況且晚一點退休，她能領到的退休金也會多一些。

生活還是要繼續，孫爸爸也不宜每天待在家沒事做，這樣會加速病情惡化。他決定還是回店裡做親子丼，直到做不動爲止。只不過餐廳的工作流程，要做一些調整。本來由爸爸負責的食材採買，孫妮妮開始慢慢接手（免得爸爸忘記冰庫還有庫存又多買）。她先是跟爸爸一起去市場採買，讓爸爸教她怎麼判斷食材新鮮度，等自己有把握就接手過來。

客人的餐點從廚房送出，孫妮妮會順手把訂單拿走，免得老爸忘記多做一份。爸爸容易忘記的事情，孫妮妮就寫便利貼提醒，貼在瓦斯桶（已關）、垃圾桶（已倒）、冰箱（雞肉、蔬菜已買），貼在每個爸爸會擔心卻容易看到的地方。一開始貼得不多，後來越貼越多。

爲了不讓爸爸太累，店裡的休假也從一週一天改成一週兩天，後來改成三天。休假日，孫妮妮也會把握時光帶爸爸四處走走，讓爸爸散步走動、曬曬太陽，減緩病況惡化。每次孫妮妮帶爸爸出門，就會覺得上帝好像是把一個沙漏反轉過來——小學休學那一年，是爸爸陪她到處走，如今換成她陪爸爸到處走。

爸爸在外比起在店裡要放鬆許多。孫妮妮為了不讓爸爸的記憶快速流失，經常會跟爸爸玩一個她發明的「記憶復健」遊戲，叫做：「你還記得嗎？」玩法是由父女兩個人輪流出一道題目，第一句話必須是：「你還記得嗎？」然後講一件以前發生過的事，講完之後再問對方：「這件事你還記得嗎？」對方只要說「不記得」就算輸了，輸的人要罰款一百塊給對方。遊戲是孫妮妮想出來的，她稱之為「搶救老爸記憶大作戰」。得了阿茲海默症的老爸，大腦記憶庫就像一座失火的博物館，孫妮妮必須趕在博物館被大火燒光之前，盡可能把裡頭的寶物搶救出來。

孫爸爸覺得很欣慰，自己一把年紀，女兒還願意經常陪自己出門走走、玩遊戲，因此他很投入跟女兒一起玩。遊戲一開始都沒有人輸，孫爸爸雖然生病，但很多事還記得很清楚。只是隨著遊戲次數越來越多，孫爸爸輸的次數就開始多了。有一些事情明明發生過，孫妮妮講完，爸爸卻說他眞的不記得了。

孫妮妮賺到一百塊，卻贏得不開心，孫爸爸同樣也輸得不開心。輸過幾輪之後，孫爸爸明顯有一點輸不起；雖然是眞的想不起來，但他也不想一直輸啊！他開始耍賴，說孫妮妮講的事根本沒有發生過，她根本就是為了想要賺老爸一百塊，才故意編造出那些事情。

孫爸爸對孫妮妮機會教育說：「妳做人不可以這樣，『君子愛財，取之有道』，妳難道沒有聽說過嗎？妳不要爲了賺爸爸一百塊，隨便編一個故事。爸爸沒有差這一百塊，但是妳這樣眞的不好，這種一百塊就算賺到了，妳不會良心不安嗎？」

孫妮妮聽完哭笑不得。一方面她慶幸爸爸不服輸、有鬥志，一方面又眞心感到悲涼。她也故意跟爸爸開玩笑：「爸拔，我看你才是故意說你不記得吧？你一直說不記得，就可以把一百塊輸給我，你根本是想用這種方式變相幫我加薪水吧！」

孫妮妮繼續鬧爸爸：「你想要寵女兒也不用這樣，你每個月直接多發一些薪水給我就好了嘛！幹麼要這麼間接啊？你這樣子我就算贏錢也贏得不開心，爸拔，這個叫做『勝之不武』耶，你知不知道啊？」孫爸爸搶白說，哪有！他根本沒有那個意思好不好，明明就是孫妮妮亂編，根本就沒有發生過那件事啊！

唉，怎麼會沒有發生過？明明就有發生過！孫爸爸顯然不記得了，每次他一輸，就意味他的腦海又有一處記憶淪陷了，就像亞特蘭提斯大陸一樣，永遠的沉入海底。孫妮妮多麼希望，她說的那些事是她編造的。贏這種錢有什麼意思呢？她一點都不想贏啊！贏一堆錢變成一個小富婆，卻輸掉一個爸爸，這種勝利有什麼喜悅？充其量只有傷感。如果父女之間發生過的事，只剩下孫妮妮記得，沒有其他「人證」，那麼那一件事還算是眞的發生過嗎？

「搶救記憶大作戰」的遊戲一開始不分勝負，後來輸的人幾乎都是爸爸，但是孫妮妮也輸過兩次。那兩次她雖然輸了，卻搶救到非常珍貴的記憶寶物，成爲遊戲裡最開心的輸家。

孫妮妮第一次輸，是因爲爸爸說的那件事情發生在孫妮妮一歲多的時候，她還太小，小到完全不記得。孫爸爸說她一歲大的時候，只要看見人就會伸出手跟別人握手，只要握到手，她就會笑得很開心。身邊的人都覺得這個小女生很可愛，就紛紛把手伸給她、逗她玩，還笑著對她說：「握手，來，妮妮握手。」

好多人都愛跟妮妮玩握手遊戲，樂此不疲。於是那段時間，爸爸乾脆對那些來握手的人說，他們家的小北鼻就應該叫「握手妮妮」才對。那時候的妮妮是那麼大方，那麼愛對每個人伸出小手、握手，任誰也沒想到妮妮會是一個亞斯伯格小孩。後來妮妮換了一個有潔癖的保姆，她覺得小孩一直跟不同人握手，容易感染細菌、生病，才慢慢幫孫妮妮戒掉跟別人握手的習慣。

孫妮妮知道這件事，覺得超級有趣。「握手妮妮」，眞是好可愛的暱稱啊！爲什麼爸爸以前從來沒有跟她提起過這件事呢？原來小時候，她曾經有過這種面貌啊！相較於後來一直走不出自己的世界，那個曾經能夠無視一切、對任何人伸出小手的小女娃，眞是叫人喜歡。

第二次輸給爸爸，爸爸說的那件事，孫妮妮也完全沒印象。爸爸說大概在她小學二年級時，當時他辭掉工作在家接案，白天要照顧孫妮妮，要等晚上媽媽回來接手，才能開始工作。那一陣子，他經常半夜三點多爬起來，坐在電腦桌前趕設計案。有一次孫爸爸半夜起來，就感覺客廳的燈亮著，有動靜。他走到客廳一看，發現孫妮妮正在玄關排起鞋子，把全家人的鞋子一字排開，依照鞋子尺寸排得整整齊齊。

孫爸爸很意外，這孩子怎麼會半夜不睡覺，跑來客廳做這種事？他走向孫妮妮，愛意滿滿的將她抱起，問她爲什麼不好好在床上睡覺，跑來客廳排鞋子呢？孫妮妮只說鞋子很亂，一定要排整齊才可以……

這件事孫妮妮也覺得有趣，她一點都不意外，那完全就是她會做的事。她之所以完全沒有印象，有可能是當時她半睡半醒，也說不定她正好在夢遊吧。一個小學二年級的小女生，三更半夜不睡覺跑到自家玄關，把家人的鞋子按照大小排列整齊……那個畫面，幾乎可以寫一個童話故事了：

有一隻穿牆怪物叫做「齊鞋怪」，會在三經半夜趁著大家都睡著，闖進有小孩的人家。牠會仔細在這戶人家的玄關、客廳巡視，看看這家人是不是有亂丟鞋子？是不是有把鞋子好好排整齊？要是有人亂丟鞋子、沒把鞋子排整齊，牠就會出手教訓這家人。牠會偷偷溜進小孩的房間，偷偷把睡夢中的小孩抱走，當作是對大人的教訓跟懲罰。

「齊鞋怪」第一次闖入孫妮妮家，發現她家裡的鞋子都沒有好好排整齊，就準備偷偷把孫妮妮抱走，懲罰她爸媽。只不過要抱走孫妮妮的那一刻，孫妮妮恰好醒過來，看見牠。雖然「齊鞋怪」的長相很奇怪，但圓滾滾的身形還蠻可愛，孫妮妮一點都不怕牠。她問「齊鞋怪」想幹什麼？「齊鞋怪」說牠必須把孫妮妮抱走，懲罰他們家裡的大人都不把鞋子排整齊。孫妮妮聽完就跟「齊鞋怪」商量說，能不能給她一點時間，讓她替爸媽把鞋子排好？爸媽是因爲要照顧小孩，很辛苦，才沒空排好鞋子，要是她被抓走了，爸媽一定會很傷心的。

「齊鞋怪」從來沒遇過這種狀況，竟然有小孩不怕牠，還跟牠提要求，於是就答應了。所以孫妮妮就開始在半夜爬起來，到客廳把家裡人的鞋子一雙一雙的排好……這是爸爸在說完這件事情之後，孫妮妮很快腦補出來的一個故事。是的，在生活中腦補出各式各樣奇怪的故事，也是孫妮妮會做的事。

孫妮妮完全沒想到，自己能夠搶救到這種記憶寶物，她無比快樂。感覺就像是一位古生物學家，意外挖到一塊珍貴的化石，能解釋一個物種爲什麼是那樣演化而來，回答一個長年未解的演化謎題。

只要孫妮妮在「搶救記憶大作戰」輸掉遊戲，就代表有些「記憶」被孫妮妮搶救到了。不僅如此，她還能透過想像進一步擴大、補充和豐富那份記憶。只不過隨著時間拉長，遊戲有點難以再玩下去，一方面爸爸爲了要贏，總會謊稱自己還記得孫妮妮說過的事（孫妮妮一聽就知道爸爸言不由衷），另一方面要爸爸再出新題目，對他來說也越來越困難。

又過了三年，爸爸身體機能變差，店裡的工作有些吃力，只能先讓他停下來。生意怎麼辦呢？親子丼，孫妮妮比較做不來，但港式奶茶，她還可以。孫妮妮想到，也許可以把爸爸的店改裝成茶飲店，只賣港式奶茶跟厚片吐司。一方面有收入，一方面也把爸爸經營多年的店，透過另外一種形式延續。

孫妮妮不知道這麼做好不好？行不行？她需要找一個人聊一聊。她有兩個多年的好朋友，國中同學李宇強跟王厚禮。李宇強很愛讀書，特別有想法，大學畢業後在出版社當編輯。孫妮妮傳訊問李宇強什麼時候回老家？確定日期後，她跟李宇強約了時間，說要帶下午茶點心去找他。

那天出門赴約前，孫妮妮做了兩杯港式奶茶、一片蒜味厚片吐司和一片花生厚片吐司。見面後，孫妮妮告訴李宇強，她打算把爸爸的親子丼飯店改成茶飲店，賣港式飲茶跟厚片吐司，就像她帶來的這些，請李宇強給她一點意見。

李宇強喝了幾口奶茶，又吃了兩口厚片吐司，感覺挺喜歡。孫妮妮問他，如果她把爸爸的店改成賣這種下午茶，李宇強覺得怎麼樣？

「這種港式奶茶跟厚片吐司嗎？」李宇強問。

「嗯。」

「奶茶很好喝，厚片吐司口感也不錯，上班族如果下午肚子餓不想吃太多，這樣的組合應該有機會。」

孫妮妮笑了：「眞開心你對我有信心。」

除了孫爸爸之外，李宇強是孫妮妮最信任的人，有李宇強認可，孫妮妮就回家跟爸媽討論。徵求過爸媽同意，孫妮妮開始改裝原來的店面。新店面以奶白色的極簡日系風格重新裝潢，不再賣親子丼飯，改賣港式奶茶和不同口味的厚片吐司。孫妮妮堅持晚上一定要陪爸爸吃晚飯，因此每天營業時間，只從早上十一點到下午五點半。

她把店名取名爲：「**和握手妮妮喝下午茶**。」店名這麼取，有兩個原因，第一個自然是說明營業時間。下午茶嘛，只做下午時段，如果你晚上才想喝，麻煩明天請早。第二個原因是，相較於這麼多年來一直走不出去的自己，孫妮妮希望藉由這家店，讓自己重新回到那個一歲多的小女娃；回到那個無視一切，對任何人都可以伸出手握手的自己。至少在每天的營業時段裡，她要對每個來到店裡的人敞開自己，爲他們好好沖煮一杯奶茶。

新店開幕後，孫妮妮把爸爸曾經給過她的愛，傾注到她沖煮的每一杯港式奶茶裡。從茶葉與淡奶的選擇，到關鍵的撞奶，孫妮妮一絲不苟，就像老爸曾經做給她喝的每一杯奶茶。來到孫妮妮的店，點完奶茶、喝上一口後，會覺得奶茶喝起來格外甘美濃郁。那份濃郁除了茶香、奶香之外，似乎還有一種曾經被用心疼愛過的甜，完全不膩口、過喉不沾的一種「幸福甜」。是的，孫妮妮把曾經被爸爸捧在手心疼過的甜全加進奶茶裡了，被疼愛的甜度是「全糖」。一旦你眞心被人疼愛過，你的作品自然會有一種溫潤的甜感。

敏銳的客人都感受到了，有些人會在奶茶喝到一半時突然想起爸媽，然後說不出爲什麼，會在離開時再多外帶兩杯奶茶。他們就是莫名想外帶兩杯，回家請爸媽一起喝。

十一、J大的行動咖啡館

「放著好端端的外商銀行副總不幹，跑去開行動咖啡館？J大到底在想什麼啊？」這幾乎是每一個久未聯絡的朋友，知道J大從銀行副總退休並開起行動咖啡館後，腦海裡第一個閃現的疑問。

J大的英文名是Jack，大學讀理工又拿到名校的MBA學位，畢業後應徵上外商銀行的儲備幹部。他在銀行裡一路爬升，最後在資訊處擔任某一個大部門主管，職銜是副總經理。因爲工作能力強，待人又和善，同事都叫他J大。

大家都覺得以J大的能力跟資歷，還有大環境擋不住的金融數位化浪潮，他晉升爲銀行的「資訊長」應該是早晚的事。只是兩年前銀行傳出要賣出的消息時，J大就有了退休的念頭。後來他選在四十八歲生日那天，把「退休」當成是送給自己的生日禮物。

消息傳出後，同事們都感到意外。J大前方還有遠大美好的前程，四十八歲就退休，未免太早、太可惜了點。是有一點早。但是J大從二十四歲開始工作後，也經過二十四年了。

加上投資有成，物慾不高也不用養家（J大沒小孩，太太三年前乳癌過世），J大累積的資產已經夠他未來三十年過上豐裕無虞的生活……那麼繼續工作的意義到底是什麼？

去賺那些花不到的錢嗎？去爲一個更高的位子玩辦公室政治嗎？還是爲了別人拿到名片時會「哇」一聲說：「外商銀行副總耶！」不，J大一點興趣也沒有。那些都是表象，都是虛的。會因爲你的財富、頭銜、權力靠過來的人，同樣會因爲你失去那些而轉身離開。J大完全無意去贏得那些人的歡心，他完全不想花時間去抬舉那些人。

J大的工作能力強、表現優秀，不僅受長官賞識，也受同仁愛戴，但是他從來沒有膨脹自己。職場多年，他早就看清沒有誰是不可取代的，他當然也是。他常跟朋友說，信不信他一離開銀行，很快就會被大家忘記。忙碌的工商社會，大家都日理萬機，巴結現在的老闆都沒空了，誰還擠得出時間去懷念前老闆啊？太奢侈了啦！

一個人最珍貴的是時間，而時間，就應該拿來做自己喜歡的事。前述種種，加上先前因爲工作忙、沒多陪陪太太（她還有好多事想做卻再沒機會），使J大覺得內疚，就決定離開職場去做自己想做的事情。那麼J大想做什麼呢？他想去爬山、騎車環島、學攝影、學咖啡、學樂器……J大是行動派，退休後他眞的都做了。

他先是買了一臺 Leica Q2 相機，跟幾位山友爬了幾座百岳，拍了一堆照片。接著又跟著捷安特車隊，騎車環島一周。然後他還買了一把二手Martin D45吉他（某次偶然在Youtube看到羅大佑說，每個想讓別人知道自己玩吉他是認眞的人，都應該要有一把D45，他就買了），每天彈彈唱唱。之後他又報名咖啡課，買了一堆咖啡手沖器具，還入手一臺La Marzocco Linea Mini家用義式咖啡機，每天煮義式濃縮、拿鐵，最後還考上SCA國際咖啡師證照……

比起很多退休人士單調、重複、無聊且空虛的生活，J大的退休生活，有著滿滿的山林芬多精、美麗的相片、動人的音樂，以及香氣四溢的咖啡。照理說這樣的生活實在沒什麼好挑剔，只是日子過久了，J大還是覺得少了點什麼。J大的日子是爲自己過的，他過得很好、很舒服也很開心，卻少了一點爲別人付出。他認眞盤點生活中的種種，要說他眞有爲別人付出的部分，也許只有「煮咖啡招待朋友喝」算得上吧！

J大對沖煮咖啡很有熱情，他用理工男的研究精神，不斷嘗試各種咖啡豆、咖啡器具，以及各種手沖與義式咖啡的沖煮手法。歷經幾個月的費心專研，他終於琢磨出自己的一套手法，能穩定出杯，端出自己喜歡、朋友也愛的咖啡。

就在J大想找點新鮮事做，不光讓自己開心，也讓別人開心時，他想到咖啡。J大平常騎單車時，總會沿路遇上一些行動攤車：賣吃食的、賣飲料的、賣咖啡的。開始學習沖煮咖啡後，J大總會特別留意騎乘一路上的行動咖啡館。遇上了，他都盡可能停下來休息一下，點一杯咖啡喝，順便跟老闆交流咖啡豆的品種、烘焙方式跟沖煮手法。

J大總會犒賞自己一杯咖啡後，再上路。只是喝過那麼多家行動咖啡館，J大好像沒有喝到自己喜歡的咖啡；他偏愛香氣重、果酸跟甜感多一點的淺焙咖啡。J大不免想，像他這樣的騎士，沒能在騎車路上喝到喜歡的咖啡的人，會不會有很多呢？人數是不是能再多支撐一家行動咖啡館呢？

J大萌生一個想法：要不要弄一臺行動咖啡車來玩玩呢？不是爲了做生意，而是打發時間、交朋友，讓愛騎車的騎士在騎行路上，有一杯好喝的咖啡可以喝……要不要試試看呢？J大想了幾個月，遲遲沒有行動，直到他遇見一位卡車司機。

那是九月的一個早上，他九點出門，要去林口長庚探望一位住院的老同事。在上高速公路內湖交流道前，J大照例要經過一個迴轉道，他停在迴轉道前等紅燈，迴轉道的另一頭是一家萊爾富便利商店。

那天，萊爾富便利商店門口停了一輛閃著雙黃燈的長型卡車。在交通號誌的左轉燈亮起前，J大在迴轉道這一頭，看見卡車司機從萊爾富走出來，手裡拿著一杯大杯咖啡。司機大概五十歲上下，有著灰白茂密的短髮，體型精壯（顯然除了開車之外，還有很多的體力活要做），看上去神情凝重，感覺心裡有事。

J大看著司機拿著大杯咖啡上車，慢慢把卡車開走。不知道爲什麼，那一幕深深打動了J大。在一早需要提神的時候，卡車司機手上拿的不是蠻牛，不是檳榔，而是一大杯咖啡。J大不禁想，那麼下班後，當其他司機相約在熱炒店划拳喝酒、大口吃肉、高聲喧鬧時，眼前的卡車司機，會靜靜在家裡拿起一本書看嗎？卡車司機，會讀村上春樹嗎？

是的，J大一廂情願。J大一開始還不明白自己爲什麼會被卡車司機打動？但他很快就意識到，是卡車司機的身影讓他覺得熟悉。那種一肩扛起養家責任、勞動工作，十分辛苦卻必須撐住的身影。要是快撐不住，就喝點東西提提神，蠻牛、維士比、保力達B都可以……

J大之所以覺得那個身影熟悉，是因爲年少時，J大在已過世的父親身上看過一樣的身影。J大的父親是一名水泥工人，工作十分辛苦，搬磚、扛水泥、和水泥、砌牆通通來……收工累了，就跟工班同事一塊喝酒。每當想擺脫辛苦的勞動日子時，J大的父親就會買彩券、簽六合彩，或逢年過節賭一把。彩券中大獎、賭博贏大錢就可以翻身，不必那麼辛苦。

有夢總是最美，期望總是破滅。J大的父親跟多數人一樣槓龜、輸錢。幸運女神從未眷顧過他父親，他父親不特別，就跟大多數沒被眷顧過的人一樣，不特別。J大開上高速公路，一路開到林口交流道，他還在想著那位卡車司機。

司機在需要提神的一大早，在便利店買了大杯咖啡，那麼在領薪水那天，他會給自己的咖啡升級嗎？他會把車停在星巴克，或任何一家精品咖啡店門口，進去買杯大杯咖啡帶走嗎？會因爲一杯咖啡的升級，覺得那天的駕駛座好像變成露天咖啡座，宛如自己開的不是卡車，而是一臺行動咖啡館嗎？

是的，J大一廂情願。對於生活中許多的「沒有選擇」或者「非如此不可」，J大總是一廂情願的期盼人們能夠運用想像力，去創造不一樣的美麗與自由。我們不一定能改變世界，但我們能改變看世界的角度，用全新的視角，改寫我們在這個世界裡的故事。每個人，都可以活出一個更開闊、更自由的版本。

就是那一刻，J大升起一股衝動，他很希望能夠親自手沖一杯咖啡，請那位卡車司機喝。J大對自己的手沖咖啡很有自信，自認遠遠勝過便利商店跟一般咖啡館。他很想爲那位殷實認眞、看上去心事重重的卡車司機手沖一杯咖啡，請他品嚐。那個意念像一顆種子一樣，落入J大的潛意識。

從長庚醫院回來之後幾天，J大開始在Youtube看各式各樣的行動咖啡車。他看著那些行動咖啡職人的咖啡車樣式，如何在空間有限的咖啡車臺上配置咖啡器具，又如何操作、如何動線流暢的沖煮咖啡。

J大反覆確認細節，做了很多筆記，最後依據自己沖煮咖啡的習慣，畫了幾張行動咖啡車的設計草圖。他上網搜尋，找到一家能夠客製鐵件的鐵工廠，帶著設計圖去跟老闆討論。他們來回討論要如何將一臺自行車，改裝成三輪的行動咖啡車。J大依據老闆給的製作建議反覆修改，終於把設計圖定稿。

之後鐵工廠花了幾個禮拜製作，做出一臺可以騎乘的三輪行動咖啡車。J大跟朋友借了一臺皮卡車，把行動咖啡車載回家，停在自家大樓的停車位（J大有兩個車位，一個車位本來給太太用，太太過世後便留給朋友來訪時用）。

J大先用了幾個白天，空車往河濱公園來回試騎了幾次，確定騎乘順利無礙後，就開始安裝咖啡器具。他準備了兩壺Fellow 900ml電子溫控手沖壺、一臺電動磨豆機OPTION-O Lagom P64、給磨豆機跟加熱手沖壺充電的Philips 600W攜帶式電池、兩臺Acaia電子秤、兩個Hario V60濾杯加兩個雲朵下壺、兩大包濾紙、三大桶波爾水、一箱冰桶，以及一些咖啡小工具。備用的手搖磨豆機，他用的是COMANDANTE C40；手動義式咖啡機，他則是用Flair 58。

安裝好之後，J大跟大樓的管委會主委打過招呼，找一個週末，把行動咖啡車停在自家大樓公共空間，實際沖煮咖啡請出入的鄰居喝。雖然一開始手忙腳亂，但鄰居們喝過之後，都頗爲喜歡。還有人跟他請教咖啡豆、磨豆機、濾杯和手沖壺都是哪些品牌？在哪裡買的？後來，J大又把行動咖啡車騎到河濱公園實際沖煮操作，免費招待往來的騎士喝，當作是試營運。嘗試了大半月後，J大熟悉了整個操作流程，也找出適合自己營運的節奏。

J大會在每個禮拜挑兩個工作日，通常是禮拜二跟禮拜五。（不選週末是爲了卡車司機，司機週末應該會休息吧？）他會準備四款不同風味的咖啡豆各半磅（半磅咖啡豆差不多可以沖十五杯），一天下來最多可以沖煮六十杯左右。J大不缺錢，因此就擺了一個捐贈箱讓喝咖啡的人隨喜捐贈，每個月月底再統一捐給公益單位。

咖啡營業日當天，J大會早起把該準備的東西準備好，在早上八點四十五分左右出門。他會先到那家萊爾富便利店等候，看看有無機會遇上那位卡車司機。九點過後，要是司機沒出現，他就會慢慢騎著咖啡車，往河濱公園的自行車道，來到大直橋下的陰涼處，開始他的行動咖啡館生意。

不管生意再好，J大一定會保留最後一杯的十五克咖啡豆，誰來都不賣。那一杯，是J大刻意要保留給卡車司機的。結束營業後，他會再度回到那家萊爾富便利店，再等個十五分鐘，看有沒有機會再碰上卡車司機。J大試著把營業日的第一杯跟最後一杯咖啡，留給卡車司機。看到這邊，要猜出J大的行動咖啡館叫什麼名字應該不難吧？是的，J大的行動咖啡車就叫做：「等一個人咖啡。」

「等一個人？」看到這樣的招牌，總會有好奇的客人問J大：「所以老闆是在等誰啊？」要跟每個人交代卡車司機的故事，花時間又不實際。J大早料到有人會問，所以也早早準備好答案，他總是笑著回答提問的客人：「等一個愛騎車又愛喝咖啡的人啊，比方說你啊！」

「等一下，」愛抬槓的騎士聽完會說：「老闆你這是在撩客人嗎？最好有人會信啦！」當然沒有人會信。J大只是把這樣的回答，當作是話題的句點。明白人一聽就知道，老闆在禮貌告訴你，你騎你的車、喝你的咖啡就好，其他的不用管。

多數客人都識趣明白，不會繼續追問（老闆不想說，我們不要勉強啦）。只是連J大自己也沒有想到，單純一件他不想多說的事，意外變成一項祕密，讓他的咖啡喝起來有一種「神祕」風味。喝咖啡的客人往往會覺得，那樣一杯咖啡，恐怕沒有表面上喝起來那麼簡單：那樣一杯咖啡一定暗藏著一個故事，暗藏著一個老闆在等待的什麼人。說不定是初戀情人，或者遠方的親友，或是一位因爲一個小誤會就不再聯絡的年少死黨……大概是這一類人吧？大概啦！

就是這種對八卦的揣想，成了J大咖啡神祕的調味。沒有人想得到，J大等待的，單純就是一位只見過一次面、完全不認識的卡車司機。因爲一個完全不認識的人，而開了一家行動咖啡館，這到底是不是一個好主意呢？不知道，但可能是一個好故事吧！這個故事的特別之處就在於，J大是爲了一位司機開行動咖啡館的，但來喝咖啡的，卻始終是別人。

J大持續他的公益行動咖啡館生意，等著有一天遇上卡車司機，但他卻一直沒有遇到。某一個營業日早上，J大照例在萊爾富等了十五分鐘、準備離開的時候，他才驚訝意識到，其實他眞正想手沖一杯咖啡招待的人，不是那位司機，而是他的父親。

父親喝茶，但印象中好像連一杯咖啡也沒有喝過。J大隱約希望，自己能透過一杯親手沖煮的咖啡慰勞父親，讓父親知道，人生除了彩券、六合彩、酒精、賭博以外，其實還有別的東西可以盼望⋯⋯

早逝的父親，一生都過得不算豐裕，都在爲錢煩惱，好像眼前總有一座跨不過去的山。錢很重要，J大完全明白。J大是在累積一定財富、生活無虞，跨過了父親沒跨過的那座山之後才了解：錢固然重要，卻不是所有問題的答案。要過上豐盛多彩的生活，並不如想像中那樣，必須花很多錢。

沒能爲父親手沖一杯咖啡的J大，轉而想爲一樣爲生活奔忙的卡車司機煮一杯咖啡，陪他喝一杯，順便聽司機說一說他的生活與人生。如果有機會，J大也想把自己的一點小體會分享給司機，告訴對方，人生除了爲生活忙碌之外，還有其他可能。但是，他一直沒有再遇過卡車司機。

即便後來他調整過幾次咖啡營業日，改換不同時段，也沒有再遇見過。一個人的行爲通常會有慣性，那麼爲什麼那次之後，卡車司機就再也沒有出現在萊爾富呢？司機發生了什麼事？J大還有沒有機會遇見他呢？還能不能親自爲他手沖一杯咖啡呢？

不著急，這些疑問，讓我在下一個故事回答你。

J大等不到卡車司機，卻因爲行動咖啡館認識了一些新朋友。最特別的，莫過於一位四十二歲的單身女騎士。她高個長髮、爽朗健談、愛喝咖啡、愛騎單車，在科技公司負責國外業務的她，看上去聰慧、良善、有活力。相識兩年後，女騎士成爲J大的第二任妻子。很奇妙，對嗎？J大每次想起來，就覺得她好像是搭上卡車司機的便車，一路輾轉，最後從卡車上移下單車，一路騎來J大的行動咖啡館。難道，這就是人生？

人生就是你開了一家行動咖啡館等一個人，卻一直要到最後才會知道，你等到了誰。

十二、卡車司機的小吃攤

在這個「電影小吃」的故事宇宙，這一刻只有我知道，J大一直在等待的那位卡車司機，不會再出現在那家萊爾富。

卡車司機名叫陳惠興，五十四歲，一百六十九公分高，頭髮灰白茂密，神情堅毅，體型精壯。如果你在路上看見他，會以爲他下班後都上健身房。沒有，陳惠興沒有那種餘裕。儘管J大對他有許多想像，但陳惠興過的其實是另外一種生活。

在我們後半段的「電影小吃」故事宇宙，陳惠興是一個開啓性的角色，我一直想著要怎麼跟你說他的故事，才能讓你更了解他。我嘗試過很多方式，怎麼寫都不對。最後我意識到，與其由我來轉述，不如讓他親自告訴你。

告訴你：爲什麼那一次他會在萊爾富買咖啡？爲什麼在那之後，他就不再去萊爾富買咖啡？以及爲什麼後來，他會去夜市擺攤賣小吃……我想爲你專訪這位卡車司機，回答你爲什麼J大後來一直沒有再遇見他。

有了這個念頭後，我聯繫上他（別管我怎麼找到人的，故事是我在寫的耶）。我在電話中向他介紹自己，說明來意，問他願不願意接受訪問？電話另一頭的他想了一下，答應了。於是我們約好時間地點，在內湖的一家星巴克，距離他買咖啡的那家萊爾富不遠。

見面當天早上還沒十點我就先到了，我找到座位不久，他也來了。我們握了手（他手掌乾燥粗厚，堅定有力），簡單寒暄，我把我的名片遞給他，問他想喝什麼？他說一杯熱巧克力就可以。我幫他加點一塊黑森林蛋糕，給自己點一杯熱拿鐵，和一塊抹茶紅豆生乳捲。我們在座位上小聊，我問他從哪裡過來？一路車況可好？這家星巴克好找嗎？星巴克櫃檯帥哥叫號時，他起身去櫃檯幫我拿餐點。等他坐定喝了一口巧克力後，我開始訪問他。

火星爺爺（以下簡稱火）：「眞的很謝謝你願意來，就像我電話裡說的，我有一個故事寫到你，有個朋友看見你在萊爾富買咖啡被你打動了，後來就開了一家行動咖啡館在河濱公園賣咖啡。他每次出門去賣咖啡，都會先去那家萊爾富等你。他有一個心願，想要手沖一杯咖啡請你喝，過了很久卻一直沒有遇到你。我們很想知道你後來發生了什麼事？爲什麼沒有再去那家萊爾富？謝謝你願意接受我訪問。」

陳惠興（以下簡稱陳）：「不客氣，能夠來我也覺得很特別。坦白說接到你的電話我有一點意外，我沒想到會有人看到我買咖啡，就把我寫到一個故事裡面，我沒有遇過這種事，覺得很奇妙。」

火：「太好了，方便跟我們介紹一下你自己嗎？」

陳：「我叫陳惠興，恩惠的惠，興旺的興。名字是我阿公取的。我是家族裡的長孫，我阿公一輩子賣豆花很辛苦，他希望我的出生能帶來改變，老天爺可以『惠賜興旺』給我們整個家族，就幫我取名爲陳惠興。我以前開卡車，現在在夜市擺攤賣小吃。」

火：「哦？轉變蠻大的，但是等一下，我很訝異你點巧克力喝，你不是愛喝咖啡嗎？」

陳：「歹勢，我不喝咖啡的。」

火：「是嗎？可是上一次，你明明開卡車停在一家萊爾富門口，下車買一杯咖啡不是嗎？故事裡那個朋友，就是看見你買咖啡才會跑去開行動咖啡館的。」

陳：「嗯，我記得那一天，那一天要上高速公路前，我是在便利商店買了杯咖啡沒錯，但我不是買給自己喝的，我是買給我女兒的。」

火：「啊，原來是買給女兒的，我們還以爲你愛喝咖啡，每天早上都要來一杯，原來是幫女兒買啊！你對女兒眞好，女兒多大了？」

陳：「她過世了。」

火：「什麼？」我驚訝：「怎麼會？什麼時候的事？」

陳：「好幾年了，有一次她下班回家被小客車撞上，送到醫院不久，人就走了。」

火：「天啊，眞抱歉，你一定很難過。」

陳：「嗯，都過去了。」他端起巧克力喝了一口：「買咖啡那天，剛好是她過世滿一年，我想去看看她。她的骨灰罈放在木柵的一座靈骨塔，我一早就準備好鮮花四果要去祭拜她，要上一高之前，我想起她以前上班前都會外帶一杯咖啡喝，就在便利商店買了杯咖啡要給她帶去，沒想到被你那位朋友看見了。」

火：「你一定很疼女兒吧！」

陳：「對啊，我只有一個女兒，從她小學二年級開始，我就一個人把她帶大。」

我好奇：「一個人？太太呢？」

陳：「女兒八歲時，我就跟太太離婚了。」

火：「是喔？」我又訝異：「能告訴我們，發生什麼事情嗎？」

陳：「主要是我的問題。我本來在藥廠當業務，工作做得好好的，收入也還可以，但是我嫌賺錢速度太慢了。二〇〇七年的時候，股市蠻熱的，我看身邊有人玩期貨，賺錢很快，想說期貨這種東西應該也不難，別人玩得來我應該也行，就跟著玩。一開始是有賺到錢，但二〇〇八年金融風暴一來，一下子就賠了兩百多萬。我不甘心，爲了把賠掉的錢賺回來，就借錢加碼，結果又賠掉九百多萬……」

火：「哇，加起來不少錢！」

陳：「對，我到處借錢，親朋好友都被我借過一輪，連小學同學我也沒有放過。我眞的很對不起他們，我把自己的問題變成他們的問題，但是沒辦法，我挖的洞太大了，不借錢我根本補不起來。我跟親戚朋友借的錢不夠還，還跑去地下錢莊借，結果更慘。我還不出錢，地下錢莊派討債公司逼我，他們跑去我公司鬧，老闆擔心同事安危，就把我開除……」

火：「這也太慘了吧！」

陳：「我還不出錢又丟掉工作，爲了躲債，只好帶老婆跟小孩到處搬家。我一時找不到工作，只好去車行開計程車，只要醒著就開。討債公司找上我家，我老婆經常一個人面對。我老婆在家裡接外包設計案，常常一邊趕案子，一邊帶小孩，另一邊還要應付討債公司的人上門要錢，她簡直快抓狂了。我每天一回家她就跟我吵架，吵到後來我們都受不了，她說要離婚，我也不想拖累她，就答應了。我們討論過小孩應該跟誰，我覺得小孩跟她比較好，但我老婆決定讓小孩跟我。她說：『陳惠興你給我聽好，我讓小孩跟你，是要你記得你不是只有自己一個人，你還有一個八歲大的女兒，你不能只顧自己，你要顧好女兒，你要讓她平安長大，讓她上大學，出社會有一份好工作，你要負起責任聽見沒有！』唉，我老婆算了解我，她知道如果只有我一個人，被逼急了，我說不定會自我了斷，一了百了。」

火：「所以，是女兒給了你支撐下去的動力嗎？」

陳：「對，大人做錯事，但小孩是無辜的，我不能連累小孩。我工作沒了，錢沒了，老婆也沒了，還欠了一屁股債……我只剩一個女兒，我不能讓她受苦。我尤其不想因爲我做錯事，而讓她在成長過程中少了大人的陪伴，所以我出門開車，時間都會配合她。她放學，我就去學校接她，回家做飯給她吃，陪她做完功課，等她睡覺後，我再出門開車。我一直開到早上才回家叫醒她，然後做早餐給她吃，送她去上學後再回家睡覺。我睡到下午一點再出門開車，開到傍晚再去接她放學。週末，我就送她去跟阿嬤或媽媽住，然後繼續開車。我每個禮拜都這樣，幾乎全年無休，好不容易她考上大學，我終於把債務通通還清了。」

火：「好厲害，很不容易啊！」

陳：「對，我都不知道我是怎麼活過來的，我每天團團轉，跟轉方向盤一樣。沒辦法，遇到死巷，不轉彎就沒有出路。講到這邊，可以請你幫我一個忙嗎？」

火：「可以，什麼忙？」

陳：「幫我跟年輕人說不要貪心，千萬不要急著賺快錢。」

火：「哦？」

陳：「真的，賺快錢這種事是高手在做的，普通人沒有那個命。普通人就算運氣好，一時賺到錢，很快也會吐出來，不久就會像我這樣受傷慘重。到時候你就會跟親戚朋友借錢，借到最後他們都怕你，開始躲你。不躲你的只剩下那些借過錢給你的人，因爲他們會反過頭來追著你還錢。最後大家躲來躲去、追來追去，完全沒有情分，連親戚朋友都做不成。就算你運氣好，可以重新站起來，也會用掉半條命。犯這種錯完全不值得，浪費時間又沒有營養，我想請你提醒年輕人，不要犯這種錯。」

火：「好真實的教訓，沒問題的，我答應你。」

馬上履行。年輕朋友，看到這邊，請你聽陳惠興叔叔跟火星爺爺一句勸：「別急著賺快錢！」快錢是給高手賺的，高手變厲害之前，都曾經摔到鼻青臉腫。你不是高手，很可能摔到全身骨折也變不了高手，說不定還會直接掛掉，不要冒這種險，不要爲難自己。要有風險意識，不要老想著贏，要先想著怎麼樣不會輸。高機率會輸的遊戲就不要玩，就像查理．芒格（Charles Munger）所說：「如果我知道我會死在什麼地方，就不要去那個地方。」那一天陳惠興叔叔很真摯跟我說這一段，他真心期盼他走錯的路你不要再走，我也這麼期盼。訪問繼續。

火：「把債務還清，生活應該輕鬆一點了吧，你計程車開得好好的，怎麼會跑去開卡車？」

陳：「把債務還淸眞的輕鬆很多。爲了還債，我長期開夜車，我女兒上大學之後就跟我說，她會邊唸書邊打工，不讓我負擔那麼重，叫我不要再開夜車了，她說我有年紀了，也應該要顧一下身體。我覺得也是，我聽了她的話跑去考大貨車駕照，考上之後就去一家貨運公司當司機，上班時間固定，收入也穩定。我女兒在南部大學唸餐飲管理，放假回來經常幫我準備便當。她手藝不錯，幾個同事知道女兒幫我準備便當，都很羨慕我。」

火：「好貼心的女兒。」

陳：「我女兒還說，她打算在Youtube開頻道，每次做便當就順便拍下來。頻道名稱她也想好了，就叫『給司機老爸的愛心便當』。她跟我說的時候好開心，彷彿很快就會有很多人來看影片，很快她就會出名，走在路上會被粉絲認出來，會有廠商來找她業配……」

講到這裡，陳惠興突然哽咽：「我當時就覺得，我這女兒眞是沒白養啊！辛苦那麼多年眞的很值得，我好希望還能吃到她做的便當，看到她變網紅……」

我拿出面紙遞給他，等他情緒緩些，我說：「難爲你了，女兒一定也捨不得你，你一定要把自己照顧好，女兒在天上才會安心，你一定要爲了女兒再好好活一次。」

陳：「我也是這麼想，以前活著都是爲了別人，現在眞的要爲自己了。」

火：「願意跟我們說說女兒出車禍的事嗎？」

陳：「我女兒大學畢業回到臺北，在一家迴轉壽司店工作，不是連鎖品牌那種，是她大學學長開的，生意很好。我女兒負責外場，她人緣好，貼心又有禮貌，大家都喜歡她。有一陣子店裡生意忙不過來，老闆想再找一個人，就問我女兒有沒有推薦的人？我女兒就把她最好的同學找去，她們兩個女生一起把店裡的客人照顧得很好，老闆很開心。結果有一次，她同學身體不舒服請我女兒代班，我女兒本來排休假，結果還是去代班。聽說那一天客人特別多，我女兒因此比平常晚下班，要去搭捷運的時候，被一個酒駕的年輕人開車撞上，送到醫院沒多久就走了……」

火：「天啊，太意外了。」

陳：「我好想揍死那個年輕人！你喝酒為什麼要開車？你開車為什麼要闖紅燈？你闖紅燈為什麼要撞死我女兒？我多辛苦才把女兒養大！我就這麼一個女兒，你怎麼就不把人命當一回事？」

火：「真的太不應該了！」

陳：「後來，那個年輕人的媽媽帶著他來跟我賠罪，年輕人知道自己犯下大錯，哭個不停，跪在地上跟我磕頭道歉。他媽媽說兒子沒教好是她的錯，她會負起責任不會逃避……巴拉巴拉講一堆我根本聽不進去。講那些有什麼用？我死掉一個女兒妳能負什麼責任？做錯事的是妳兒子，爲什麼死的是我女兒？妳能讓我女兒活過來嗎？妳能把女兒還給我嗎？」

火：「對方是眞心道歉嗎？」

陳：「是吧，那個年輕人跟媽媽後來每天都來靈堂，跪在靈堂前唸經迴向給我女兒。對方也是辛苦人家，單親媽媽獨自把兒子養大。兒子出社會工作在公司升了官，同事幫他慶祝，他於是開心多喝了幾杯，只因爲他買了禮物急著回家送媽媽，就開快車撞上我女兒……他覺得對不起我，我又能說什麼呢？事情都發生了，一切都是命吧。我女兒的同學也很自責，她也是每天來靈堂哭很慘，不停跟我道歉說，如果不是她請我女兒代班，我女兒也不會出車禍，被撞死的人應該是她才對，她眞的很對不起我。我說我不怪她，我女兒的個性我知道，她就是會照顧身邊的人。身邊的人只要開口，她就是會出手幫忙，這是她的命，一切都是注定好的。我只是沒有想到，我努力拉拔長大的女兒，竟然會比我先走，我完全想不到『白髮人送黑髮人』是我的命。」

火：「眞的很難過，不知道怎麼安慰你才好。」我想起我讀過的《一點小信仰》：「我以前讀過一本書，書裡面有一位牧師跟你一樣也失去女兒，女兒才四歲。大家都在想，平常都在安慰人的牧師遇到這種事，講道的時候會說什麼？結果你知道他說什麼嗎？他說：『擁有過我女兒四年，好過從來沒擁有過。』我相信你女兒一定帶給你很多美好陪伴，我相信你有她的這一段時光，一定也好過從來沒擁有過。」

陳：「眞的，我跟女兒有太多難忘回憶了。辦完喪事，我女兒同學跟我說，我女兒最放心不下我，她希望我能收她當乾女兒，讓她代替女兒來孝順我……唉，我覺得冥冥之中就像是我女兒會做的安排。她走了，不能陪我，就安排她最好的朋友來照顧我。」

火：「好貼心的孩子，我眞沒想到今天訪問你會聽到這些事。你有好多故事，但我還是很好奇，你卡車開得好好的，後來怎麼會去夜市擺攤賣小吃呢？」

陳：「因爲我開卡車撞到人，對方傷得很重，我的卡車執照被吊銷了。」

火：「什麼？」

陳：「大概是女兒過世後一年多吧，有一個晚上我夢到她，夢到她在幫我準備便當，一邊做菜一邊錄影。夢裡的她在做一道菜，我記得很淸楚是『蒜炒蘑菇』，她一邊做，一邊對著鏡頭說，這是老爸愛吃的菜，有時候週末老爸心情好，她就會炒一大盤給老爸當下酒菜。她說老爸每天開車很辛苦，她要做愛心便當幫老爸補一補……你知道嗎？那個畫面好眞實，爆香的蒜頭味道香得不得了，就好像她親手把盤子端到我面前，料理都還在冒煙一樣。我醒來滿臉都是淚，我好想念她，我想念她做的菜，我想念她的便當，我想念她從小到大總是那麼貼心⋯⋯那天我心神不寧，中午送貨去桃園，晚上要從桃園回臺北的時候，一個不留神就撞上一個人⋯⋯」

火：「天啊！」

陳：「我完全沒想到事情會變成這樣，之前是別人撞上我女兒，現在換我撞上別人。我每天去醫院看對方，對方是一個中年的單身上班族，那天他過馬路時也恍神，行人號誌燈還沒亮就過馬路，剛好我心神不寧，搶黃燈撞上他。我很愧疚，因爲我女兒出過車禍，他的心情我完全懂。我跟自己說要盡力彌補他，所以女兒的車禍賠償金，我幾乎都拿去賠對方了。我的卡車駕照被吊銷，不能再開卡車，但我還是要生活，我想起女兒小時候喜歡吃地瓜球，就去跟人家學怎麼做，後來在夜市找到一個攤位，開始擺攤賣起地瓜球。」

火：「這個轉變太奇特了。」

陳：「我也想不到。當年我阿公幫我取名『陳惠興』，明明是希望我能爲家族帶來興旺，結果我沒帶來興旺，還像掃把星一樣橫衝直撞。」怕我不知道，他解釋：「掃把星，你知道，『哈雷彗星』那種，我就像掃把星一樣『彗星撞地球』，一直撞一直撞，把自己撞得慘兮兮，也把別人撞得慘兮兮。親戚啦、朋友啦、小學同學啦、老婆跟女兒啦，通通都被我撞上，到最後我甚至連路人也不放過，也把對方撞慘了⋯⋯既然我那麼會撞，我乾脆就來撞地瓜球好了，所以我才把自己的攤位取名叫：『彗星撞地瓜球。』」

火：「哈哈哈，取這名字也太好笑了吧！」

陳：「要說好笑，這還不是最好笑的。我爸爸以前是開公車的，我阿公以前是擺攤賣豆花的，結果呢，我先是繼承我爸爸的衣缽跑去開卡車，後來又繼承我阿公的衣缽，跑去夜市擺攤賣地瓜球……他們明明望子成龍、望孫成龍，結果我沒有變成一條龍，沒有『飛龍在天』，我變成一條泥鰍每天在地上打滾，完全辜負他們的期待……」

火：「快別這麼說，開卡車、賣地瓜球都很好，都能夠造福人。職業沒有高低，不管做什麼事，能夠服務人都是一種功德。」

陳：「也是，我地瓜球賣著賣著，也賣出一些體會。」

火：「什麼體會？」

陳：「你看，恐龍會滅絕，就是因爲有一顆小行星撞上地球，『哺乳動物』這一支才有機會興起，演變到後來，才有人類出現。我覺得人生也是這樣，總是會有『意外』發生，帶走一些東西，卻又同時帶來新東西。你看我玩期貨欠下一屁股債，卻變成一個負責任的爸爸；我失去女兒，卻多了一個乾女兒；我撞上一個人不能再開卡車，卻多了一個地瓜球的攤位……這些轉變我一開始也料想不到，是到後來才知道。我想其他人一定也是這樣，剛剛被

『掃把星』撞到，你難過都來不及，根本想不到還有其他可能。所以我很同情那些剛剛出意外、被『掃把星』撞上的人，我就想，能不能做點什麼來鼓勵他們？」

火：「你有想到怎麼做嗎？」

陳：「有，後來只要有人一張苦瓜臉跟我買小包地瓜球，我都會給他大包的。對方拿到大包地瓜球都會說：『老闆你給錯了喔。』我就會說：『沒有給錯，老闆招待。』我想讓他們知道，有時候人生的『意外』就像一包多給的地瓜球，很大一包沒錯，但是放心好了，你有本事吃下來的。」

火：「哇，好動人！」

陳：「還好啦，大家都辛苦，用一包大包地瓜球支持一個人，我做得到。」

火：「可以告訴我們，你在哪個夜市擺攤嗎？」

陳：「無有鄉夜市第六十五號攤位，彗星撞地瓜球。」

火：「後來被你撞上的那個人，他都還好嗎？」

陳：「他還好，我後來才知道，當時他離婚了一陣子還沒有走出來，那天整個人恍神被我撞到，兩隻小腿截肢。但是他後來裝上義肢復原得很好，還開了一家店賣小吃，我印象中好像是賣當歸鴨……」

看到這邊，你想起來了嗎？那個被撞的路人，就是李世忠，曹懷玉的前夫，在車禍十個月後開了一家小吃店，叫做「**不管媽媽多麼討厭我——當歸鴨**」。現在你知道陳惠興跟前面的故事，有什麼關聯了吧？也知道為什麼J大後來一直沒有在萊爾富遇見陳惠興了吧？

說來奇妙，後來陳惠興的地瓜球生意非常好，好到有人問他能不能開放加盟？就這樣，機緣巧合安排，陳惠興竟然一家接著一家，開始他的地瓜球加盟連鎖事業。就像他所說的，「意外」總是會帶走一些東西，卻也會帶來新的東西。在經歷那麼多次的「彗星撞地球」之後又活下來，陳惠興終於開始興旺了。老天爺最終還是兌現了他阿公的期盼，興旺了陳家，只是稍微晚了點。

至於J大，說來奇妙，在遇見陳惠興之後，他的人生有了完全不同的轉變，陳惠興完全不知道。陳惠興什麼也沒做，他不過就是在萊爾富買了杯咖啡，被J大看見。人生的際遇經常如此，一位你不知道的誰，因為你做過的一件事，開始一種全新的人生……這種事完全不在你的計畫，你怎麼想也想不到。

所以人生啊，淋漓盡致做你自己就好。看見你的人要是有共鳴，自然會找到動機，在自己的人生創作出全新的主旋律。淋漓盡致的做自己，是你能夠送給這個世界最好的禮物。

在這個「電影小吃」的故事宇宙，這一刻只有我知道，J大跟陳惠興終究還是會相遇。

在他們相遇的那個星期六傍晚，J大跟他的太太會來到陳惠興擺攤的夜市。他們會一路走，一路吃小吃，最後信步來到「彗星撞地瓜球」的攤位前，看見陳惠興正忙著給攤位前一位客戶，裝入他招待的大包地瓜球。

J大會突然愣住，花上幾秒認出陳惠興，然後又驚又喜的對陳惠興說：「老闆，你怎麼會在這裡？」

陳惠興會不明所以的看著眼前的陌生人，心裡想著：「啊不然，我應該在哪裡？」

然後，J大會以無比興奮的口氣對陳惠興說：「你不是在開卡車嗎？」

十三、獨眼龍的迴轉壽司

林伯宜的爸爸，在他國二那年肝癌過世。林爸爸生前有一個遺願是當一名乩童，因為有一位女乩童告訴他，當乩童可以延長母親跟他自己的壽命。

林伯宜的媽媽在他出社會第二年車禍過世。根據同一位女乩童的說法，林媽媽沒有活到命定的歲數，她「折壽」，原因是當年她阻止林爸爸當乩童，害他不能多活幾年，才必須拿自己的命來還。林伯宜是獨生子，媽媽過世後，他成為大齡孤兒，那一年他二十四歲。

林爸爸生前是一位模板工頭，每天開貨車載著模板到各處工地，跟其他模板師父一起釘模板、拆模板，不管烈日、颱風或下雨。林媽媽一開始跟著林爸爸在工地當小工，幫忙遞料（模板）、切料（因應地形裁切出師傅需要的板材）、準備吃食。那時候林伯宜還小，爸媽白天去工作，就把他交給外婆帶。

林伯宜三歲半時視力出現狀況，左眼看不太清楚。爸媽帶他去醫院檢查，詳細診斷後，確認左眼有視網膜母細胞瘤（一種眼睛的癌症）。因為腫瘤嚴重影響到視力，醫生建議摘除左眼球，再裝上義眼。聽到要摘除眼球，林伯宜爸媽嚇壞了，內心天人交戰。他們自責沒早點發現兒子的狀況，搞到左眼球要摘除，眞的很失職。他們也擔心如果不摘除眼球，癌細胞會不會擴散？如果摘除眼球，左眼看起來會不會跟右眼明顯不一樣？如果會，以後會不會引來異樣眼光？

還好醫師安撫他們現在醫學進步，裝上義眼後，可以隨著不同年紀更換義眼片（可以想成是表面貼有「瞳孔圖案」的隱形眼鏡），外觀上其實看不太出來。因爲醫生安撫，爸媽同意讓林伯宜動手術。所幸手術很成功，不僅完整切除癌細胞，義眼植入也很順利，不仔細看，還眞看不出來林伯宜的左邊眼球是假的。

左眼球切除後，林伯宜只剩下右邊眼睛看得見，視野不夠全面，走路時偶爾會不小心跌倒或撞上東西。沒了一隻眼睛已經夠可憐，林媽媽怕外婆上了年紀照顧不周，又擔心送林伯宜去幼稚園，老師跟同學會對他有差別待遇，就把他留在家裡自己照顧。

林媽媽不再跟林爸爸跑工地，改在家裡接一些家庭代工貼補家用。就當彌補虧欠吧，林媽媽打算陪林伯宜慢慢熟悉「只有一隻眼睛」的未來。那一年林伯宜不滿四歲，龍年出生的他，名符其實成了「獨眼龍」。還好林伯宜適應力強，加上個性樂天，很快就適應只有一隻眼睛帶來的不便。

林家夫妻兩人都很認眞，向來努力賺錢、存錢。林伯宜五歲的時候，他們家的租屋附近恰好有家雜貨店要頂讓，林媽媽查了存款簿，發現還夠付自備款，就跟林爸爸商量貸款，把雜貨店買下來。一樓當雜貨店，二樓當住家，方便她一邊做生意一邊照顧林伯宜。

林伯宜左眼看不見，但右眼靈動，聽覺、嗅覺和味覺都很敏銳。他每天在雜貨店裡黏著媽媽，不管媽媽補貨、招呼客人、記帳，他都跟進跟出，連進廚房也不放過。林媽媽每天一早會把早餐跟午餐一起煮好，傍晚等到林爸爸回來幫忙看店，再進廚房煮晚餐。林伯宜早晚看著媽媽在廚房弄湯湯水水、準備三餐，覺得很有趣。

林爸爸心疼林伯宜那麼小就失去一隻眼睛，常常想彌補他。他領了工程款，發完工錢給模板師父們之後，常常會帶林伯宜跟媽媽出門打牙祭，吃一些好吃的。林伯宜從小看著媽媽做菜，又跟著爸爸吃過很多美食，慢慢對下廚做料理產生興趣。

林伯宜爸媽是姐弟戀，爸爸小媽媽一歲。林媽媽是長女，從小就幫外公、外婆分擔家計。她出社會早，比同齡人見識更多人情冷暖，十分早熟幹練。第一次見到林爸爸，她就覺得這個男生忠厚老實又可靠。

林爸爸在家裡排行老三，書讀得不多，個性古意，不會跟人家計較。當完兵回來他就跟自己說，以後找對象最好找一個能力強、有幫夫運的女生。第一次見到林媽媽，他就覺得這個女生成熟俐落又大器。

他們是在撞球間認識的，交往一年便結爲連理。因爲林爸爸相信「聽某喙，大富貴」，所以家裡的重大事情，他都聽林媽媽的。要不要從大家族裡搬出來？模板工程報價被砍要不要接？林伯宜的左眼球要不要摘除？有雜貨店出讓要不要頂下來？這些林爸爸都聽老婆的。「聽某喙，大富貴」眞的應驗了，兩夫妻從大家族搬出來的時候一無所有，幾年後，林爸爸的工程越接越多，家裡還多了一家小雜貨店。

林伯宜的阿嬤有七個孩子，林爸爸排老三，上有一個哥哥、一個姊姊，下有四個弟弟。幾個兄弟姊妹當中，就屬林爸爸最孝順。林伯宜的阿公過世得早，阿嬤一個人帶大幾個孩子不容易，林爸爸小學畢業就開始打零工，每個月領到薪水就交給阿嬤貼補家用。即便他結婚成家後搬出去外面租房子，還是會每個月拿錢回家給阿嬤。遇到阿嬤生病，或是阿嬤想請林爸爸幫一下弟弟額外跟他開口，他也一句話不說就把錢給阿嬤。

林媽媽是個有氣度的人，她知道自己嫁給一個孝順的人，兒子盡孝她沒什麼好說的。家用不夠，她就省著點花，不然就跟會，或者想辦法多做點生意。雖然不是事事如意，但是三個人的小家庭，也歲月靜好過了幾年。

事情出現轉變，是林伯宜小學三年級那一年。那一年林伯宜的阿嬤不小心摔倒，髖骨骨折，做完手術後在家休養。阿嬤長年辛勞，好不容易孩子成家立業可以享福，卻摔倒受傷躺在床上，整個人意志消沉，對漫長復健意興闌珊。

孝順的林爸爸急了，一直躺在床上那怎麼行！人越不動就會越沒有力氣，越沒有力氣就會越不想動，這樣惡性循環，身體只會越來越差，怎麼可以？但是阿嬤非常固執，不管幾個孩子怎麼好言相勸，她就是不肯下床復健。有時候還會講一些氣話：「抑無（要不然）我規氣（乾脆）來去死死仔準拄好啦（算了啦）！」

林爸爸聽了非常難過，他本來就是一個虔誠的人，常跑宮廟求神佛庇佑，這回遇上阿嬤出事，他更是到處求神問卜。他聽說有一位叫「荔枝王」的女乩童問事靈驗，就去找她。

荔枝王四十初頭，顴骨突出，主觀意識強烈，言辭犀利。她跟林爸爸指點迷津，建議他當乩童來服務神明；林爸爸八字輕，體質合適，對神明又虔誠，爲神明服務不僅可以幫母親添福壽，對自己也有很大的福報，可以延長壽命。

林爸爸耳根子軟，加上一心想著讓阿嬤早日恢復健康，沒跟林媽媽商量，就答應了荔枝王當乩童的要求。荔枝王爲林爸爸做了淨身儀式跟法事，叮囑一些要遵守的規定後，請林爸爸每個禮拜去找她。就這樣過了兩個月，有一次林爸爸在家吃完晚飯，坐在客廳椅子上，突然莫名奇妙起乩，整個人抖動不停，把林媽媽跟林伯宜嚇了一大跳。林媽媽第一時間起身，用力搖晃林爸爸，還輕拍他幾巴掌把他喚醒，逼著他退駕。

可能是第一次，途中又遇到干擾，林爸爸很快就退駕了。他人還沒完全清醒，林媽媽就嚴厲質問他，到底是怎麼一回事，他怎麼會起乩？林爸爸剛退駕很不舒服，慢慢回神後，就說了荔枝王要他當乩童的事。林媽媽聽完氣壞了，她本來就不喜歡林爸爸勤跑宮廟，結果現在變本加厲，還要當乩童？

做人嘛！凡事要先靠自己，不是每件事都要去問神明！神明那麼忙，哪有時間每一件事情都理你？你把跑宮廟的時間拿來跑工地，多賺一點錢不好嗎？跑宮廟替媽媽祈福就算了，還要當乩童？開什麼玩笑！而且當乩童這麼大的事，連回家說都沒說一聲就答應人家，是怎樣？家裡沒有老婆可以商量了是不是？家裡的老婆原來還不如外面一個女乩童是不是？

當天晚上，兩個人大吵一架。林媽媽理解林爸爸孝順，但一樣是當兒子，林爸爸已經是幾個兒子裡面拿最多錢回家的那個了。他已經夠孝順，不用什麼事都要他一個人扛！

「林家又不是只有你一個兒子！」林媽媽吼說：「就算要有人出來當乩童，你還有其他兄弟啊！怎麼輪也輪不到你！你已經出錢出最多了，為什麼出力的事還要找你？你媽媽又不是你一個人的，為什麼你一個人要做完所有事情？你哥哥和弟弟不用表現一下嗎？蛤？他們都不用盡一下孝道嗎？你留一點事情給他們做會死嗎？蛤？」

是不是很有道理！林媽媽完全不能接受自己老公變成乩童，門都沒有！老公是她的，誰都不能搶她老公，管祢是哪一尊神明來也不行！做神明也要講道理，再怎麼法力無邊，恁祖媽也不會怕祢！

林媽媽一貫強勢，但是這一回，林爸爸怎麼也沒辦法聽老婆的。他捨不得母親躺在床上日漸瘦弱，他還沒帶她去遊山玩水，怎麼可以放任她躺在床上？只要母親能夠再像以前一樣走動，要他做什麼都願意。

林爸爸不聽勸，還是三不五時就在家裡起乩。林媽媽眼看說的沒有用，乾脆直接出手。後來只要林爸爸一在家裡起乩，她就去廚房裝一大桶水，提過來毫不猶豫就整桶往林爸爸頭上潑灑過去，堅決得不得了。

林爸爸被大片冷水一潑，很快退駕，渾身上下極不舒服！他氣急敗壞，他一心要連線神明搶救母親，眼前這個「潑婦」不體會他一片孝心，還潑他冷水！不好好教訓一下，她還知道這個家是誰在作主嗎？還知道戶口名簿上面戶長的名字怎麼寫嗎？蛤？

林爸爸起身衝過去，一巴掌就往林媽媽臉上招呼。林媽媽也不是省油的燈，她立刻架開林爸爸的手，同時雙拳快速往林爸爸身上招呼，又是捶又是打又是削，還不時變換利爪一陣狂抓，跟林爸爸兩人在客廳扭打成一團，完全沒有讓林爸爸佔到便宜。

林伯宜在一旁看到爸媽扭打在一起嚇壞了，他看傻大哭，完全不知道該怎麼辦。兩個大人打得起勁，根本不管小孩在一旁大聲嚎哭，林伯宜哭太大聲，林爸爸還會轉身痛罵他：「你是勒哭啥小啦！你是死老爸佇（在）哭爸喔！」

他們一定要打到氣喘吁吁、滿身是傷，才肯停歇。這種灑狗血、八點檔連續劇都不一定會有的劇情，三天兩頭在林伯宜家的客廳上演，持續了快兩個月。流程都一樣，林爸爸起乩、林媽媽潑水、林爸爸退駕醒來跟老婆猙獰扭打、林伯宜狂哭、兩個大人毫不理會……

阿嬤聽說老三夫妻倆經常爲了她打架，一方面被老三的孝心感動，一方面心裡也捨不得他們一直打架，爲了不再爲難老三跟媳婦，就答應下床復健。這下子，林爸爸的一顆心終於放下。他是一個善良的人，懂得自我反省。他想當乩童是爲了盡孝沒錯，但爲此三天兩頭跟老婆打架好像也不對。

「驚某大丈夫，拍某豬狗牛。」一個男人遇到事情，不能好好跟老婆商量還打老婆，算什麼男人？何況老婆嫁給他之後，一路幫他辛苦持家，自己再怎麼樣都不應該打老婆。既然阿嬤願意復健，爲了一家和諧，林爸爸就順應林媽媽的要求，斷了當乩童的念頭，不再去找荔枝王。林伯宜一家，又恢復往日的平靜。

林伯宜的爸媽都沒讀太多書，只能做勞力工作，很辛苦。林爸爸不希望林伯宜長大以後跟他一樣當工人，每天在外風吹日曬。特別是林伯宜只剩一隻眼睛，他希望林伯宜多讀書，長大找一個坐辦公室的工作做。林家整個家族沒有小孩上過大學，林爸爸很希望，林伯宜可以成爲家族裡第一個考上大學的大學生。

林伯宜上國中之後，功課有點跟不上。國一下學期，他主動跟爸媽開口說，想要去老師家補習，爸媽當然支持。老師家有點遠，補習結束後，林爸爸擔心晚上視線不佳，不放心林伯宜自己走路回家。因此每個補習日，他都會騎車去接林伯宜下課。

林伯宜補數學又補英文，一個禮拜有四個晚上的補習課。那四個晚上，林爸爸一下工回家吃完飯，就得騎摩托車出門，趕在八點前到老師家樓下接林伯宜下課。遇到老師晚下課，林爸爸就得在門外等。有一次下大雨，老師又晚下課，林爸爸足足在雨中等了半個多小時。那次下課，林伯宜見到來接他的爸爸臉上都是雨水，內心非常捨不得。他下定決心，長大以後要賺很多錢帶爸爸出國去玩。

補習兩個多月後，林伯宜的功課有起色，國一下學期的最後一次段考，他考了全班第一名。看見成績單的爸媽非常高興，林爸爸說要好好慶祝一下，請林伯宜吃好吃的。林爸爸老實、話不多，他對家人表達愛的方式就是帶他們去吃好吃的。隔天林伯宜沒有補習，傍晚放學爸爸就去學校接他，帶他去吃迴轉壽司。

那是林伯宜第一次吃壽司，他覺得壽司這種食物好奇妙。醋飯上面放一片鮮魚，灑點蔥花，沾哇沙米、醬油，入口有魚肉的鮮、醋飯的酸、蔥絲的嗆、哇沙米的衝、醬油的鹹……不同滋味相互交融，好像嘴裡嚼的不是食物，而是知名日本室內樂團在舌尖上演奏韋瓦第的《四季》。

林伯宜吃了十三盤，眞的太好吃了！當然除了食物可口，讓那餐迴轉壽司美味的，還有林伯宜的認眞，跟爸爸說不出口的喜悅。看到林伯宜喜歡吃壽司，林爸爸就跟他約定，只要每次他考第一名，就帶他來吃迴轉壽司。林伯宜說好，爲了迴轉壽司他一定拚。只是他萬萬沒想到，那一次竟然成了他唯一跟爸爸一起吃迴轉壽司的一次。

升上國二，學校重新分班，林伯宜被分到升學班。班上有許多高手，競爭激烈，他再也沒考過第一名。到了國二下學期，爸爸就走了。如果知道爸爸在他國二下就會離開，林伯宜一定會多熬夜讀書，拚命再考幾次全班第一名……

爸爸是肝癌走的。一開始他們發現爸爸的臉部跟眼睛有點臘黃，容易疲倦且不太有胃口，林媽媽覺得不對勁，就帶他去醫院檢查。檢查結果發現肝臟有腫塊，後續切片檢查證實是肝癌，末期。醫生對林媽媽說，回家好好靜養吧，大概剩三個月。

林爸爸停掉工作，每天在家休養。林家附近有一間診所，他們一家三口感冒、腸胃炎，都會去診所看病。林媽媽特別情商醫師一個禮拜兩天來家裡幫爸爸看診，打點滴、開止痛藥、觀察爸爸的情況。林爸爸一天比一天消瘦憔悴，而且經常疼痛，痛起來甚至會全身發抖。但儘管再不舒服，他也沒對他們發過脾氣。

林伯宜後來沒再補習，他每天放學回家的第一件事，就是去看爸爸、陪爸爸聊天。但父子兩人能聊的話題很少，只能聊功課跟爸爸的身體。林伯宜不知道跟爸爸聊什麼好，總是聊沒幾分鐘，爸爸就要他趕緊去做功課。功課要緊，快升國三了，要認眞準備才能考上好高中，考上好高中才能考上好大學。林爸爸知道自己時日無多，他滿心希望林伯宜能考上大學，卻也明白，自己可能沒機會看到。

過世前一個禮拜，林爸爸經常陷入昏迷。有一回他醒來後一直流淚，掙扎著用微弱的聲音說他還不能走，他還有個老母親沒送上山頭……林伯宜跟媽媽都做好準備，林爸爸離開那天早上，突然無預警排便。又黑、味道又重的排泄沾滿白色內褲，外婆一邊哭一邊幫爸爸換上新褲子……然後爸爸走了，留下媽媽跟林伯宜。

爸爸走後，家裡的生活開銷、房貸、林伯宜的學雜費都由媽媽一肩扛起。林媽媽憂心林伯宜只剩一隻眼睛，出社會競爭力不夠，決定幫他多存一些錢。林伯宜升高二那年，林媽媽把雜貨店賣掉（跟連鎖便利商店相比，傳統雜貨店已經沒有競爭力），貸款買下一間透天店面，樓上當住家，一樓開餐館賣排骨飯、雞腿飯、爌肉飯、蝦捲飯，外加手搖紅茶、綠茶。林媽媽手藝不錯，餐廳附近有很多建築工地，工人中午休息時會找個有冷氣的店面吃午餐、喝飲料，於是每天來店裡報到，店裡天天高朋滿座。林媽媽找了一位幹練的阿姨負責外場，自己負責廚房。林伯宜平日放學回家，也會在前臺幫忙沖泡紅茶、綠茶。林媽媽知道客人剛開始都是嚐鮮，要把客人留下得靠食材跟手藝，她每天認眞忙進忙出，非常用心。

林伯宜看在眼裡，知道媽媽那麼拚是爲了自己，不能辜負媽媽的期待。他很爭氣，因爲對餐飲有興趣，後來他考上南部一所國立大學的餐飲管理系。林家終於出了一個大學生，只可惜林爸爸沒有看見。大學放榜那天，林媽媽帶林伯宜去爸爸墳前祭拜。她告訴林爸爸她沒辜負他，他一輩子盼望兒子考上大學，兒子終於考上了。她替他栽培出一個大學生了，他在天上可以安心。

上大學後，林伯宜依然認眞，不管什麼科目他都沒翹過課，晚上還去餐廳打工，一方累積經驗，一方面減輕媽媽負擔。他認眞的樣子，打動班上一位女同學。女同學叫洪素卿，外向良善，很有親和力。

素卿爸媽都是殷實的公務人員，她從小看著爸媽經營一個家，扶養她和妹妹長大，知道一個人腳踏實地、有負責任感跟上進心比什麼都重要，她完全不在意林伯宜少了一隻眼睛。

他們在大二成爲班對，畢業七年後，素卿成爲林伯宜的妻子。

林爸爸過世不久，林伯宜就有一個夢想，以後要開一家迴轉壽司店，像國一時爸爸帶他去吃過的那家迴轉壽司店。一家讓家長們想爲孩子們慶祝時，隨時可以前往的店。店裡要有很多小孩喜歡的元素，讓小孩第一次吃到壽司就會覺得：壽司這種東西，眞是太好吃了！

林伯宜常跟素卿提起這家店，說自己有朝一日一定要把這家店開起來。素卿一路聽，有一次忍不住問林伯宜：開壽司店賺了錢，他想做什麼呢？林伯宜沒有說「要讓素卿過好日子」這種好聽的話，他說賺到錢要帶媽媽到世界各地旅行吃各種好吃的。小時候爸爸就這麼做，爸爸不在就換他接手，換他帶媽媽去世界各地吃好吃的。

素卿聽完沒有吃味，反而覺得自己沒看錯人。她知道一個人有孝心、懂得感恩回報，比什麼都重要。素卿很敬佩林媽媽一個人把林伯宜帶大，她想幫眼前這個男生完成夢想，陪他一起帶林媽媽去世界各地吃好吃的。可惜夢想來不及實現，林媽媽就車禍過世了。林伯宜大學畢業兩年，有一天媽媽去市場買菜，回程時車子煞車失靈撞上路邊民宅，送醫不治。林伯宜很悲傷，又覺得很遺憾。他先是來不及報答爸爸，接著又來不及報答媽媽……

不過林媽媽車禍前，已經完成自己的心願。她已經繳清透天簡餐店的貸款，還多買了一間房子登記在林伯宜名下，十二層電梯大樓的七樓，三房兩廳，貸款也已繳清。留給林伯宜這樣的基礎，以後他無論想做什麼都可放手去做，不用擔心短時間內輸給別人。

素卿一路陪林伯宜料理媽媽後事，出殯時，林伯宜聽爸爸那邊的親戚說，當年那位女乩童荔枝王有提到，林伯宜媽媽這麼早走算「折壽」。林媽媽命不該如此，她本來還有大把歲數可以活，只因爲當年她阻止林伯宜的爸爸當乩童，害林爸爸沒辦法延長壽命，只好拿自己的壽命來抵，否則她不會這麼早走。

林伯宜聽完先是一愣，但不久就明白，所有的因果報應說，其實都沒有辦法驗證。任何人都可以有說法，都可以說你爸媽之所以會這樣、你之所以會少一隻眼睛，是因爲以前怎樣怎樣、上輩子怎樣怎樣……這種話誰都可以說，但是誰也沒辦法證明他們說的是「眞相」。沒辦法驗證的說法，說到底，不過就是一個「故事」。

林伯宜寧可認爲荔枝王那樣說，是懷恨當年媽媽不讓爸爸當乩童所編出來的一個「故事」。荔枝王的故事並不美麗，知道了對人生也沒有幫助，因此林伯宜不願意相信那種故事。林伯宜跟自己說，如果有那麼多故事要選一個相信，他寧可相信那些美麗、對自己人生有幫助的故事。

關於自己的人生，林伯宜當然有很多疑問。爸爸爲什麼那麼早走？自己跟爸媽的緣分爲什麼那麼淺？爲什麼會很小就失去一隻眼睛？這些事彼此之間有關聯嗎？他對這些事情都很好奇，只不過當時，除了荔枝王的「故事」版本外，他沒有其他的故事版本可以參考。後來他在一家日本料理店工作，遇見一位厲害的主廚，才聽到另外一種版本。

日本料理店的主廚是位型男，有個小他七歲的弟弟，跟林伯宜一樣大。林伯宜在餐廳工作一年後，主廚的弟弟因爲突發性心臟病過世，事出突然，失去唯一的弟弟讓主廚非常悲傷，不知道如何安排後事對弟弟比較好，他滿心罣礙。有個朋友介紹他去找一位通靈女老師求助，他去了。那位通靈老師是個讀書人，她連結上主廚的弟弟，告訴主廚，弟弟期望如何安排後事。弟弟也請主廚寬心，菩薩有來接引他，他去了另外一個世界，一切安好。弟弟說很抱歉自己這麼早走，沒能好好盡孝，爸媽就請哥哥多費心照顧。

通靈老師的指引帶給主廚很大的安慰。特別是能按照弟弟的心願，圓滿處理後事，讓主廚感到寬心、了無罣礙。回到餐廳，主廚跟工作夥伴說起這件事，林伯宜聽完非常感動。原來人是有機會跟逝去的親人聯繫啊！他也想拜訪通靈老師。他一直有很多疑惑，關於自己、爸媽與未來。他想知道爸媽在另一個世界過得怎麼樣？於是林伯宜請主廚引薦，聯繫上通靈老師，跟老師約好時間過去拜訪。

約定那天，林伯宜懷著忐忑的心情前往。老師是一位四十歲左右的微胖女性，慈眉善目，人很親切，看上去像是剛在大學教書不久的老師。林伯宜坐下來，告訴老師他想問的事情。他想知道，為什麼自己從小失去一隻眼睛？爸爸為什麼那麼早離開？他跟爸媽的緣分為什麼那麼淺？老師拿起不同色鉛筆在白紙上反覆來回刷，確定一款色筆能收到訊號後，她繼續不疾不徐刷著，彷彿開啓天線連接另外一個世界。等老師連結上林爸爸後，林伯宜聽到他這一生中聽過最驚奇的故事。

老師說，林伯宜要出生來到這個家庭前，看到林爸爸的靈魂承受很大的苦楚，在人間陽壽很短。林伯宜很不捨，想幫助爸爸，於是就決定要用自己的一隻眼睛為爸爸承擔苦楚，換來爸爸在人間多一點壽命，讓爸爸可以不要那麼早就離開人世。老師說，如果不是林伯宜用一隻眼睛去換，林爸爸應該在他國小一年級就要離開了，等不到他國二……

林伯宜聽完的瞬間像被五雷轟頂，剎那間鼻酸、眼眶布滿淚水，完全說不出話……這、這是眞的嗎？他用一隻眼睛，換爸爸在人間多一點壽命？他有為爸爸做這種事嗎？如果沒有，為什麼通靈老師第一時間說得出這種故事？又說得出爸爸是做建築相關工作？

他一直很遺憾，沒為爸爸做過什麼事報答爸爸，但是其實他有，是嗎？他眞的在出生前，為了讓爸爸能在人間多活一點時間，拿出自己的左眼去交換嗎？眞的是這樣嗎？他不知道。但是如果這一刻讓他選擇，為了爸爸，他覺得他會。如果能再跟爸爸多吃一次迴轉壽司，就算要他多換出一隻手、一隻腳，他也願意。

那麼爸媽在天上，一切都好嗎？通靈老師說，爸媽在另外一個世界，一切安好。她說他們來世間這一遭，都是各自命運的安排，能成爲家人是難得緣分，林伯宜只要照顧好自己，對他們來說就是莫大安慰了。林伯宜聽完又一陣鼻酸，他還不知道自己能不能安慰到爸媽，但從通靈老師口中聽到爸媽這些話，已經帶給他莫大安慰了。

通靈老師給了林伯宜一個全新的「故事」。林伯宜當然無法知道，那個故事是不是眞的？但是那個故事好美，好有力量。原來林伯宜曾經用自己的一隻眼睛，換到爸爸在人間多一點的時間，讓爸爸能夠有多一點時間給他跟媽媽美好的陪伴……一切都澄明起來，林伯宜長年來的疑惑消散了，他終於可以放下遺憾，放下那個從來沒有替爸爸做過什麼事的遺憾。那一天回家的一路上，林伯宜滿臉都是淚。

在不同的餐廳磨練過幾年後，林伯宜覺得自己的廚藝有火候了，可以實踐夢想。他賣掉媽媽留給他的透天店面當營運資金，又在媽媽當年出車禍的地點附近找到一家店，跟素卿兩個人一起開了夢想中的迴轉壽司店。

他們找了幾位畢業的學弟妹一起經營，林伯宜負責廚房，請了兩個學弟幫他；外場跟帳務則由素卿負責，素卿找了一位幹練的小學妹幫忙。小學妹叫陳善瑜，是陳惠興的女兒，很懂事，動作又俐落，天天笑容滿面，客人都喜歡她。幾位年輕人認眞努力，兩三個月就讓迴轉壽司店的營運上了軌道。

店裡開始有家庭常客，一如林伯宜當初設想，爸爸媽媽帶小孩來吃壽司。當然不一定是來慶祝孩子有什麼好表現，很多時候純粹是壽司好吃，全家一起來打牙祭、犒賞一週辛勞。

開店一年後的清明節，林伯宜跟素卿準備了一大盒壽司，去祭拜爸媽。林伯宜告訴爸媽，他開了心心念念的迴轉壽司店，店名叫「**煞不住迴轉壽司**」。

一方面，那家店就在媽媽當年「煞不住」貨車出車禍的地點附近，另一方面，林伯宜想讓大家知道，世界雖然看起來像一個大型、快得「煞不住」的壽司迴轉臺，總會有一些你喜歡的壽司盤被拿走，不過別擔心，很快就會有新的壽司盤補上來。

上天帶走林伯宜的左眼和他的爸媽，但也帶給他一位很好的伴侶、一家美味的迴轉壽司店，和一個很棒的團隊。林伯宜從來沒有感覺匱乏過。

來到「煞不住迴轉壽司」，你會吃到美味的壽司。因爲食材鮮美，因爲服務用心，因爲用餐空間雅致，也因爲林伯宜在每一盤壽司都放進一個美好的想法：

這是一個慈悲豐盛的宇宙，沒有人會因爲一盤被拿走的壽司，餓著肚子的。

十四、閨蜜的簡餐店

陳善瑜車禍過世一個月後，有一個晚上，她的閨蜜郝思佳半夜醒來，惺忪睡眼看到陳善瑜穿著迴轉壽司店的工作服站在床尾看著她，五官沒了嘴巴。郝思佳立卽驚醒，心臟狂跳，雙腳快速往後一蹬，整個人驚坐起來蜷縮著，背部緊緊靠著床頭櫃。她雙手拉上棉被護住身子，心裡想著：「善瑜，妳是回來討命的嗎？」

陳善瑜跟郝思佳之前都在「煞不住迴轉壽司店」工作，有一次郝思佳大姨媽來，身體很不舒服，就請陳善瑜幫忙代班，結果陳善瑜下班後出了車禍，不幸過世。郝思佳非常難過、自責，她哭掉的眼淚加起來，應該有一公升那麼多。

陳爸爸非但沒責怪她，還跟她說，這不是她的錯。哪裡不是！明明就是她的錯！如果不是她大姨媽來不舒服，她也不會請善瑜代班；善瑜不代班，也不會遇上死亡車禍，她還會活得好好的，還會是老闆的得力助手、爸爸的寶貝女兒、她最親的閨蜜……只因爲一時耐不住身體不舒服，一個代班請求，就讓善瑜原本的大好人生嘎然而止，化爲烏有。

所以深夜那一刻，陳善瑜回來找郝思佳，站在床尾，除了「討命」以外，郝思佳想不到還有別的理由。郝思佳停不住發抖，各種思緒在腦海快速翻轉：害怕、想念、愧疚、好奇……善瑜如果要討命，她不會抵抗，那是她的報應。她害死善瑜，一命還一命，天經地義。眞的，善瑜要怎樣都可以，不管要去哪裡，她都願意跟善瑜一起去，去另一個世界當她的閨蜜，就像她活著的時候一樣。但是站在床尾的善瑜，完全讓人感覺不到惡意或恐怖。沒有，一點也沒有。看著眼前有點透明、閃著光的善瑜，郝思佳意識到善瑜不是回來討命的，那不是善瑜會做的事，她活著的時候就不會傷害人，郝思佳不相信她死去之後會有所改變。

那麼善瑜爲什麼回來？她有事情想告訴郝思佳嗎？她還有未完成的心願，想要郝思佳幫忙嗎？郝思佳克制住恐懼，開口問道：「善瑜，妳都好嗎？很抱歉我害妳出車禍，妳可以原諒我嗎？」郝思佳才一出口，就忍不住大哭，邊啜泣邊發抖說：「我、我知道妳放心不下爸爸，我、我會替妳好好照顧爸爸的。妳、妳有什麼事，要我爲妳做嗎……」

陳善瑜沒有回答，她已經變成另外一種存在。她來看郝思佳，但五官沒了嘴巴無法說話，她只是安安靜靜站著，眼神透露著溫柔。過沒幾分鐘，善瑜就離開了，像一張被不斷調高透明度的照片，沒入四周的黑暗。那一夜，郝思佳再也沒有辦法入睡，她整夜想著善瑜。

善瑜是小學五年級開學後，才轉學到郝思佳班上的。她的爸爸陳惠興因爲玩期貨欠了很多錢，爲了躲避債主經常帶著她們母女搬家，才上小學的善瑜只能跟著頻繁轉學。陳媽媽後來受不了債主三番兩頭到家裡討債，在善瑜小學二年級時跟陳爸爸離婚。陳媽媽怕離婚後陳爸爸一蹶不振，就讓善瑜跟著爸爸，讓他有拚搏的動力。

陳爸爸努力開計程車賺錢，善瑜小學四年級時，他終於跟債主們達成協商，按計畫每月還款，父女兩人終於不用爲了躲債到處搬家。善瑜爸媽雖然離婚，但外婆不忍心外孫女一直居無定所，就把原本打算拿來養老的房子便宜租給陳惠興，讓他們父女有個安身之所。

小學五年級是善瑜最後一次轉學，她轉到郝思佳班上。老師安排她坐郝思佳旁邊，特別交代郝思佳要好好照顧新同學，又跟善瑜說，有任何需要就請郝思佳幫忙。這個倒不用老師交代，兩個小女生都良善、親和、好奇，加上彼此有許多共通點，第一天就聊個不完。

她們兩人都是五月生，雙子座，陳善瑜是五月六號，郝思佳是五月十六號。她們的血型都是O型，都是獨生女，也都來自單親家庭。善瑜是因爲爸爸投資失利欠債，爸媽離婚，她跟了爸爸。郝思佳則是因爲爸爸開的健身房倒閉後消沉不振，成天在家喝酒打老婆，媽媽受不了訴請離婚，爭取到郝思佳的監護權。

兩個小女生都來自單親家庭，但她們都不覺得自己缺乏愛。郝思佳覺得媽媽對自己很好，善瑜也覺得爸爸對自己很好（雖然都忙著開計程車）。有那麼多共通點，兩人變成超級好朋友也非常自然。照理說，善瑜是轉校生，應該是郝思佳要多照顧她才是，結果相反，是善瑜照顧郝思佳多一些。

郝思佳的個性大而化之，不像善瑜那樣心思細膩，老師交代要帶的東西她常常忘記。有一次，老師請同學把上週發的閱讀講義帶來，郝思佳沒帶，善瑜就拿自己的講義跟郝思佳一起看。從那之後，只要老師交代要帶什麼，她都會在放學後提醒郝思佳。

郝思佳的爸爸開健身房時，家裡收入不錯，爸爸常常帶一家人上館子，養成郝思佳從小愛吃美食又挑食的習慣。後來爸爸健身房倒閉（SARS疫情，大家都不去健身房），家裡沒那麼寬裕，郝思佳吃美食的機會變少，但挑食的習慣卻沒有改過。

善瑜不挑食，所以營養午餐郝思佳不喜歡吃的都會跟她交換。（不會太過分啦！好吃的郝思佳頂多拿一半，因爲說不定陳善瑜也喜歡吃啊！）善瑜的座位本來在左邊，但郝思佳的座位靠近教室外的走廊容易分心，看黑板的視野也不夠好，就問善瑜能不能跟她換？善瑜說沒問題，兩個小女生跟老師報告過，就交換座位。

課堂上小組討論，老師要每一組派人上臺報告，有一次輪到郝思佳，她不想上臺就請善瑜先上臺，下次再換她，善瑜也OK。郝思佳覺得，善瑜眞是一個好人。雖然兩人年紀差不多，但她常覺得善瑜就像是媽媽沒有生給她的小姊姊。眞的，如果能訂製一位個姊姊，她一定要一個像善瑜這種的。善瑜爲什麼會那麼貼心呢？又爲什麼，她什麼都願意跟郝思佳交換呢？貼心可能是天性，善瑜從小就不需要人操心，還是小北鼻的時候就很少半夜醒來哭鬧，又很會照顧身邊的人（主要是爸爸）。

至於交換，可能是善瑜經常搬家換環境、換學校、換朋友，早就習慣身邊的人來來去去。不管換到什麼，她知道她早晚都會適應，就算不適應也沒關係，說不定很快又會換。她沒有那種「給我×××，其餘免談」的執著。沒關係的，沒有這個，那個也可以。雙親家庭可以，單親家庭也可以；在一間小學讀完六年可以，頻繁轉學讀完六年也可以；有一個好閨蜜可以，不停交新朋友也可以……她年紀雖小，卻有開闊的接受度。

當然，她樂於跟郝思佳交換，還有一個重要原因是，郝思佳是新學校裡第一個爲她站出來的同學。善瑜轉到新學校不久，班上就有一個頑皮的男同學常拿她的名字開玩笑。男同學說，一定是她爸爸喜歡吃「鱔魚」意麵，才會幫她取名叫陳善瑜，要是她爸爸喜歡吃虱目魚，她大概就會叫做「陳虱目魚」……哈哈哈。

郝思佳聽到，第一時間跳出來警告對方：「不准你欺負新同學，你再說一次，我就去報告老師！」男同學怕老師，從此不敢當陳善瑜的面開這種玩笑。陳善瑜很感動，她轉學幾次，同學總是來來去去，經常是跟某個同學才稍微熟起來不久，就要轉學。但這次不一樣，她知道郝思佳會是她小學生涯裡，第一個不會來來去去又挺她到底的同學。

「如果有人這樣對妳，」她跟自己說：「妳要爲她千千萬萬遍。」

小學畢業後，兩個人又讀同一所國中。雖然不同班，不過很幸運剛好隔壁班。郝思佳一年忠班，陳善瑜一年孝班。所以下課時間，兩個人還是會一起去洗手間；午餐時，兩個人還是會一起吃飯（有時是郝思佳來陳善瑜班上，有時是陳善瑜去郝思佳班上，兩人還是會交換午餐菜色）；放學後，兩個人也還是會一起走路回家。沒有同班，完全不影響兩人好交情。一年忠班跟孝班的同學們都覺得，自己的班上好像多了一個同學，只不過是在隔壁班寄讀。

兩個女生在班上的人緣都很好，善瑜是溫暖體貼型，郝思佳則是外放爽朗型。青春期的兩個女生都收過男生傳的紙條，她們會交換看，然後對寫紙條的男生品頭論足。

國中的家政課不多，但她們都很喜歡，每次在家政課學到新料理，她們回家就會實際做一遍，然後不斷改進。郝思佳是因爲本來就喜歡吃，陳善瑜則是因爲爸爸開車都吃外食，她想偶爾做些家常菜給爸爸吃。

她跟郝思佳說，等她學會八道菜，就要在父親節辦一桌料理幫爸爸慶祝。郝思佳說沒問題，到時候她來幫忙。陳善瑜不是講講而已，升國三那年暑假的父親節，在郝思佳協助下，她們眞的做了一桌菜：菜脯蛋、紅燒鯽魚、古早味肉丸、豆腐鮮蚵、鹹蛋苦瓜、清炒高麗菜、小魚乾炒山蘇、香菇蒜頭雞湯……弄了一桌澎湃的父親節大餐。那一餐，每一道菜陳爸爸吃一口，善瑜就會問爸爸：「好吃嗎？」陳爸爸都說：「只要是妳做的，都很好吃！」那一餐陳爸爸吃得無比開心，不時眼眶泛淚，覺得這女兒沒有白疼。

升高中之後，兩個女生讀不同學校，但週末假日還是常往來。郝思佳高一下學期，郝媽媽再婚，她多了一位繼父。繼父大媽媽五歲，是幾家房仲加盟店的老闆，對她們母女很好。雖然如此，郝思佳一時間還是不適應，每當她感覺媽媽像是被一個男人搶走時，她就會去找善瑜。不管她怎麼抱怨媽媽、繼父，陳善瑜都耐心聽她說。

高三，兩個女生爲了考大學，選了同一家補習班補習數學。每個禮拜三晚上補習結束，她們就一起去夜市吃小吃。一定會吃的東西有兩個：一個是地瓜球，善瑜指定（小學放學爸爸去接她，常會帶一包地瓜球給她），另一個是大腸蚵仔麵線，郝思佳指定。郝思佳喜歡夜市裡一家麵線，因爲想留點胃口多吃別的，她們會合點一碗大腸蚵仔麵線；郝思佳會拿出自備空碗把麵線分裝成兩碗，她吃蚵仔麵線，大腸麵線給善瑜。是善瑜說，她喜歡吃大腸的。星期三晚上是補習夜，也是她們的小吃之夜。

大學學測結束，兩人相約去墾丁旅行。她們先到東港買螃蟹、龍蝦、貝類，然後在飯店的浴缸裡洗螃蟹、龍蝦，再用帶來的鍋子跟電湯匙，在房間裡煮起海鮮火鍋，配著冰涼啤酒大啖，無比暢快！那一夜酒足飯飽，兩個人散步到海邊，坐在沙灘上看滿天星空，聽海潮聊天。郝思佳就問陳善瑜，大學畢業後想做什麼？

善瑜說：「我想開一家餐廳賣家常菜，我爸每天開車很辛苦，我都不知道他外食的營養夠不夠？會不會太鹹、太油？我希望他吃健康一點。開餐廳，我就能幫他準備吃的。我知道他喜歡吃什麼，能讓他吃得開心又營養。等收到成績單要填志願，我可能會選餐飲或食品營養科系喔！」

陳善瑜還是一樣貼心，郝思佳說：「好，如果妳開餐廳需要幫忙，我來幫妳。」郝思佳也還是一樣講義氣，陳善瑜說：「妳說的喔！哈哈，我錄音存證了。」她故意拿出手機假裝錄音：「那妳大學畢業，想做什麼呢？」

「我啊？我喜歡吃好吃的，我想去世界各地吃美食，說不定我會去考國外旅遊領隊，以後帶團出國順便去吃好吃的，我感覺這種工作很適合我，妳覺得怎麼樣？」

「很適合妳啊！」陳善瑜說：「妳很容易跟人打成一片，又很會講話，妳跟大家介紹景點，大家一定會覺得很有趣。妳又知道哪裡會有好吃的，跟妳出去玩一定會玩得很開心、吃得又滿足。不然這樣好了，妳考上領隊，第一團我就跟妳出去玩！」

「妳是說眞的嗎？」郝思佳好感動。

「當然啊，爲妳千千萬萬遍！」

「太好了，就這麼說定！我出國帶團妳跟團，妳開餐廳忙不過來我幫忙，我也爲妳千千萬萬遍！」

「講這麼大聲？我就怕啊，我還沒跟到妳的團，妳就吃太多好吃的，肥得像楊貴妃一樣走不動，不能帶我出去玩了。」陳善瑜故意哭哭。

「哪會啊，我會節制好不好！再怎麼說我也是南港人見人愛美少女，美食要吃，身材也不能走樣啊！」

「都小姊姊了還美少女，妳國中生喔？」

「不管啦，反正我一定要帶妳出去玩！」郝思佳說：「其實我對餐飲科系也有興趣耶，要不要計畫一下，說不定我們大學又可以當同學。」

「可以喔！」

旅行結束後，兩個女生認眞起來。收到學測成績單，兩個人成績相近，就鎖定南部一所國立大學的餐飲管理系。第一階段申請通過後，兩人又順利通過學校面試，於是繼小學同班同學後，兩個人上大學後又成爲同班同學。

一上大學，陳善瑜很快找了一家餐廳打工，開始半工半讀，一方面她想累積經驗，一方面也不想讓爸爸負擔太重。郝思佳則是很快交到男朋友，繼父要她安心唸書別打工，她時間多，陳善瑜要打工又沒空陪她。但是兩個人每週三的小吃之夜，還是延續下來（郝思佳男朋友想跟，她也不准）。陳善瑜工作的餐廳附近有夜市，通常是郝思佳去找她，等她下班一起吃小吃。地瓜球跟大腸蚵仔麵線還是必吃，大腸蚵仔麵線一樣分成兩碗，陳善瑜大腸麵線，郝思佳蚵仔麵線。

大學畢業後兩人回到臺北，郝思佳跟爸媽說她想用半年時間，專心準備隔年三月的領隊考試，繼父跟媽媽都支持她。陳善瑜則是在一家迴轉壽司餐廳找到工作，「煞不住迴轉壽司」，是學校畢業的學長姐開的。

郝思佳第一次聽陳善瑜說這家店，就好奇問：「是說，要是喜歡的壽司不趕快拿，會被別人拿走的意思嗎？」

「不要亂講啦，取這名字是有故事的……」

陳善瑜講了學長林伯宜的故事，郝思佳聽完覺得好特別。沒多久，她就跟男朋友一起去吃。那眞是好吃！老闆夫妻知道她也是學妹，又是善瑜的閨蜜，還額外招待只有熟客才知道的隱藏版壽司。郝思佳終於明白，爲什麼陳善瑜講起店長夫妻時總是眉飛色舞、無比開心。

善瑜跟她說，她想多累積經驗，把學長姐的祕訣學起來，以後開自己的餐廳。郝思佳那時就萌生一個念頭：如果之後有機會來跟善瑜一起工作，好像也不錯。郝思佳準備旅遊領隊考試半年，結果沒考上。她不想放棄，想一邊工作一邊準備重考，就請善瑜幫忙問，能不能去學長姐的迴轉壽司店打工？

剛好店裡的外場也需要一個人，方便員工請假時彈性調配。學長姐見過郝思佳，覺得她外向活潑，應該能跟客人互動良好，就答應讓她來上班。就這樣，大學畢業不到一年，兩個女生又從同學變成同事。陳善瑜已經很有經驗，她很細心的帶郝思佳上手。郝思佳什麼都不怕，手腳也俐落，才來沒多久就變成外場即戰力，老闆夫妻兩人對兩位小學妹都很滿意。

大約在郝思佳到店裡工作半年後，有一次陳善瑜排休假，那一天本來是郝思佳值班，但她大姨媽來，又有感冒前兆，很不舒服。她一早就打電話給陳善瑜，問她能不能幫忙代班？善瑜當然說好。

結果那天店裡生意很好，善瑜比平常晚下班，回家路上出了死亡車禍，從此天人永隔。郝思佳非常傷心，她無比自責，覺得是自己害死善瑜。她一路陪陳爸爸辦完後事，然後每天哭，想到善瑜就哭。她每天都沉浸在失去善瑜的悲傷之中，完全想不到，善瑜竟然在往生一個月後，回來看她。到底是因爲什麼原因？她不知道。那一夜，善瑜短暫出現在她的床前，離去之後她孤坐在床上。從小到大，跟善瑜經歷過的點滴回憶都回來了。她停不了眼淚，一整夜想著善瑜。

隔天上班她強打起精神，一到店裡，就跟林伯宜跟洪素卿夫妻說善瑜回來找她。不是做夢，是善瑜就站在她床前，但是無法說話。她覺得很意外也很難過，她很想知道，善瑜是不是有什麼沒完成的事要她去做？如果有，她一定會幫忙善瑜，但她完全不知道到底是什麼事？也不知道該怎麼辦才好？

林伯宜夫妻聽完十分訝異，失去善瑜這位學妹，林伯宜夫妻也很難過，他們盡可能協助處理善瑜後事，也安慰郝思佳。兩個小女生從小在一起，比親姐妹還親，善瑜離開對郝思佳打擊很大，郝思佳很自責，整個人變了，好像給自己的靈魂上了腳鐐、手銬，過往的外放跟活力都不見了。

兩位小學妹天人永隔，林伯宜夫妻都很不捨，聽到郝思佳說善瑜回來找她，林伯宜也覺得善瑜說不定有事想託付郝思佳。他多問了一些細節，卻似乎對於釐清善瑜的意圖幫助不大。他明白，這種事他們怎麼猜都沒用。

他想起之前拜訪過通靈老師，因此跟郝思佳說，有一位通靈老師說不定可以幫忙。林伯宜當下就傳 Line 給通靈老師，跟老師說明情況，想約老師問事。通靈老師隔沒多久就回覆。不巧她人在歐洲，十天後才回國，可以回國後第一時間安排。林伯宜跟老師約好在她回國後隔天造訪。那天剛好星期一，是店裡的固定休息日。林伯宜跟郝思佳說，他跟素卿學姊會陪她一起去，請她放心。

「嗯，好的。」郝思佳回答不太有神，心想還要等那麼久嗎？善瑜來找她的事情，郝思佳沒告訴陳爸爸。一方面她還弄不清楚善瑜爲什麼找她，一方面也怕陳爸爸知道後擔心善瑜有事放不下，徒增傷感。之後郝思佳天天想著陳善瑜，一直猜測善瑜到底想跟她說什麼？善瑜還會不會再回來找她呢？

來了。一個禮拜後的深夜，郝思佳半夜醒來，又看見陳善瑜穿著迴轉壽司店的工作服站在她床前，一樣發亮透明、眼神溫柔，一樣五官沒了嘴巴。郝思佳還是驚嚇（沒有人會習慣這種事），她一方面意外，一方面又開心善瑜回來。這一回，她比上次要鎮定一些。

郝思佳花了點時間讓自己適應善瑜站在床前，以另一種形式出現。這回她更篤定善瑜不是來討命的，她不捨善瑜一直站著，就對她說：「善瑜，妳、妳可以坐下來嗎？我、我可以跟妳說說話嗎？」郝思佳才說完，善瑜就側坐下來，她有點驚訝。雖然善瑜應該什麼事都知道，但郝思佳還是想告訴她，她過世之後，都發生了什麼事。郝思佳說了。

她說陳爸爸還是很難過，她一有空就會去陪陳爸爸吃飯，雖然兩個人常常點了菜都吃不到一半，但飯還是要吃的，對吧？壽司店裡，學長姊也很捨不得她離開，其他同事的工作氣氛也很低迷，有幾位常客沒見到她，也問起她怎麼都沒有來上班？他們只能說：「她家裡有事離職了，我們也非常捨不得。」

「善瑜，少了妳，真的少很多。」郝思佳說，她看著善瑜還穿著壽司店的工作服，又有一點心疼：「善瑜，妳不用再上班了知道嗎？我知道妳喜歡在店裡工作，很想幫忙，但是妳已經『畢業』了，妳要對我們有信心，我們會撐起這家店的，妳不用再穿工作服了喔！」

善瑜沒有回應，但眼神一樣柔和。沒多久，善瑜就像上次一樣，淡淡消失，沒入黑夜。

隔天上班，郝思佳一到店裡就跟林伯宜夫妻說，善瑜又回來看她了。兩夫妻這回也不知道說什麼好，只能安慰郝思佳說，通靈老師快回國了，就放寬心，耐心等候吧。

來到預約拜訪的星期一，一大早，洪素卿就開車載著林伯宜去接郝思佳，再去拜訪通靈老師。素卿貼心的在車上放著巴哈的無伴奏大提琴，一路上三人少有交談。到了通靈老師的工作室，老師溫暖迎接，她看上去精神爽朗，沒有剛回國的時差疲累。三人坐定，等老師完成準備儀式。

郝思佳大致說明事情發生的經過：善瑜是她最親的朋友，她們一起跟學長姐工作，一個多月前，善瑜替她代班出了車禍過世，然後最近兩個禮拜善瑜都有回來找她。通靈老師聽完開始連線，她用幾款不同的色鉛筆不停在白紙上來回刷，好像在確定頻率。最後她選定一枝銀色筆說：「連上了。」通靈老師對郝思佳說：「妳想知道她是爲了什麼事回來找妳，對嗎？」

「對。」郝思佳很急切：「我想知道，她是不是有什麼沒完成的心願，需要我幫忙？」

「我先了解一下，她是什麼時候回來找妳的？」

「她回來找過我兩次，上個禮拜跟上上禮拜。」

「妳記得是禮拜幾嗎？」

郝思佳想了一下：「好像都是禮拜三。」

「喔，我不太清楚怎麼回事，不過她說她是回來找妳一起吃大腸蚵仔麵線。」通靈老師表情有點疑惑又古怪：「妳知道是什麼情況嗎？」郝思佳瞬間爆哭。

「喔，喔，喔……」她一邊哭一邊說：「我們以前每個禮拜三晚上，都會、都會一起、一起去吃麵線，我們都會分一半，我、我都吃蚵仔麵線，她都吃大腸麵線，是她說，她、她喜歡吃大腸……」

郝思佳再也忍不住了，她放聲大哭。素卿也哭著把她擁進懷裡，疼惜的拍著她的背，林伯宜在一旁聽著，也忍不住掉下眼淚。

「她說，」通靈老師語調溫柔：「她不是喜歡吃大腸啦，是因爲妳喜歡吃蚵仔，她才會那麼說。」聽完，郝思佳更抑制不住哭泣。

「她說她回來看妳，純粹只是想念妳，很想念跟妳一起去夜市吃麵線的日子，很想再跟妳一起吃一碗麵線而已，妳不哭不哭，她很心疼妳喔。」老師安慰她：「她要我跟妳說，她完全不怪妳，妳身體不舒服，她很願意幫妳代班，她說妳們以前讀過一本書，常常會跟彼此講書裡一句話，什麼『爲你，爲你什麼的……』」

「『爲你千千萬萬遍！』追風箏的孩子。」郝思佳從素卿的懷裡抬起頭，心想，是善瑜沒錯。「我是說，那本書是《追風箏的孩子》。」

素卿抽了兩張老師桌上的面紙，幫郝思佳擦去眼淚。

「好像是喔！妳這麼一說我想起來了，我好像讀過那本書。」通靈老師繼續說：「她說她在另一個世界過得很好，謝謝妳幫她照顧爸爸。她說妳如果想念她，就去找一家麵線店點一碗大腸蚵仔麵線，分一半請她吃就可以了。」

「我一定會的！」郝思佳說。

「善瑜眞是一個好孩子，她特別要我跟妳說，妳們兩個人啊，就跟大腸蚵仔麵線一樣，什麼意思呢？就是啊，就算少了大腸，蚵仔麵線也是很好吃的，她說妳也要這樣想喔，就算她不在你身邊，妳也會過上美好人生的。人生最重要的，不是妳身邊有誰或者沒有誰，而是不管有誰沒有誰，妳都能夠好好過生活，都能做自己開心的事，妳能夠明白嗎？」老師停了一下繼續：「善瑜說，妳要是過得不開心，她可是會放心不下喔！」

聽到這邊，郝思佳的雙眼再度洩洪了。陳伯宜眼看郝思佳情緒潰堤、無法言語，就替她問：「老師，那麼善瑜還有沒有別的事需要我們幫忙呢？」

老師停了一下說：「好像沒有特別的事，她說，她很謝謝你們夫妻一路照顧她，她很開心曾經跟你們一起工作過。」

林伯宜跟素卿聽了也很感動，素卿又再次流下眼淚。林伯宜回老師：「請老師跟善瑜說，我們也很謝謝她一路幫忙，很開心她能來到我們店裡跟我們一起，大家都想念她，妳請她一定要放下，安心去她應該去的地方。」

「有的，她聽見了。」通靈老師面向郝思佳：「說到放下，善瑜想跟妳說，妳也要放下，不要再覺得發生這一切是妳的錯了，可以嗎？」郝思佳點點頭。

經過老師這一番溝通，郝思佳的內心一片清朗。原來善瑜回來看她，是想念跟她一起吃麵線的時光；原來善瑜說喜歡吃大腸麵線，是因為自己喜歡吃蚵仔麵線才那樣說……一切都清楚了，只要她放下罣礙，善瑜就不會有罣礙。

那一天回家，郝思佳一路看著窗外。她想著自己跟善瑜從小當同學，畢業後又一起當同事，一路一直受到照顧，她何其幸運，曾經有善瑜這樣的朋友陪伴過。她記得第一次跟善瑜見面，是善瑜從別的學校轉學過來時，善瑜說在那之前，她一直在轉學……這一回善瑜又轉學了，只不過她是從郝思佳的人生，轉學去了天堂。

那一天回程，三人在車上一樣少言，只有悠緩的大提琴獨奏不斷從車上音響潺潺流出，像一條清新、澄澈、撫慰人心的溪流。

兩天後的禮拜三，郝思佳下班後，找了一家麵線店，外帶一碗大腸蚵仔麵線。回到家，她把麵線分成兩小碗，一碗蚵仔麵線放在自己這邊，一碗大腸麵線放在餐桌對面的位置，擺上湯匙跟筷子。郝思佳吃著自己的蚵仔麵線，一邊吃一邊流淚。

這是善瑜過世後，她頭一次繼續「星期三小吃之夜」，她不知道善瑜會不會回來？那一晚，郝思佳吃完自己的蚵仔麵線，把大腸麵線冰進冰箱，梳洗入睡。那一夜她睡睡醒醒，非常淺眠，似乎在等著善瑜來看她。沒有，那一晚善瑜沒有回來。之後的每週三晚上，郝思佳繼續一個人的「星期三小吃之夜」，但無數個禮拜三深夜過去，善瑜卻再也沒有回來過。

是善瑜覺得，郝思佳這樣惦念她，她就可以安心離開，是這樣嗎？善瑜過世後，郝思佳就暫停國外領隊的考試準備。一方面她完全沒心情，一方面她老是想起那年高三學測完，她跟善瑜的墾丁之旅。那一夜，她們坐在沙灘上看星星、聽海潮，各自講著未來計畫。那之後，她們也真的朝著各自目標邁進，善瑜到學長的迴轉壽司店工作，認真累積經驗；郝思佳也一邊工作，一邊準備領隊考試……直到善瑜出了車禍。

善瑜停下來了，現在只剩下郝思佳能夠繼續，繼續準備領隊考試，考上領隊後去旅行社工作，以後帶團遊遍天下、吃盡各地美食……郝思佳可以繼續，但是善瑜想做的事怎麼辦？她想開一家餐廳照顧陳爸爸三餐……善瑜走了，留下一個心願未了，她是善瑜最親的朋友，可以假裝不知道有這件事，放著不管嗎？

沒辦法，她不能當做自己不知道，她不能那麼自私，善瑜是幫她代班才出車禍的，她不能裝作自己一點責任都沒有。善瑜為她付出生命，既然善瑜有一件心願想完成，她就應該幫善瑜完成才對，不能只想著自己。沒有大腸的蚵仔麵線，也很好吃，但是沒有大腸的「大腸蚵仔麵線」並不完整。郝思佳決定，她要放下自己的國外領隊夢，先幫善瑜完成她的夢。

陳伯宜跟素卿都知道，郝思佳一邊在店裡工作，一邊準備領隊考試，店裡的工作，只是暫時的過渡階段。但是郝思佳後來回到店裡，跟他們表明自己想留下來多累積經驗，她說善瑜生前有一個願望是開一家餐廳，她想替善瑜完成這個夢。

兩人一聽，自然樂意幫助她多累積開店需要的經驗，一切都是為了善瑜。在那之後，郝思佳像是轉了性，更投入在工作的每個細節。忙完本分工作，郝思佳常會跟著陳伯宜去魚市場採買，學習辨別各類食材新鮮度。她也跟著洪素卿學存貨管銷、帳務會計。休假時，她經常煮東西給陳爸爸吃，了解陳爸爸喜歡吃什麼。

郝思佳一點一點勤勉學習，在媽媽跟繼父支持下，在三年後開了一家小餐廳，賣七種簡餐（都是陳爸爸愛吃的）。因爲善瑜的關係，店裡主打「大腸蚵仔麵線」，郝思佳把店名取爲「**1／2的友情大腸蚵仔麵線**」。店裡最特別的安排是每個禮拜三晚上，客人點大腸蚵仔麵線套餐時，麵線會分裝成兩碗供應：一碗大腸麵線，一碗蚵仔麵線。這是爲了紀念善瑜，紀念她們的「星期三小吃之夜」。

郝思佳的餐廳開張時，陳爸爸已經不開卡車了，他改在夜市擺攤賣善瑜喜歡吃的地瓜球。但中午用餐時段，他常來郝思佳店裡吃飯（郝思佳會額外準備一份餐盒，給陳爸爸晚上吃）。客人不多的時候，郝思佳會盡可能陪陳爸爸聊天，一起回憶善瑜生前種種。善瑜雖然離開，但郝思佳覺得開店的這一路上，她都有善瑜的陪伴。她很開心自己完成善瑜的遺願，讓兩人都沒有遺憾，內心的愧疚也減輕一些。

故事到這邊，照理說應該要告一段落了，但是沒有，還有後續。

開店兩年後，郝思佳意識到自己有些不一樣。店裡生意還可以，用餐的客人也多，陳爸爸也常來吃飯，陳伯宜、洪素卿休假時偶爾也會來看她……但是郝思佳明顯感覺到，自己的熱情在消退，遠沒有剛開店時那樣快樂。

她大概知道爲什麼。過去這幾年，不管是出於道義或是愧疚，郝思佳過的，其實是善瑜想過的人生，不是她的。善瑜想開一家店照顧陳爸爸，她替善瑜做到了，但是她自己呢？她原本想做的事呢？多年來，郝思佳常常想起那個遙遠的墾丁沙灘夜，跟善瑜分享彼此夢想，她始終記得善瑜的，但她自己的呢？怎麼一個老想著雲遊四海的人，最後卻在一家小吃店待下來了呢？

有一晚，郝思佳做了一個夢，她夢見善瑜跟著她去旅行。夢中，郝思佳是一位旅遊領隊，她帶團去巴黎玩，她在羅浮宮裡舉著旅行團的旗幟，對團員說：「等等啊，我們就會看到達文西最有名的《蒙娜麗莎的微笑》了，這一幅畫跟大家想得不一樣喔！它就是小小一幅，等會你們看了就知道。《蒙娜麗莎的微笑》是羅浮宮的鎮館之寶，所以待會圍觀的人會非常多喔！難得能夠看到蒙娜麗莎的眞跡，大家一定要選好一個位置、好好看個仔細喔！來，大家跟緊我的腳步，我們一起往前走！」

說完，郝思佳轉身往前。善瑜就在團員之中，她穿著高三那一夜，她們在墾丁沙灘看星星時穿的白T恤、牛仔吊帶褲，樣子完全就是一個女學生，眼神也跟當年一樣溫柔。她很快衝上來，攬住郝思佳的手說：「妳終於帶我出國玩了！」

夢中的郝思佳聽完這句話，立卽就醒了。醒來，她發現自己的臉上有淚。她先是非常開心，自己終於在夢裡，兌現了帶善瑜出國旅行的承諾。但很快她就明白，那其實是善瑜透過那樣一個夢，帶領她旅行到一個她們兩個都曾經想像過的「未來」。

那個善瑜答應過要陪著郝思佳前往，而郝思佳也夢想要前往的「未來」。郝思佳意識到，交換生陳善瑜，又再一次回來跟她交換了。

這一回，陳善瑜把郝思佳眞正想過的人生，換回去給她。

十五、讀者的手燒仙貝

火星爺爺您好，

很冒昧寫這一封信給您，我是一個在夜市擺攤賣仙貝的人，我姓白，叫白路易，現在應該是二十三歲。我會知道您，是因為我在夜市的隔壁攤位是賣地瓜球的，叫做「彗星撞地瓜球」，老闆是陳叔叔，是他跟我提起您的。

他跟我說，他曾經在咖啡館接受過您的訪問，講他為什麼賣地瓜球的故事。他說您打算把他的故事寫下來出成書，還說如果我賣仙貝有特別的故事，也可以找您喔！說不定您也會寫出來分享給讀者。我覺得陳叔叔好幸運，有機會說出自己的故事讓您來分享。我也有故事，我之所以會在夜市賣仙貝，故事也非常特別喔！特別到就算我說給別人聽，別人也不會相信的地步呢！

我上網查過您的資料，知道您出過書，有很多讀者。我相信，我的故事如果能夠透過您分享出去，您的讀者當中一定會有人相信的。所以我就跟陳叔叔說，我也想試試看，看有沒有機會，也讓您幫我把故事分享出去。

陳叔叔把您的名片拿給我，讓我用手機拍下來。我是一個害羞的人，不好意思直接打擾您，也怕自己要是真的坐在您面前，會什麼話都講不出來。所以就想說，還是先把自己的故事寫出來，用您名片上的email寄給您看好了。

這一封信我是一邊講一邊錄音，再用app把聲音轉成文字，又修改過很多遍才敢寄給您的。雖然改了很多次，但畢竟想說的東西很多，又是想到什麼說什麼，所以信有點長，希望您不要介意才好呢！如果您覺得合適，希望您能幫我把故事分享給讀者朋友。您要怎麼修改，我都不會有意見的。真心謝謝您，那我就開始了喔！

我想，就算是您可能也很難相信，我其實是從另一個宇宙穿越過來的。啊，請先不要以為我在胡說八道，或者在講科幻故事，我沒有啦！

我是從十九歲起開始穿越不同宇宙，目前這個地球，是我穿越過的第六個宇宙喔！關於「穿越宇宙」這件事，如果您覺得不太容易理解，可以去看《蜘蛛人穿越新宇宙》那部動畫。那部動畫很好看，又把「穿越宇宙」這件事講得蠻清楚的（雖然我穿越的方法，跟他們不一樣）。您一定好奇，為什麼我會在不同宇宙之間穿越吧？這要從我穿越宇宙之前，是做什麼工作開始說起。

在我原先那個地球（為了方便說明，火星爺爺我做個編號，我所在的地球編號是B612號），我是住在日本的華僑，爸媽都是臺灣人。我小時候每年都跟爸媽回臺灣，是上了中學後功課比較忙才沒有再回去。我爸媽都很重視母語，他們從小就買很多中文書給我看，又規定我在家只能講國語，所以我中文聽、說、讀、寫都還可以喔！

開始穿越宇宙之前，我是在日本奈良的東大寺工作。東大寺，很特別吧，火星爺爺您有去過嗎？我剛穿越到你們這裡的時候（這個地球的編號是B618），也是先抵達東大寺，我有認真比較過兩邊東大寺的不同喔！其實啊，大部分東西都是一樣的。一樣有各種建築、大佛、很多日本鹿，也一樣有鹿仙貝跟很多餵鹿吃仙貝的觀光客。

最主要的不同有兩個：第一個是鹿仙貝的製作方式。你們這邊的鹿仙貝，主要是統一交給「武田俊男商店」來製作（聽說他們從一九一七年就開始做鹿仙貝了呢），而我們那邊的鹿仙貝，主要是交給幾位叫「仙貝師」的人來製作喔！

仙貝師，是隸屬東大寺的工作人員，主要是負責做出好吃的鹿仙貝，讓觀光客買來餵給鹿群吃，這是第一點不同。另外一點，就是我們那邊的東大寺有「鹿譯人」這個職位，是你們這邊沒有的。所謂的「鹿譯人」呢，就是能夠跟鹿群溝通的人，主要負責東大寺跟鹿群之間的翻譯溝通。「鹿譯人」這個職位，就只有我們那邊才有，包括你們這邊的東大寺，還有之前我穿越過的其他東大寺都沒有這種職位呢！「鹿譯人」可以說是我們 B612 號東大寺的「特產」喔！

為什麼我們 B612 號東大寺會有「鹿譯人」這種職位呢？這就要從四十年前說起了。當時東大寺的老住持每天看到很多人來東大寺餵鹿仙貝給鹿吃，就想說，萬一有些鹿著急吃仙貝，結果不小心傷到人，那可怎麼辦啊？那麼祥和的地方要是有人受傷，不是很糟糕嗎？要怎麼做才能避免這種事發生呢？他每天一直想一直想，都沒有想出好辦法。

有一次他無意間發現，有一位個子矮小、駝背的仙貝師，常常跟不同的鹿比手畫腳、唸唸有詞，他就懷疑那位仙貝師能跟鹿說話。經過仔細觀察、詢問後，他確定那位仙貝師真的能跟鹿溝通呢！

老住持就想到辦法了，既然有人能跟鹿群溝通，那麼他不就可以透過他，像教化人一樣來教化鹿嗎？人被教化之後就不會傷害人，鹿被教化之後，不也就不會傷害人了嗎？於是他就問那位仙貝師，能不能在日常烤仙貝的工作之外，也協助他來教化鹿群呢？簡單講，就是把他想跟鹿群說的話，轉告給鹿群聽就可以了。

那位駝背的仙貝師叫「渡邊翔」，他很敬重老住持，又感謝東大寺給他一份工作可以養家糊口，就答應老住持的請求。渡邊翔先生，就是我們B612號東大寺的第一位「鹿譯人」。他成為鹿譯人之後，每天烤完仙貝，就會把住持想跟鹿群說的話，翻譯給鹿群聽喔！

剛開始渡邊先生是一頭一頭鹿去說，但是這樣太慢了，後來他就改變方法。他先找出不同鹿群的領頭鹿，再把老住持的話告訴牠們，請牠們幫忙轉告給其他鹿群聽。為了讓領頭鹿有動力去轉達，渡邊先生會多給牠們一些仙貝吃當作獎勵喔！您看，是不是很聰明的做法呢？

但就算是這麼做，渡邊先生還是忙不過來，因為東大寺的鹿真的太多了。而且「教化」這種事也不是說一遍就有用，要不斷提醒才有效果。教化人都不容易了，何況要教化這麼多鹿，工作量太大了。

而且就算渡邊翔先生找了很多領頭鹿幫忙，那些領頭鹿也不是每一隻都可靠。有些領頭鹿很討厭，牠們光吃仙貝卻常常不認真做事：要麼沒有說，要麼就胡說一通，完全扭曲老住持的意思……真是叫人生氣！您知道嗎？我們那邊的鹿在這方面跟人類一樣，也有漫不經心的啦、不守信用的啦、說話不算話的啦……真是傷腦筋。

當時老住持很執著，他覺得人需要教化，鹿群也需要。他知道這件事很花時間，需要合適的人，有渡邊先生幫忙再好不過。只是老住持想說的話很多，鹿群又不一定聽得懂，有時還要額外補充說明，渡邊先生真的忙不過來。他每天烤仙貝，還要當鹿譯人轉達老住持說的話，每天都好累好累，講到喉嚨都沙啞了。

不得已，他只好跟老住持說他忙不過來，可不可以讓其他仙貝師也一起來幫忙呢？他可以教他們鹿語喔！老住持也覺得渡邊先生工作量真的太大，就同意他的請求，指定幾位對鹿群有愛心的年輕仙貝師，跟渡邊先生一起學鹿語。同時也讓渡邊先生放下仙貝師的工作，專心教年輕仙貝師鹿語。畢竟教育鹿群是百年大業，比烤仙貝重要太多了。

幾位年輕的仙貝師很認真學習鹿語，他們跟鹿群朝夕相處本來就有敏感度，跟渡邊先生學鹿語沒多久，也慢慢能跟鹿群溝通。老住持很高興，他覺得事情在往好的方向進行，以後他不管想對鹿群說什麼，都有更多「鹿譯人」可以幫忙傳達了。

就這樣，在我們B612號地球的東大寺，「鹿譯人」就這麼一代一代傳下來了。

我是十八歲進東大寺工作的，一開始只是單純的仙貝師。那時候我考上大學的心理學系，在學校裡讀一年級。因為我個性內向，喜歡宅在家，不太喜歡也不知道怎麼跟人往來（我比較喜歡動物，哈哈）。我想，讀心理系應該能幫助我了解自己，了解怎麼跟別人相處，我本來是這樣想的。

但是讀不到半學期，我發現我沒有很喜歡這門學科。加上我個子高（一百八十三公分）、人很瘦，看上去像一根竹竿，同學都覺得我古怪、難以親近，因此我在學校沒什麼朋友。很明顯我沒有因為讀心理系就懂得跟人往來，功課也普普通通，大學新環境我適應不良，各方面都覺得很挫折。

我不喜歡學校生活，每天都不開心，就跟爸媽說我想休學，先到外面的世界看一看。爸媽知道我在學校不開心，擔心我繼續待下去可能會悶出病，就說去外面看看也好。那時候我剛好看到東大寺有仙貝師的職缺，想說每天烤仙貝給鹿吃感覺很酷，應該很適合我，我就去應徵，而且順利應徵上了。

大一下學期我就休學，來到東大寺學習怎麼當一位仙貝師。我很認真學習烤仙貝，我喜歡鹿群，每天都很投入工作。可能是我認真的樣子被注意到，我當仙貝師還不到半年，就有一位資深鹿譯人問我，要不要參加培訓學鹿語，加入鹿譯人的行列呢？

能收到培訓邀請我覺得好榮幸，我很有興趣，就興沖沖打電話回家問爸媽意見。沒想到爸媽覺得學習鹿語很奇怪，能跟鹿溝通有什麼用呢？去學其他外語不是比較好嗎？他們希望我還是早點回學校完成學業，不要在東大寺花太多時間。但我一點都不想回學校，我喜歡東大寺的工作，我想留在東大寺跟鹿群在一起。所以我不管爸媽反對，就參加東大寺的鹿語培訓，成為東大寺新一代的鹿譯人。

我是第四代鹿譯人，我加入的時候渡邊先生已經退休了，不過他還是經常拄著一隻拐杖來東大寺散步。年紀大的鹿看見他，還會熱絡的靠過去跟他親近呢。我也是一看見渡邊先生，就會上前跟他打招呼，還常常在他面前蹲下來聽他說故事呢！我前面說的那些事，很多都是渡邊先生告訴我的。

到了我這一代的鹿譯人，東大寺跟鹿群的溝通，已經建立起一套很制度化的做法了。鹿群是東大寺重要的一部分，但是鹿群有不當行為也是不可以縱容的，否則怎麼能夠顯示出東大寺的教化功效呢？

所以啊，每個禮拜我們都會透過不同的「鹿代表」，協助我們把東大寺要交代的事傳達給鹿群知道。當然，鹿代表如果有認真傳達，我們就會多給牠們一些鹿仙貝當作獎勵。我們都笑說，多出來的鹿仙貝是「鹿代表加給」，哈哈哈。

為了確保鹿代表有把我們說過的話正確傳達出去，我們會從鹿群當中隨機挑幾隻出來抽考。我們會問牠們，鹿代表到底講了什麼，讓牠們簡單說一遍，好確定鹿代表有說對。要是被我們查出來哪一隻鹿代表沒認真說，或說得亂七八糟，一旦超過八次，我們就會取消牠的「鹿代表」資格。這麼一來，牠就沒有多出來的「鹿代表加給」仙貝可以吃，那對鹿代表來說挺嚴重的，不僅鹿仙貝加給沒有，傳出去也很丟臉，真的會哭哭啊！

所以普遍來說，鹿代表們還算是有認真在幫忙傳達啦！除了這些例行工作外，每一季我們還會針對東大寺的每一隻鹿進行「績效評估」。對B612號的東大寺鹿群來說，這個很重要，攸關牠們還能不能繼續留在東大寺吃好吃的鹿仙貝，因此每隻鹿都很在意呢！

我們會在每一季結束前的最後一個禮拜，用五天的時間，每天在東大寺關門後，由我們十一位鹿譯人分批跟每一隻鹿進行「一對一評估」。我們會拿出每一頭鹿的「季度行為表」，一項一項跟牠們確認：

嚇哭過小孩有幾次：十二次。

把外地的女觀光客追到花容失色有幾次：九次。

在往大殿的主幹道上大便有幾次：二十三次。

吃完遊客給的仙貝沒答謝回禮有幾次：一百零七次。

跟遊客互相凝視，眼珠子不禮貌亂飄有幾次：四十九次。

非交配季節還在色色的有幾次：三次。

這些數字都是有憑有據的，都是我們從東大寺的「鹿群監看AI系統」調閱出來的，有畫面，有統計，沒有一隻鹿可以狡辯。

但是您也知道動物就是動物，要守規矩可不是容易的事情咧！偶爾違反規定，我們當然可以接受，但千萬不可以太超過。多數年長的鹿違規的情況都不嚴重，麻煩的通常是那些「叛逆鹿少年」，有些鹿少年真的很不受控。但也不能怪牠們愛搗蛋啦，大概是這個年紀，覺得偶爾調皮一下也很好玩。

但是鹿少年們行為太超過，我們也會嚴加管教。對於行為不檢點的鹿少年，我們會嚴厲警告牠們：「想待在東大寺吃鹿仙貝，你啊，罩子放亮一點！舉頭三尺有神明，前方半里有大佛，鹿在做，佛在看，你以為調皮搗蛋後就沒事嗎？想得美！要是繼續這樣亂來，下一季就把你趕出東大寺，趕出奈良！有你這樣一頭鹿，是東大寺跟奈良的恥辱！」

這樣的嚴厲警告多半會收到效果，被鹿譯人狠狠教訓過後的鹿少年，下一季通常會有比較模範的表現。當然啦，這也不完全是鹿譯人的功勞。聽說有一些年長的鹿代表，私下也會跟這些叛逆鹿少年勸說，被趕出奈良的下場有多悲慘。那些話翻譯成人類的語言，大概是：

「人類也是有分好人跟壞人的啦，這一刻他們喜歡你就餵你吃仙貝，下一刻不喜歡你就把你大卸八塊，把你的肉切成一片一片炒蒜苗、炒青蔥當下酒菜也是有的……不要以為這是都市傳說，鹿譯人的警告你們要聽，千萬不要不當一回事啊！」

那些叛逆鹿少年，一聽到自己的肉會被切下來，拿去熱炒當下酒菜，都嚇到挫賽了，叛逆的膽子就慢慢收斂起來，不敢過於調皮了。大體來說，叛逆鹿少年們是每一季「績效評估」最花我們時間的一群。至於另外一群花時間的，是那些會替自己爭取「鹿權」的鹿。

大多數都是正值青年的公鹿，牠們想爭取的權利也都差不多，就是：「鹿角長出來，能不能不要鋸斷啊？在母鹿面前有一點抬不起頭來耶！」這種事每年都有年輕的公鹿抱怨，那麼多年下來，我們鹿譯人早就知道鹿群會抱怨什麼，也早就針對每一種抱怨發展出應對的話術了。

針對年輕公鹿抱怨鋸鹿角這一項，鹿譯人知道從人類的角度去回答完全沒用。說什麼鹿角變長會傷到人啦、這是為了讓你們跟人類和平相處、不得已的處置啦……根本沒有用！年輕公鹿才不管你什麼人類不人類，牠們只在乎自己而已啦！

所以，我們會從東大寺教化的角度跟牠們說：「大佛面前，眾鹿平等，無所分別，有仙貝吃就好好吃仙貝，想什麼鹿角啊！有鹿角沒鹿角、長鹿角還是短鹿角，都是罣礙啦！

認真吃你的仙貝、睡你的大頭覺、好好活著就好，想什麼鹿角？都是在給自己找煩惱而已啦！」對，我們就是這樣說。再說鹿角這種東西會在鹿群裡引起麻煩，主要是「不怕沒有，就怕你有我沒有」。既然其他公鹿也都沒有鹿角，大家一視同仁，也就沒有什麼好抱怨了。

這就是我們鹿譯人每一季會做的「績效評估」，挺花時間的，而且做完評估還有後續。每一季總會有幾隻很不守規矩的鹿少年需要特別處理，特別是那些連續兩個季度被嚴厲警告過，行為卻還是沒有改善的鹿少年，我們會把牠們「驅逐」出東大寺。

「驅逐出東大寺」聽起來好像是很嚴重的懲罰，其實我們只是把行為不檢的鹿少年，送去動物園而已啦！這麼做，純粹是怕牠們會傷害到觀光客。

動物園的環境沒有東大寺自由，就算有鹿仙貝可以吃，也不像東大寺這麼美味（畢竟動物園裡沒有專業的仙貝師啊）。這些我們都知道，所以除非遇到很不受教、很叛逆的鹿少年，我們並不會輕易做出「驅逐」的決定。

在我正式成為鹿譯人三個月後，我就遇到一隻叛逆鹿少年，讓我稱呼牠「鹿少年Y」好了。鹿少年Y很不合群、很不守規矩，經常衝撞人類小孩，已經連續兩個季度被鹿譯人嚴重警告過。資深的鹿譯人經過一番討論，決定把鹿少年Y驅逐出東大寺，送去動物園避免日後有人類小孩被撞傷。

我知道做出那個決定是不得已的，但是要把鹿少年Y送去動物園，我還是很難過。我觀察鹿少年Y好一陣子了，牠媽媽生下牠一個多月後，就被一隻野狗咬傷、染上狂犬病過世。那之後，鹿少年Y就變得很不一樣：牠不合群，行為不檢點，還經常衝撞人類的小孩。最麻煩的是，牠還不會說話咧！

用我們人類的情況來類比，鹿少年Y就是鹿群裡的「鹿啞巴」。資深鹿譯人跟牠說什麼，牠完全都不回應。鹿譯人說：「你不可以再去追撞人類小孩了！」牠不回應；鹿譯人強硬說：「再繼續這樣，要把你趕出東大寺喔！」牠不回應；鹿譯人柔軟跟牠說：「要是被趕出東大寺，生活可沒有像這裡那麼好過喔！」牠也不回應。

好幾位資深鹿譯人都被鹿少年Y惹毛了，覺得鹿少年Y真是「鹿子不可教也」，就決定把牠送去動物園。一般來說，要把一頭鹿送去動物園之前，我們會先把牠關在「鹿圈」裡半個月（大概是二十公尺見方、用木板圍起來的地方），讓牠好好反省、預先準備，提前適應動物園的環境。當時我看著鹿少年Y被關進鹿圈，很捨不得。

不知道為什麼，每次看到鹿少年Y被鹿譯人教訓，我都會想到自己。如果我不是出生成為一個人，而是東大寺的一頭鹿，我會不會跟鹿少年Y一樣不合群、沒辦法守規矩、衝撞人類小孩，最後被關進鹿圈，準備送去動物園呢？衝撞人類的小孩，是鹿少年Y故意的嗎？還是牠只是不知道怎麼控制自己呢？

那半個月，我每天工作結束，都會帶一包鹿仙貝去看鹿少年Y。為了方便說明，我先把鹿圈的空間位置圖畫給火星爺爺看，這樣說明的時候，您就比較好瞭解，位置大概如下圖：

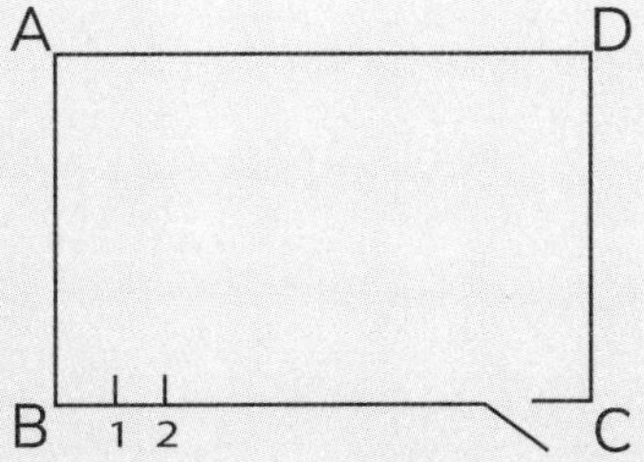

我第一次去鹿圈，就看見鹿少年Y蜷縮在角落A的地方。角落C是入口，我進到鹿圈之後，鹿少年Y冷冷看著我。我不理會牠，慢慢走到角落B，把帶去的仙貝放在角落B，然後回到角落C坐下。

對所有鹿少年來說，鹿仙貝總是有吸引力。我什麼也沒做，什麼也沒說，就是等鹿少年Y從角落A起身，慢慢走到角落B把仙貝吃完，再走回角落A。我看著牠吃完仙貝走回去，才離開鹿圈。

隔天我又去，但這次我把鹿仙貝放在角落B1的位置，距離角落B大概一公尺。這次鹿少年Y比起第一天遲疑久一些，但還是被鹿仙貝吸引，起身過去吃鹿仙貝，吃完又回到角落A。我看著牠吃完，又待一會才離開。

第三天我又做一樣的事，只是把鹿仙貝的位置放到B2的位置，鹿少年Y一樣起身去吃仙貝，吃完回到角落A。我就這樣連續做了七天，每次都把鹿仙貝的位置放得離我近一些，然後看牠吃完仙貝才離開，什麼也沒說，什麼也沒做。

第八天，鹿少年Y吃完仙貝之後，我跟牠說：「媽媽那麼早離開，辛苦你了。」我說完，牠意外的抬頭看了我一眼，又慢慢走回角落A。第九天，鹿少年Y吃完仙貝後，我又跟牠說：「你真的想離開東大寺嗎？你不想離開的，對不對？」鹿少年Y又再次抬起頭，我又說：「你去衝撞人類的小孩，是為什麼呢？」

這是我一直在想的問題，我想到一個原因，但不知道對不對，就直接問牠：「是你看到人類的小孩都有媽媽，但你沒有，就難過、生氣是嗎？你不知道怎麼辦，所以就去撞人類小孩，是這樣嗎？」

鹿少年Y沒有低下頭，我繼續說：「那我每天來跟你作伴，我代替你媽媽來陪伴你，這樣你就不會孤單了，你說好不好呢？」鹿少年Y沒有回應，牠還是走回角落A，但這次走回去的時候，牠回頭看了我一眼。

第十天我去，才剛進鹿圈都還沒放好仙貝，牠就怯生生朝我走過來了。我很意外又很驚喜，我摸著牠的頭，一片一片餵他吃鹿仙貝，跟牠說：「你好棒，你是可以乖乖的對不對？你是可以不用去打擾人類小孩的對不對？你不要再去撞他們了好不好？你留在東大寺，我天天來陪你，不再讓你孤單，你說好不好？」

火星爺爺您知道嗎？鹿少年Y竟然回應我耶！牠竟然說好。原來鹿少年Y不是鹿啞巴，牠只是在媽媽過世之後，不願意再說話而已。那天，鹿少年Y吃完仙貝後，一直待在我身邊，沒再回到角落A。牠願意親近，我很開心，我不停跟牠說話。

我跟牠說我會去跟其他鹿譯人求情，看能不能讓牠留在東大寺。我不確定求情會不會有用，也許其他鹿譯人會來問牠問題、確認一下狀況，如果鹿譯人來問話，牠一定要回應才可以喔！如果鹿譯人問牠想不想留在東大寺？牠要說想。是不是願意改過？牠也要說願意才可以喔！這些，牠通通都說「好」。

隔天一大早，我去找最資深的鹿譯人「渡邊一郎」前輩，一郎前輩就是渡邊翔先生的大兒子（他從小耳濡目染，長大繼承渡邊先生的衣缽），把鹿少年Y驅逐出東大寺是他裁定的。我急切的跟一郎前輩說鹿少年Y的改變，我問一郎前輩，能不能再給鹿少年Y一次改過自新的機會呢？一郎前輩聽完我的話很意外，問我：「所以那隻鹿少年會說話是嗎？」我說是。一郎前輩說：「好，我傍晚跟你一起去看看牠，看牠怎麼說。」

於是第十一天傍晚，我跟一郎前輩去看鹿少年Y，鹿少年Y一開始有點故態復萌，我餵牠吃了一片又一片的仙貝，先安撫牠。一郎前輩見了有點意外，他印象中的鹿少年Y很抗拒鹿譯人，沒想到可以跟我那麼親近。

一郎前輩就上前對鹿少年Y說：「所以，你想要留在東大寺，是嗎？」鹿少年Y做出明確表示：「是。」一郎前輩意外鹿少年Y會說話，就問鹿少年Y幾個問題（哈哈，那些問題都是我前一天幫鹿少年Y準備的考古題）：可以試著跟其他鹿好好相處嗎？可以聽從鹿譯人的規勸嗎？可以尊重來參觀的人類觀光客，不要再去衝撞他們的小孩嗎？這些問題，鹿少年Y都做出明確的回應：「好。」

一郎前輩跟他的父親渡邊翔先生一樣非常有愛心，看到鹿少年Y明確的回應後，跟我說他會跟其他鹿譯人討論，看看是否能再給鹿少年Y一段時間觀察一下。要是在觀察期間內，鹿少年Y的行為有明顯改善，可以考慮讓牠繼續留在東大寺喔！真是太棒了！我聽完好激動啊！

隔天，我和一郎前輩跟其他鹿譯人開會，一郎前輩說明了鹿少年Y的情況，建議再給鹿少年Y一點時間。其他鹿譯人聽完都贊同一郎前輩的建議，決定再給鹿少年Y一個月的觀察期，看看牠是否真的有改變。

會議結束後，我第一時間就衝去找鹿少年Y，告訴牠這個好消息。好不容易爭取到一個月的時間，我希望鹿少年Y能好好表現。所以那一個月，我每天都花時間陪伴鹿少年Y，給牠充分的安全感，讓牠不再感到孤單。

那一個月，鹿少年Y也像是脫胎換骨一樣，變得很溫馴、很容易親近，也沒有再衝撞人類小孩！一個月後，鹿少年Y通過鹿譯人的觀察考核，可以繼續留在東大寺了！我真是太開心了，一切努力都值得了，沒有白費！鹿少年Y應該也是很開心才對，但是牠當時沒有明顯反應，至少我看不出來。

兩個月後，我要離開東大寺、準備穿越去別的宇宙，去跟牠告別時，牠才告訴我當時的心情。牠說，那時候一郎前輩來鹿圈裡問牠願不願意改過？願不願意留下來？牠立刻答應，原因是，牠已經找到一個可以留在東大寺的理由了。那個理由，就是我。

牠說雖然媽媽離開了，但是因為我，東大寺又變成一個值得留下來的地方了。火星爺爺您知道嗎？我一聽完，就哭出來了。

一開始知道鹿少年Y要被送去動物園，我很想幫忙沒錯，但我完全不知道該怎麼做才好。我是想起《小王子》那本書，想起小王子跟狐狸的故事，想說也許我可以用小王子「馴化」狐狸的方法，試試看能不能幫到鹿少年Y。

我很喜歡小王子跟狐狸的那段故事，那段故事讓我知道，如果你持續為一個人付出，那份付出遲早會讓對方眷戀，會慢慢變成支持他前進的力量。一開始我也不確定這麼做會不會有用？但我真的想不到別的方法了，就試試看吧，沒想到居然有用，真是太好了。

所以現在您知道，為什麼我會把我所在的地球編號，編成B612號了吧？因為B612號也是小王子的星球代號啊！如果不是用了小王子的方法，我跟鹿少年Y也不會有那麼深的連結，也就不會有後來的故事了。

說到這邊，火星爺爺有沒有覺得我在B612號東大寺的「鹿譯人」工作，很有意思呢？我真的覺得很有意思，我覺得我應該可以一直持續當鹿譯人，像渡邊翔前輩一樣做到退休喔！但事情如果真的這樣發展下去，我也不會來到這個地球寫信給火星爺爺了，對不對？您一定好奇我為什麼會在不同宇宙間穿越吧？

事情是這樣子的，大概是在鹿少年Y確定能夠繼續留在東大寺的一個多月後，我夢見鹿少年Y的媽媽。很奇妙，她在夢中的身形是原來的好幾倍大，已經不像一頭鹿了，更像是遠古時候的猛瑪象喔！

那個夢好清晰，完全不像我以前做過的任何一個夢。夢境的地點也好清楚，就在東大寺正倉院旁邊池塘的一株銀杏樹下。夢裡的時間是午後，我逆著光，非常明亮的陽光照得我的眼睛有點睜不開。鹿媽媽背著光低頭看著我，用溫柔的眼神跟我說，謝謝我陪伴鹿少年Y走過這一段，給了鹿少年Y安定的力量，讓牠可以繼續留在東大寺。身為媽媽，看到有人這樣對待鹿少年Y，她很感動。

我很意外鹿媽媽說這些話，一時之間不知道說什麼好（鹿媽媽的樣子真的好巨大啊）。鹿媽媽接著說（真的很奇怪），這一切會發生，其實是為了一個更大的「救援計畫」。她之所以會死去，且鹿少年Y之所以會一直衝撞人類小孩，目的就是為了找出一個像我這樣的人，一個願意為了幫助一頭鹿而不斷付出的人。

那個人是整個「救援計畫」的核心，必須要有那樣的人出現，「救援計畫」才可能成功。那個人在「救援計畫」裡的代號是「援鹿人」，而我，就是牠們在等的那個「援鹿人」。

我聽得一頭霧水，什麼「救援計畫」？「援鹿人」？什麼跟什麼啊？我跟鹿媽媽說她弄錯了，我不是「援鹿人」，我是「鹿譯人」啦！但鹿媽媽說不用擔心，牠們沒有弄錯。她說這個「救援計畫」很龐大，她需要用幾個晚上跟我說明，她今天會出現在我夢裡，是先來謝謝我幫助鹿少年Y，接下來幾天她還會再來，詳細跟我說明一切⋯⋯

然後我就醒來了，很意外自己做了這麼奇怪的一個夢。雖然那個夢無比清晰，但我完全沒把鹿媽媽說的「救援計畫」跟「援鹿人」當一回事。因為我每天要做的工作很多，要很專心才能把事情做完，根本就沒心思想別的。

沒想到過了一天，鹿媽媽又出現在我夢裡，而且接連著幾天一直來，每天晚上她都告訴我一些「救援計畫」的內容。她說在非常多相似的平行宇宙裡，每一顆地球都有東大寺，東大寺也都有鹿群跟觀光客，觀光客都會帶小孩來玩。這些東大寺也都有我、鹿少年Y跟鹿媽媽，但在這麼多平行宇宙裡，只有B612號東大寺有「鹿譯人」這種角色。

不同東大寺的鹿媽媽，都會因為不同的原因死去，留下孤獨的鹿少年Y。而所有的鹿少年Y都會因此性情大變，去衝撞人類小孩。大多數情況都還算好，只有兩個東大寺的情況比較嚴重。一個是我們B612號東大寺，鹿少年Y一直衝撞小孩，嚴重到要被趕出東大寺，是我出手幫助，牠才留下來。另一個則是編號B613東大寺，那裡的鹿少年Y把一個人類小女孩撞倒在地，小女孩的後腦勺著地，送醫沒幾天就不幸過世了（聽到這個消息我好難過）。

小女孩的父親很傷心，他還沒帶女兒好好探索這個世界，女兒就被一隻莽撞的鹿少年撞死，太可恨了！辦理喪事期間，女兒可愛的模樣一直不斷在他腦海出現，他覺得女兒很無辜，怎樣都無法接受女兒已經死掉的事實。

失去女兒是那麼讓人難以忍受，未來，不知道還會有多少無辜小孩，在東大寺被莽撞的鹿少年撞死。那些死掉的小孩的爸媽，不就也會跟他一樣傷心？把時間拉長，這些傷心的父母總共會有多少？數量應該很可觀吧！單單這個地球就有這麼多傷心的父母，那麼在無數平行宇宙裡的東大寺，所有因為小孩被鹿少年撞死而傷心不已的父母加總起來，不就是天文數字嗎？

想到會有那麼多父母因為失去小孩而悲傷，他就非常憤恨，完全無法接受這種事繼續發生。所以辦完女兒喪事之後，他決定報仇，他要殺掉那些可惡的鹿！火星爺爺，為了方便說明，我也給小女孩父親一個代號，就稱呼他「DK大」好了，Deer Killer，「獵鹿人」的意思。

DK大當過職業軍人，退伍後在一家軍火公司的倉儲部門當主管，要取得槍械彈藥超級方便。日常工作之外，DK大的愛好是改裝機車，因此DK大就把一臺「重機」改裝成「戰鬥機車」（可以想成是「蝙蝠俠」騎的那種），方便他攜帶大量槍枝跟彈藥。

裝備弄齊全後，他在某個深夜全副武裝，騎車來到B613號的東大寺，然後打開特別安裝的探照燈，一看到鹿群就開槍掃射……鹿群嚇壞了，紛紛驚慌奔跑，DK大則是殺紅了眼，不斷用機槍掃射，中槍倒地的鹿就像多米諾骨牌一樣，一隻一隻倒下。

那一夜，附近好多人都聽到聲響，從睡夢中醒來。大家都以為東大寺在放鞭炮，而那些鹿因為鞭炮聲音被嚇到哀哀叫……直到早上看到新聞快報，才知道東大寺發生慘劇，有非常多鹿死傷，悽慘無比……火星爺爺，這些畫面，鹿媽媽不是用說的，她是讓我像看電影一樣（就好像有幾臺空拍機在跟拍DK大），透過影像直接看到事情發生的經過。我只能說，那真的像恐怖災難片一樣可怕。

我看到憤怒的DK大騎著車，發狂開槍、無情掃射，他從機關槍換到步槍，再從步槍換成手槍，直到發射完最後一發子彈。我看見成群無助的鹿在夜裡四處逃竄，我的心揪成一團……狂暴的DK大殺了很多鹿之後，開著戰鬥機車往春日山的方向騎。他騎到一處山崖邊，把機車推下山谷，想讓人以為他摔下山谷，然後再徒步進山，躲進春日山的原始林裡面。

那一天早上，B613號的東大寺外面圍了好多警車，無數警察在現場調查，封鎖線拉得到處都是。警方開始調閱監視器，想知道到底是誰這麼喪心病狂。躲在山林裡的DK大殺了那麼多鹿，內心的憤怒卻完全沒有減少。失去女兒真的太痛苦了，他完全不想承受，更不希望未來有任何父母需要承受。一想到這裡，他就覺得自己殺死的鹿根本還不夠多……

但是他已經不可能再回東大寺獵殺那些活下來的鹿了，就算他有豐富的野地求生經驗，恐怕也躲不過警方追捕。他最後應該還是會被捕，並且因為傷害動物被起訴、判刑，一輩子待在監獄裡面。那應該會是他最後的歸宿吧，想到這裡ＤＫ大就滿心不甘。

ＤＫ大滿是憤恨與不甘心，沉浸在仇恨之中。他完全沒想到他散發的氣場，吸引來一團惡靈。那一團惡靈，是很多肉食動物死後的能量集結，它們無法再吃肉，就靠著吸收各種低頻能量來壯大自己。ＤＫ大的憤怒、怨恨、想報仇的負能量吸引了它們。在它們眼裡，ＤＫ大身上有著超級豐沛的負能量蘊藏，它們貪婪的看著ＤＫ大，就好像是石油公司老闆，貪婪的看著一處新發現、可以提煉出巨量石油的油礦礦脈一樣。

只要ＤＫ大繼續憤怒、放不下、不甘心，繼續想要復仇獵殺鹿群，它們就可以源源不絕吸收ＤＫ大釋出的負能量！（齁，難得發現豐沛負能量蘊藏，可不能輕易放過，要好好開採才行。）那一團惡靈很可惡，為了讓ＤＫ大可以繼續，它們故意化身成一位慈祥老公公出現在ＤＫ大面前，還噁心的說自己是山神，是來幫助ＤＫ大的。假山神說它知道ＤＫ大遭遇的一切，感到非常心疼。

ＤＫ大的小女兒很無辜，那麼小就被一隻鹿撞死，太可憐了，ＤＫ大報仇是伸張正義，是人之常情。DK大也非常有愛，自己悲傷之餘，還希望其他爸媽可以永遠不用承受小孩被鹿撞死的悲傷，簡直是把「幼吾幼以及人之幼」拉到最高境界了！

有那麼多平行宇宙，有那麼多爸媽帶小孩去東大寺玩，他們的小孩都暴露在被莽撞鹿少年撞死的危險當中，真的要有人站出來阻止這種事情發生才可以啊……假山神說，宇宙需要有DK大這樣的人出現，穿越到不同東大寺去拯救那些爸媽，讓他們免於失去小孩的悲痛。假山神說它願意幫助DK大完成這個「神聖使命」，帶領DK大穿越到不同宇宙的東大寺去，獵殺那些可惡的鹿群，防止不幸悲劇發生在其他爸媽身上……

火星爺爺，您有沒有覺得那個假山神根本就是詐騙集團！它根本是為了利用DK大來壯大自己，明明是為了自己的利益，還把DK大的殺鹿行為，說成像是超級英雄在拯救世界，真是太差勁、太卑劣、太可惡了！

DK大也真是的，他一開始看到假山神還有一點意外跟害怕，但殺了那麼多鹿之後，他的心智已經狂亂了，根本分不清楚事實跟謊言。他很高興假山神理解他的想法，還要幫助他穿越宇宙去獵殺鹿群，創造一個不再有小孩會被莽撞鹿少年撞死的世界，一個不再有爸媽因為小孩死去而傷心不已的世界……這種想法很吸引他，既然他在這裡已經躲不過警方追捕，不如跟假山神去下一個宇宙，阻止新的悲劇發生。

所以ＤＫ大那個大笨蛋居然答應了！真是讓人超級想罵髒話！唉，都是這樣，執迷不悟的人，到最後都很容易變成大笨蛋。ＤＫ大答應假山神之後，我眼前播放的影像也結束了。夢中的場景，又回到我所在東大寺正倉院旁邊池塘的那一株銀杏樹下。

鹿媽媽說，ＤＫ大接下來會在假山神的協助下，穿越到下一個宇宙（編號B614號）獵殺那裡的東大寺鹿群。之後再穿越到下一個宇宙（編號B615）繼續獵殺，ＤＫ大會一直不停獵殺，直到有一天放下仇恨為止。沒有人知道他什麼時候會停，說不定ＤＫ大終其一生，都會是一個跨宇宙的「獵鹿人」。

所幸，宇宙間的力量總是陰陽相生，有「獵鹿人」存在，就會有「援鹿人」出現，來阻止殺戮發生。聽到這邊，我不禁問鹿媽媽，這樣的「救援計畫」到底是誰訂出來的？

她說是在各個宇宙經歷鹿少年Y過世的鹿媽媽們，她們聯合組成「鹿媽媽聯盟」，一起訂定這個計畫。發起援救行動的是B613號宇宙鹿少年Y的媽媽，她的孩子撞死人類小女孩，引發ＤＫ大復仇，又在ＤＫ大的大屠殺裡死去。

B613號宇宙的鹿少年Y當然有錯，牠不應該撞死人類小女孩，但由牠來承擔責任就可以，其他各宇宙的鹿群都是無辜的，不應該被牽連。既然ＤＫ大要去各個東大寺，阻止鹿群給人類爸媽帶來悲劇，「鹿媽媽聯盟」只好設法阻止ＤＫ大給各地的東大寺鹿群帶來悲劇。

我說沒問題，但是「援鹿人」為什麼會是我呢？太奇怪了吧！別的不說，光是要穿越到不同宇宙搶救鹿群，把這麼大的「救援計畫」交給一個上大學不久就休學的內向青年，妥當嗎？我自己都還搞不定，把這種事情交給我，會不會太草率了點？我可以嗎？我當鹿譯人才幾個月，難道沒有比我更適合的人嗎？

「援鹿人」這種角色，怎麼說也應該由渡邊一郎那樣的前輩來擔任才對啊！比起我，一郎前輩不知道要好上幾百倍，再說一郎前輩那麼有愛，跟他說這個計畫，他一定會答應，一定願意成為跨宇宙「援鹿人」呀！

鹿媽媽說一郎前輩人很好，其他鹿譯人也很好，鹿譯人跟鹿群溝通的能力是「援鹿人」的重要條件。但是除此之外，各個宇宙的鹿少年Y也是「救援計畫」裡的一部分，牠們能夠彼此感應，會成為「援鹿人」重要的幫手，前提是要有人能夠召喚牠們。那個人，只能是在我們這邊的東大寺真心幫過鹿少年Y的鹿譯人；在我們這裡，幫助鹿少年Y的人是我，所以「援鹿人」只能是我，不能是其他人……

好啦，就算鹿媽媽沒說這些，我也會幫忙的；看完DK大做的那些事，我就願意了。畢竟我連鹿少年Y要離開東大寺都不忍心，又怎麼忍心看到各地的鹿群受到傷害呢！我只是沒信心，怕自己能力不足把事情搞砸而已。既然鹿媽媽說「援鹿人」只能是我，那我就來試試看好了。

鹿媽媽很開心我願意擔任「援鹿人」，開始詳細跟我說明計畫的任務內容：作為「援鹿人」，我要做的是提前DK大穿越到下一個東大寺，警告當地的鹿群「獵鹿人」將會出現，會帶來一場殺戮，請鹿群先離開東大寺。不需要永遠離開，只要暫時找地方躲避一下就可以，差不多十五天就行。

DK大只要超過十天沒有獵殺鹿群，就沒辦法產生足夠的負能量供應假山神，假山神得不到負能量補充，就會趕緊帶著DK大穿越到下個宇宙去，開始新的獵殺。DK大一離開，鹿群就可以重新回到東大寺，過著跟以前一樣的生活，就好像什麼也沒發生過一樣。而我在阻止完一場殺戮發生後，必須再度出發，提前穿越到DK大要去的下一個宇宙，預先警告那裡的東大寺鹿群離開……我必須重複這些事，直到DK大停下來為止。

鹿媽媽說，我不會單獨一個人執行任務，她會全程陪伴我。同時，各地的鹿少年Y也會協助我，幫忙帶領鹿群離開東大寺。為了讓我在抵達新宇宙時能順利生活（可以買東西吃、坐車、有手機、有地方住），鹿媽媽也會託夢給當地的「白路易」（另一個我），讓他協助我，把我當成是失散在另一個宇宙的兄弟。

鹿媽媽說，她不知道要完成整個救援任務需要多久？說不定會很久。但我可以放心，我儘管專心拯救鹿群就好。等任務結束後，她就會協助我穿越回B612號宇宙，回到眼前的東大寺，讓一切都跟以前一樣，就好像我根本沒有離開過。我說ＯＫ，那麼就來做出發前的準備吧！

為了順利穿越，我必須先去東大寺某處取得一項法器，並學習使用法器。接著我必須在一個特定的時間點，來到東大寺一處的隱密所在，施用法器、默念咒語進行穿越（抱歉這些細節我不能透露）。我試了。

我在鹿媽媽的協助下進行第一次穿越，來到B613號宇宙的東大寺，時間點設定在ＤＫ大剛完成大屠殺之後，而警方還沒抵達現場之前。那是日出前一小時，現場到處都是死傷的鹿隻，我很難過。我小心跨越鹿群遺體，走了五分鐘，就感應到B613號的鹿少年Ｙ。牠中了三槍，倒在血泊當中，我蹲下來，很不捨的扶起牠的頭，把牠抱進懷裡……

我猜，鹿媽媽讓我第一次穿越就來到B613號東大寺，是要我記住那些悲慘的殺戮影像，讓我努力去避免相同殺戮在另一個東大寺發生。我沒有在B613號東大寺待太久，就回去了。這個安排是「救援計畫」裡的「穿越測試」環節，主要是要確定我掌握到穿越的方法，能在不同的宇宙之間穿梭。

我想趕快出發去拯救鹿群，於是就在隔天同樣的時間點，來到同樣的地點執行穿越儀式，出發前往B614號宇宙，趕在DK大之前一個禮拜抵達。

火星爺爺，我的「救援計畫」就是從B614號宇宙開始的，然後我接連跨越了五個宇宙，來到了您所在的這個地球。

我在不同東大寺所做的救援工作都差不多。我一抵達新的東大寺，就先去找當地的「白路易」（就是鹿媽媽說的，我失散在這個宇宙的「兄弟」）。鹿媽媽已事先安排好一切，預先託夢跟當地的白路易說明會發生的事，以及我的到來。

雖然事先被預告過，但當地的白路易真的見到我時，還是會嚇一大跳（我第一次遇到B614號的白路易也嚇一跳，後面才比較好），這種電影裡才有的情節，為什麼他會遇到呢？雖然他很驚訝，但還是會安頓我，給我必要的幫助，讓我可以執行鹿群的「救援計畫」。他畢竟也在當地的東大寺當仙貝師，對鹿群很有感情，也不想讓鹿群遭遇不幸。

接著我會很快找到鹿少年Y，我跟不同東大寺的鹿少年Y都可以快速連結，畢竟我是「鹿譯人」，而且幫助過我那邊的鹿少年Y，因此各地的鹿少年Y都很願意親近我。鹿少年Y會在很短時間內，找到一群年長鹿群來幫我，牠們都是年高德劭、有威望的年長鹿，會把「大難」要來的消息快速在鹿群間傳播開來，然後在五天內集結出發，趕在獵鹿人DK大抵達之前離開東大寺。

年長的領頭鹿會帶領著各自的鹿群，往不同方向分散開來，盡可能越遠越好，十五天之後再回到東大寺。這樣的鹿群短期遷徙，在各個東大寺從來沒有發生過，真要說的話，這算是鹿群們的「出東大寺記」。

我在每一個東大寺都會在鹿群離開後，才出發前往下一個東大寺。鹿媽媽會協助我設定抵達下一個東大寺的日期，確保我能夠在DK大抵達之前，開始新一輪的救援行動。

至於假山神跟DK大，他們在抵達不同宇宙之後的經歷也很類似。他們首先會穿越到B614號東大寺，很快就發現那裡一頭鹿都沒有！這是怎麼回事啊？難道B614號的東大寺本來就沒有鹿嗎？哈哈哈，他們不知道有我這個「援鹿人」存在，更不知道有一個「鹿媽媽聯盟」組織了救援計畫。

但是DK大畢竟當過軍人，戰場情況一有變化，總是會想方設法打聽情報再做應變。他跟附近居民打聽，得到的消息是：東大寺當然有鹿啊！但鹿群不知道為什麼幾天前就集體離開了，也沒人知道牠們還會不會回來。大家也覺得奇怪，不曉得這群鹿在想什麼？放著好端端的鹿仙貝不吃，離開東大寺幹嘛呢？走個兩三隻也就算了，一起走光光真是讓人想不透，是天氣太熱，把鹿腦袋燒壞了嗎？

ＤＫ大跟假山神問不出鹿群為什麼離開，只好在東大寺等著，看鹿群會不會回來。但等沒幾天，假山神就很不耐煩，因為沒有負能量補充，就帶著ＤＫ大離開，前往下一個東大寺。

到了下一個東大寺，他們又遭遇同樣的事：又是沒有鹿群，又是等不到鹿群回來，又是沒有負能量補充，因此又只好繼續前往下一個東大寺。就這樣，他們連續穿越了B614號、B615號與B616號三個宇宙。抵達B616號的東大寺之後，一樣也是一頭鹿都看不到，鹿群又在幾天前一起離開東大寺，太詭異了。

假山神跟ＤＫ大都覺得事情不對勁，怎麼連續三個東大寺，都發生鹿群集體出走的事件呢？感覺就像是有人事先通報，提前「破梗」告訴這些鹿群，要牠們趕緊離開，讓ＤＫ大的殺戮無法展開……但是這怎麼可能呢？誰有能耐做出這種事情？ＤＫ大有很多疑惑，出於職業本能，他想調查清楚，但假山神已經非常虛弱，無法等ＤＫ大詳細調查，就帶著他繼續穿越到下一個B617號宇宙。

火星爺爺，我本以為這會是一個漫長的拯救任務，會不斷重複下去，直到地老天荒。沒想到我剛離開B617號東大寺，抵達你們的B618號東大寺不久，就收到鹿媽媽的通知：

ＤＫ大的「獵鹿人」計畫已經結束了，他不會再穿越到別的宇宙獵殺鹿群了。這真是天大的好消息！但是好意外啊！發生什麼事？一心想獵殺鹿群的ＤＫ大怎麼會有這種轉變？假山神怎麼會同意他停下來呢？

原來在上一個B617號地球，ＤＫ大跟假山神抵達之後，發現東大寺一樣一頭鹿也沒有！同樣的事連續發生四次，他們覺得一定是有人搞鬼。ＤＫ大打聽消息的時候，遇上東大寺的一位老僧人，老僧人年紀很大，佝僂著背，ＤＫ大向前跟他打聽鹿群到底跑哪兒去了？

眼前的老僧人看上去普通，卻是一位得道高人，有強大的法力。當時假山神已經很虛弱，完全看不出老僧人的底子，因此沒有任何警覺跟防備。老僧人一眼就看出ＤＫ大身後有一團惡靈喬裝成的假山神，ＤＫ大一開口問事，老僧人就大聲斥喝一句：「惡靈退散！」

那真是好大一聲，把ＤＫ大嚇到僵住。然後奇妙的事情發生了，那團惡靈、ＤＫ大內心的憤恨、不甘心與復仇意念，全都在老僧人大吼的瞬間被一道光帶走了。ＤＫ大回神，感覺自己就像是剛從惡夢裡驚醒過來一樣，像一個被五花大綁很久的人剛剛被鬆綁，又是茫然虛脫，又是輕鬆自由。

老僧人看了他一眼，就明白DK大經歷過的一切，他對DK大說：「你的靈魂有濃厚的血腥味，你殺了很多鹿。」DK大愣住了。老僧人說，他知道DK大為何而來，知道DK大打聽鹿群是為了獵殺牠們，更知道DK大獵殺鹿群，是因為他的女兒死於一隻莽撞的鹿少年……

老僧人說：「你死去的女兒是無辜的，但那些被你獵殺的鹿不也一樣無辜嗎？東大寺的鹿會衝撞小孩，但牠們也帶給很多小孩美好的回憶。你為了不讓你的悲劇繼續發生，去殺那些鹿，你把可能的美好回憶也一起葬送了。要阻止悲劇發生，只有殺戮一種方法嗎？鹿群不能被教化嗎？消滅鹿群跟教化鹿群，哪一種世界，更值得你去創造呢？」那一刻，DK大醒悟了。他在老僧人面前跪下來幡然懺悔。

那樣神奇的轉變，就在一瞬間發生。鹿媽媽說DK大之後會留在B617號東大寺，成為仙貝師，開始照顧鹿群。鹿群一開始會本能的防備他，但之後會慢慢接納他。時間一拉長，DK大說不定會衍生出跟鹿群溝通的能力。

鹿媽媽說，B617號東大寺未來如果會有「鹿譯人」，DK大說不定會是第一個，就像我們的渡邊翔先生一樣。DK大還是DK大，但他不再是「Deer Killer——獵鹿人」，而是「Deer Keeper——馴鹿人」。真是美好的轉變，我很高興任務能夠以這種圓滿的方式結束。我問鹿媽媽，接下來我應該做什麼？

鹿媽媽說，我隨時可以回B612號東大寺，或者我也可以暫時留在這個B618號地球。因為這裡的白路易沒有從學校休學，他選擇留在學校裡繼續唸書，正在克服當時我在學校遇到的各種難題。鹿媽媽之前跟他預告過我會出現，請他協助我，他說好。雖然我的救援任務已經結束，不用找他幫忙，但說不定我會想去看看他；畢竟他做出跟我不一樣的選擇，他選擇繼續讀書。也許我可以去看看做出不同人生選擇的他，在這個B618號地球，過著怎樣的生活。

鹿媽媽的建議讓我心動。一個人做出的每個決定，都會領著他過上不一樣的生活，而我們通常沒有機會知道，要是當時做出不一樣的選擇，現在會怎樣？會差別很大嗎？現在，我有機會知道。我當時選擇休學成為東大寺的仙貝師，後來又變成鹿譯人，有這樣穿越宇宙的經歷。但是這裡的白路易選擇留在學校唸書，他的選擇跟我不同，現在的他過得好不好呢？他經歷的一切會是我嚮往的嗎？我很想知道。

暫時留在這個B618號地球一陣子，當作跨宇宙觀光好像也不錯。在B612號地球，如果我沒休學，現在應該是大二下學期了吧？這裡的白路易應該也是。於是我跟鹿媽媽說我想暫時留在這裡，去拜訪B618號的「白路易」。我去了。

雖然事先被預告過，但看到我真的出現，B618號的白路易一樣很驚訝，就跟前面遇過的幾位「白路易」一樣。但是比起前面幾位，我對他更好奇一些（畢竟前面幾位都跟我一樣，休學去東大寺當仙貝師），他對我也很好奇。

比起我，他臉上的青春痘明顯多一些，我感覺他的內心還是有好多矛盾、衝撞（是不是「小鹿亂撞」就不知道了），他也比我更內向、堅毅一些。我看著眼前的他，一點都不覺得他要面對的問題，那些要克服先天弱點才能穿越的問題，會比我穿越宇宙拯救鹿群來得容易。原來，不同宇宙的白路易都有自己的功課，而那些功課都不容易。

他跟我說大二的課業壓力好重，他經常讀書讀到三更半夜，也不一定拿得到好成績。他還是不知道怎麼跟老師、同學相處，也不知道繼續讀心理學，未來能不能幫到自己？又會不會有好的前途？畢業後能順利找到好工作嗎？這些他都不知道。他說有時候他很想逃開，到別的地方走一走，不用像我這樣穿越不同宇宙，只要能離開東京，去別的地方玩一玩就可以，但是他不敢走開。

我問他想去哪裡？他說沖繩，因為沖繩離他現在的生活夠遠了，而且陽光燦爛。我突然有個想法，我跟他說：「不然我先替你去好了，當作是為你去的。我先去沖繩一趟，回來再把我經歷過的告訴你，說不定你聽完，就會鼓起勇氣出發去沖繩喔！」

我說，就像每次新款iPhone發表，就會有很多Youtuber拍開箱影片，告訴你這臺iPhone值不值得買，我也來替你做一次「沖繩開箱」怎麼樣？畢竟我是你失散在另一個宇宙的「兄弟」，我們有很大的相似性，我在沖繩的經歷對你一定有參考價值，你說好不好呢？他說好。

於是在他協助之下，我搭飛機去了一趟沖繩。因為我不想花太多錢，就挑了那霸一間便宜的旅館。我還記得抵達的那一天，精神特別好。平常都很早睡的我，不知道為什麼第一天晚上在沖繩的旅館房間一直睡不著。可能是沖繩比較熱，也可能是我沒來過沖繩，所以有一點興奮感吧！我突然想喝酒，想說喝一點酒，也許比較容易睡著。

我在晚上十一點多出門離開旅館，本來想隨便在便利商店買瓶酒就好，但走了一會卻看到一間酒吧。在酒吧喝酒這種事我從來沒做過，我就想，既然來到沒來過的沖繩（還是B618號地球呢），不如也來做幾件以前沒做過的事吧！

我走進酒吧看見吧臺有三個空位，我選擇最右邊的位置坐下來，點了一杯調酒。我本來想默默喝完一杯酒就回去睡覺，結果卻遇見了她。她走過來我旁邊，問我：「可以坐下來嗎？」她很漂亮，年紀比我大，應該是一位上班族姊姊。我進去時她就在那裡了，好像已經有一點喝醉的感覺。面對她的主動搭訕，我有點不知道該怎麼辦，情急之下竟然用中文說出「可以的」，沒想到她聽得懂！她坐下來用中文說：「原來你會講中文啊，那太好了。」

天啊，她不僅聽得懂中文，還說得很流利咧！這一下子，我原本的害羞啊、陌生感，跟不知道怎麼辦才好的感覺都不見了。我本來就是臺灣人，聽到中文自然會覺得很親切，我瞬間對她完全沒有陌生感，只覺得她很熟悉，就像是一個我以前就認識的姊姊。

我問她為什麼她中文會講得這麼好呢？她說，她以前在東京讀大學就讀中文系。哦，難怪那麼會講。她也問我，那為什麼我中文會說得那麼好呢？我說我是臺灣人啊，本來就會說中文，雖然從小就住在日本，但是我爸媽有買很多中文書給我看，我還看過很多武俠小說咧！她笑著說她很喜歡臺灣，去臺灣觀光過幾次，很喜歡臺灣的小吃，最喜歡吃滷肉飯。

好特別喔，沒想到我竟然在深夜的沖繩酒吧，遇上一位愛吃滷肉飯的姊姊。那天晚上不知道為什麼，她怎樣都不肯講日文，於是我們就一直用中文聊天，連我用幾句日文問她問題，她也用中文回答。好像很害怕別人知道我們在講什麼一樣，搞得我們兩個人看起來像臺灣來的觀光客。我好奇她這麼晚一個人在酒吧，明天都不用工作嗎？就問她：「請問妳是做什麼工作啊？」

她說：「你真的想知道嗎？」我說：「當然啦。」

她紅著臉、滿口酒氣的說：「偷偷跟你說，我是一位殺手唷！前不久才剛殺了一個人，所以你最好小心一點，不要惹我才好唷……」我聽完就笑出來了。這位姊姊一定是喝醉了在開玩笑，她看起來那麼柔弱，怎麼看都不像會傷害別人啊。她又不像DK大殺氣那麼重，讓人遠遠看到就想避開，她整個人感覺就很無害啊！

我說：「哈哈哈，那太巧了，我做的事情剛好反過來呢！我是要保護殺手要殺害的對象，讓殺手沒有對象可以殺喔！只不過啊，我保護的對象不是人，是日本鹿，是奈良東大寺的日本鹿喔！」

她大笑說：「哈哈哈，你在開玩笑吧！」火星爺爺您看吧，我就說我的故事說出來，也不會有人相信。

我說：「真的啦！但是這件事說起來有點複雜，啊，不是有點複雜，是非常複雜喔！」

她說：「是嗎？那就不要說了，我現在沒有心情聽複雜的故事。」

我說：「哦？是這樣嗎？那妳現在有心情做什麼呢？」

她盯著我看，眼神閃過一種奇怪的慾望，她說：「你想做愛嗎？」

那一夜她跟我回旅館，我們就在房間裡做起來了……火星爺爺，這也是我從來沒有做過的事，我從來沒跟女生交往過，所以那一夜算是我人生的第一次。好吧，說第一次不誠實，之後還有第二次……

那一夜到後來我都恍恍惚惚的，感覺身體跟意識處在分離的狀態，我記得我在睡著前問她：「我們還會再見面嗎？」她說不知道，之後她應該會離開沖繩去臺灣，可能會一直留在臺灣。她說：「你知道的，殺手都需要避風頭。」哈，真好笑，我記得我的嘴角上揚了一下，就睡著了。

結果我一早醒來，她就不在了。我四處張望都沒有看見她，卻發現床腳邊有一張旅館的便條紙，上面有字跡，應該是她撕下來寫給我的吧。我起身拿起便條紙，上面有她用鉛筆寫的一句話：

一切，都沒有發生過。

我看著那張便條紙，看了很久。我不知道她是什麼時候醒來的，也不知道她是什麼時候撕下便條紙寫下那一句話之後，才離開的。我一直是個淺眠的人，經常一點聲音就能把我叫醒，但為什麼我完全感覺不到她的離去？是因為酒精嗎？是因為我們做了那樣的事嗎？為什麼她要寫那樣一句話？她想傳達什麼呢？

我從床上起來，走到房間書桌前找到一支鉛筆（應該是她用過的同一支筆吧）。我把那一張便條紙翻到背面，拿起鉛筆在上面寫了一句話。然後把便條紙摺好，很仔細的放進我的皮夾裡面。

之後在沖繩那三天，我哪裡也沒有去。我每天都在旅館附近晃來晃去，等到晚上酒吧一開，我就進去點一杯酒，一直待到打烊。我很希望能再次遇到她，那位愛吃滷肉飯的殺手姊姊。但是那幾天我再也沒有遇到她，不得已，我只好回東京找白路易。

白路易想知道沖繩好不好玩？我講得不多，只說沖繩他應該去一趟，說不定他會在那邊遇上喜歡的人。是的，火星爺爺，我以前比較喜歡動物，但是現在，在你們的B618號地球，我有一個喜歡的人了。

我本來應該要回去我的B612號地球，但我真的很想再見殺手姊姊一面。我的線索有限，只知道她會去臺灣，並且可能會在臺灣待下來，我要怎麼做才好呢？我想了很久，後來想到，也許我可以用穿越宇宙的方式，穿越到三年後的臺灣，那時候她應該已經在臺灣定下來了吧！

我不知道能不能成功，但值得試試。於是我跟白路易說，我想穿越到三年後的臺灣，去找一個人。雖然從沖繩回來後，我沒有說太多在沖繩發生的事，但各地的白路易都心思細密又良善，他大概猜到我在沖繩發生的事，想必跟一個女生有關，我要去臺灣，應該也是因為那個女生吧。

我跟白路易說，我會先到三年後的東京找他，請他協助我去臺灣一趟。他理解，畢竟我在B618號地球沒有熟人能幫我。他說沒有問題，他會在三年後等著我來。我問他三年後我去臺灣，可能會需要臺灣那邊的親戚幫忙，他有沒有想到能幫上忙的親戚？他說可以去找小時候一起玩的大表姐，他到現在跟大表姐都還有傳訊息，應該可以幫上忙。

大表姐？對齁！我在B612號地球，小時候回臺灣都會去找大表姐玩，她很照顧我。我請白路易在未來三年多跟大表姐聯繫，為了三年後我去臺灣找她事先鋪陳一下，免得到時候大表姐覺得奇怪，我怎麼會突然跑去臺灣。白路易說沒問題，這件事交給他。我說，那三年後再見了，謝謝你願意幫忙。

然後，我就穿越到三年後的B618號地球去，找當時二十三歲的白路易。對我來說，時間只過去一下子，但對白路易來說，我們已經三年沒見了。三年沒見，白路易臉上的青春痘少了，身形卻壯了不少。他選擇繼續升學，現在是研究生一年級，看起來比三年前開心一些。我第一個問他的問題是，沖繩，他到底去了沒有啊？他說他去了，沒有遇到喜歡的人，卻發現自己喜歡旅行，所以後來又去了好多地方。啊，那真是太好了。

火星爺爺，我在他的幫助下，四個月前來到臺灣（我的簽證有效期只有三個月，必須每三個月回東京一次，所以我已經來第二次了）。在我來之前，就已經想好到臺灣之後要做哪些事。我必須找一份工作，讓自己可以過生活，再慢慢去找殺手姊姊。我沒辦法做什麼正式的工作，只能擺攤賣東西，因此我想在臺灣的夜市擺攤賣烤仙貝，畢竟我在B612號地球就是仙貝師，知道怎麼烤出好吃的仙貝。

到臺灣之後，我先去找大表姐，在她的幫助下租到一間套房，又買了烤仙貝需要的攤車跟設備。大表姐用她的名義幫我在夜市申請到一個攤位，我開始賣手燒仙貝。我的想法是夜市人比較多，說不定殺手姊姊偶爾會到各地逛夜市、買東西吃。如果有一些網紅來夜市，覺得我做的手燒仙貝好吃，說不定還會拍片分享到社群，說不定殺手姊姊看到之後會來找我。

至於生意，我並不擔心。我總覺得只要我在這個地球做生意，生意應該會很好才對。因為這裡是編號B618號地球，「618」唸起來不就是「路易發」嗎？命中注定我來到這個地球是會「發」的，哈哈哈。火星爺爺，這是我無意中發現的，我覺得這是你們這個地球送給我的祝福唷！

因為在夜市擺攤，我才會認識賣地瓜球的陳叔叔，也才有機會寫這封信給您。因為想說的事情很多，於是就嘰哩呱啦講了一大堆，希望您不要覺得我很囉唆才好。

有空的話，很歡迎火星爺爺來逛夜市，來看賣地瓜球的陳叔叔，還有賣手燒仙貝的我。我會烤好吃的手燒仙貝請您吃喔！我的攤位，就在無有鄉夜市第67號攤，叫做「**夢鹿情謎手燒仙貝**」。

我的故事說到這邊，差不多該告一段落了，如果火星爺爺覺得故事合適，再請您幫我分享給讀者（希望殺手姊姊會看到，也希望她看到之後會來找我）。我在這邊，先跟您說一聲謝謝。

我知道早晚有一天，我還是得離開這裡，回去我的B612號地球。我不知道是哪一天，也不知道回去之前，能不能再遇到殺手姊姊。

希望我可以。

記得剛到臺灣沒多久，有一次大表姐請我吃飯，那一天飯吃到一半，餐館裡突然放了一首歌。我覺得很好聽，有一種被電到的感覺。我問大表姐，那一首歌叫什麼名字？大表姐說是〈飄洋過海來看你〉。我記下來，回家把那首歌找出來，反覆聽了一遍又一遍。

遇見殺手姊姊那天，我想跟她說，我不只是「飄洋過海來看妳」，我是「穿越多重宇宙來看妳」。

好的，最後祝福火星爺爺一切美好、健康平安。

來自B612號地球的讀者

白路易　敬上

p.s. 我還是會繼續擺攤，尋找愛吃滷肉飯的殺手姊姊。遇見她的時候，我會從皮夾裡拿出當時她在旅館寫給我的那一張便條紙，問她還記不記得？然後，我會請她把紙條翻到背面，看一下後來我寫的那句話，我是這樣寫的：

一切，都曾經發生過。

十六、木工的香腸攤

就像醉翁之意不在酒，阿瑋第一次走進李宇強的書店，李宇強立刻就感知到，阿瑋之意不在書。

李宇強的獨立書店「**殺手沒有假期——謀殺專賣店**」附近，有一處老屋重新裝修，阿瑋是其中一位裝修工人，好像負責木工。李宇強固定在傍晚離開書店出門跑步，經過老屋時，見過阿瑋幾次。

阿瑋非常高壯（應該有一百八十公分高吧），樣子看起來木訥老實，有別於其他人的工作服多少有點髒汙，阿瑋的工作服非常潔淨。阿瑋之所以會進入李宇強的腦海，是有一次阿瑋跟他對望，他發現阿瑋看他的眼神不太一樣。

李宇強熟悉那種眼神，那是一位男同志被潛在對象打動時，會有的眼神。李宇強之所以明白，是因爲他也是同志。每當有親近的朋友問他：「你是什麼時候確定自己喜歡男生的？」李宇強就會想起那個遙遠的國三上學期，一個星期四的夜晚。

那一晚，休學一年的好兄弟王厚禮，約他在學校教學大樓頂樓見面，李宇強依約前往。一年多沒見，王厚禮變壯了，誇張的是，他竟然把自己打扮成忍者龜。王厚禮解釋說，他之所以會休學一年、打扮成忍者龜，是因爲他的背部長出像烏龜殼一樣的肌肉纖維瘤……

李宇強說：「太扯了吧！」

王厚禮說：「眞的很扯。」

爲了讓李宇強相信，王厚禮脫掉上衣轉過身，讓李宇強摸一摸他背後長出來的烏龜殼肌肉瘤。就在李宇強觸摸王厚禮背部那些形狀怪誕的肌肉瘤的瞬間，他感覺自己像被口袋怪獸「皮卡丘」的十萬伏特電擊到。

那一晚回家，李宇強發現自己內在的某些東西甦醒了。他確定他喜歡男生，不是女生。李宇強終於知道，爲什麼他從小學到國中都沒有喜歡過女生（雖然除了王厚禮以外，李宇強也沒有其他要好的男生朋友，但他隱約知道自己更喜歡男生一些）。原來這一切，有內在深層的生理因素啊！

確定性取向的過程，李宇強像是一位旅人，迷迷糊糊走在「同性戀」與「異性戀」兩個國度的邊界。他似乎更想往同性戀的國度走去，卻一直留在邊界，直到他碰觸了王厚禮背部的「烏龜殼」，才確定自己喜歡男生。能說是王厚禮發出一道「龜派氣功」，把李宇強推到同性戀的國度嗎？確定自己喜歡男生後，李宇強輕鬆不少（好像來到霍格華茲魔法學校，知道被分發到哪個學院後，就不再有未知的忐忑），卻也知道往下的路可能不會輕鬆。

讀到這裡，你第一個想到的問題應該是：「那麼李宇強有喜歡王厚禮嗎？」（如果沒有想到，請你認眞一點！）這個問題李宇強也問過自己。王厚禮在知道他喜歡男生後，也好奇問過他：「那你有喜歡我嗎？」

當時王厚禮面有難色，心想如果是，那就尷尬了。他可以陪李宇強上刀山、下油鍋，但上床是眞的沒辦法：「那個、那個我恐怕不行誒……我喜歡女生，但是我先說，我可沒有喜歡孫妮妮喔！」

王厚禮喜歡女生，李宇強知道；王厚禮沒有喜歡孫妮妮，他也知道。李宇強早就看出來，王厚禮是喜歡女生那一掛的。一樣看《海賊王》，男生多半喜歡魯夫、索隆或香吉士，王厚禮當然也喜歡，但他似乎更喜歡娜美、妮可．羅賓那種奶大、有腦的姊姊（他還在數學課本夾過娜美的書籤呢）。再拿「桃元三結義」來說，儘管王厚禮沒有喜歡孫妮妮，但他跟孫妮妮的互動頻率，還是比跟李宇強多。

王厚禮背部雖然長出烏龜殼，但他還是一個很平常的國中男生。李宇強的性取向覺醒，是因爲王厚禮的「烏龜殼」沒錯，但是他對王厚禮沒有愛戀的感覺，這一點王厚禮可以放心。知道自己的兄弟喜歡女生，自然不會把他當成對象。這純粹就像，你不會找一個吃素的人一起去牛排館一樣。

李宇強好不容易有個知心朋友，他想維持單純友誼，不想因爲任何原因生變。變成戀人的雙方，很容易因爲感情破裂，最後連朋友都做不成。李宇強明白的告訴王厚禮，他對王厚禮沒有那種感覺。王厚禮聽完鬆一口氣，卻故意裝氣惱的說：「什麼嘛！我變這麼壯，在你的眼裡就一點吸引力都沒有嗎？」

李宇強出手就往王厚禮的頭巴下去：「講什麼啦！不要對兄弟有『不純潔』的想法啦！」李宇強喜歡男生，王厚禮第一個知道，升高中後不久，孫妮妮也知道了。李宇強跟孫妮妮讀不同的高中，高一上學期末的一個禮拜六，孫妮妮單獨約李宇強在麥當勞。那天下午，孫妮妮吃完第一根薯條，就直接就問李宇強，他們可以嘗試交往嗎？李宇強可以當她的男朋友嗎？

面對孫妮妮突如其來的告白，李宇強感到意外嗎？坦白說，還好。這本來就是孫妮妮會做的事。李宇強是高敏感人，他很早就感覺到，孫妮妮對待他的方式跟王厚禮有點不同，好像多了一點什麼。當時他不知道那一點「什麼」是什麼？現在他知道，是那一點「什麼」把孫妮妮推向這一刻的麥當勞告白。那麼，應該怎麼回應孫妮妮比較好呢？

跟凡事執著的「亞斯伯格女孩」講客套話，是沒有用的。說什麼「不要對兄弟有不純潔的想法」，也是沒有用的。李宇強本來沒打算讓孫妮妮知道自己是同性戀（畢竟那是個人隱私，沒什麼好大聲嚷嚷的，就算說給全世界知道，又有誰在乎呢），但不說出來，只怕孫妮妮不會死心。李宇強說了，他說自己喜歡的是男生。孫妮妮一聽，感到很意外。

讀桃元國中時，她國一上就跟李宇強、王厚禮三個人組成「桃元三結義」，他們倆是她在班上唯二的朋友。王厚禮國二休學後，她的好朋友就只剩下李宇強。升上高中，孫妮妮沒有在班上交到朋友，她感到孤單，才發現對於李宇強，她想做的不只是朋友，於是約了李宇強告白。

李宇強解釋：「就好像妳鄰居一位小姊姊跟妳約麥當勞，說想跟妳交往，但是妳沒辦法對不對？並不是她有什麼問題，而是妳喜歡男生，妳就是沒辦法跟女生交往，對不對？我跟妳一樣，我也喜歡男生，不管是妳或其他女生想跟我交往，我就是沒有辦法。並不是妳們有什麼問題，而是我喜歡男生，我就是沒辦法跟女生交往，這麼說妳能夠了解嗎？」

孫妮妮了解了，不久也釋懷了。就如同孫妮妮不喜歡被別人勉強，她也不想勉強李宇強。這純粹就像是把一個「無肉不歡」的人帶去素食店，對那個人來說是一種折磨，最後你也會吃得不開心。

「那麼，你還會把我當朋友嗎？」孫妮妮問。

「會啊，我會永遠把妳當朋友。」李宇強說。李宇強說到做到，大學畢業後，孫妮妮決定把爸爸的親子丼飯店改成茶飲店，找李宇強徵詢時，李宇強就給了她很大的信心。

李宇強雖然瘦弱，卻是一位乾淨、斯文且有想法的男生，有一種就算不放電也不會被忽視的存在感。因此往後無論是像王厚禮那樣喜歡女生、知道李宇強是同志，卻擔心李宇強對自己有意思的男生，或是像孫妮妮那樣不知道李宇強是男同志，依然主動告白的女生，還算不少。高中時，就曾有一位隔壁班的女同學跟一位學妹向李宇強告白過。爲了避免誤會，李宇強總是費心迴避；他能裝傻就裝傻，不能裝傻帶過，他就眞誠解釋。

因爲從小喜歡閱讀，李宇強比同齡人早熟，而同齡的男生在他眼裡，多半幼稚。李宇強看重一個人的內在，如果要談感情，兩個人之間一定要有很多話可以聊。一位成熟、有豐沛內涵、像哥哥一樣的對象，或許比較能打動他。而那位像哥哥一樣的對象，在李宇強大一下學期時出現了。

李宇強喜歡文學，但他覺得讀實用科系，對未來找工作比較有幫助。他的數學還可以，對人類社會運作也感興趣，所以大學選塡志願，他就以經濟系爲主，後來錄取了北部一所大學的經濟系。

雖然選經濟系是出於實用考量，但上大學之後，李宇強發現自己是眞心喜歡這門學科。他覺得，文學跟經濟學有點類似。文學，是幫助人們明白人心世界運作的規則；經濟學，是幫助人們明白人類社會運作的規則。拿李宇強愛看的推理小說來說，如果你對人的內在世界怎麼運作有些了解，你就可以推敲出一個人犯案的動機，從而拼出完整的犯案拼圖。

經濟學也是，只要你理解交易跟分配的規則，就能明白爲什麼一個人會買這個、不買那個？廠商爲什麼生產這個、不生產那個？一個國家的經濟爲什麼會成長？爲什麼會有如此發展軌跡？匯率爲什麼是當前這個樣子？利率又是怎麼決定的……對李宇強來說，這些知識實用又有趣。

李宇強是在學習經濟學的路上，遇見那位像哥哥一樣的對象。那一位是他們系上「個體經濟學」的助教，叫做「鄭士達」，是大李宇強幾屆的學長。大一下的第一堂課，鄭士達初次跟學弟妹們見面就說，大家可以叫他「達哥」。

達哥一百七十八公分高，有健身的習慣，身材勻稱結實。他笑起來時臉上有淺淺的酒窩，一頭茂密蓬鬆、習慣右分的頭髮，看上去像是戴了一頂黑色髮絲紋的安全帽。李宇強在達哥第一次進教室，見到他微笑時臉上浮出的淺淺酒窩時，他內在的「同志雷達」立刻就發出強烈的嗶嗶聲。

不會錯，達哥應該是同志。意外的是，除了達哥之外，李宇強的同志雷達，也同時對課堂上的另外一個人發出強烈嗶嗶聲。那一位，是教他們「個體經濟學」的教授：有著落腮鬍、戴黑色薄框眼鏡、頂著大光頭的留美海歸學者（大家私下叫他「X教授」）。李宇強的同志雷達嗶嗶聲大作，感應到X教授的強度，就跟達哥差不多。

X教授表面上已婚，有一對剛上國中的雙胞胎兒子，但李宇強覺得那應該是爲了「掩人耳目」、做給外人看的，可能是爲了要給長輩一個交代之類的傳統理由。

不會錯，X教授應該也是同志。

當然，兩個人是同志的猜測，只是李宇強身爲男同志的直覺。說到同志雷達，這種感應看似神祕，其實不難理解。就好像你是臺灣人，從小在臺灣長大，把你丟到一群華人當中，你自然能很快分辨出誰是臺灣人，而誰不是（可能是香港人、大陸人、新加坡人、馬來西亞人），你清楚那種不同。你在臺灣成長累積了足夠的觀察，自然有這種直覺，就好像你無意間給自己安裝一款「臺灣人雷達」App。

同志雷達也類似這樣。就是你是同志，對同志有敏感度，常跟同志往來，見多識廣後，自然容易在大腦裡累積出一款「同志雷達」App。當然，「同志雷達」App也不是每次感應都正確，也可能出錯。真要李宇強拍胸脯保證，達哥跟X教授兩人是不是同志，他也沒有十足把握。結果，李宇強都還沒機會證實達哥跟X教授是同志，就無比驚訝的意識到，達哥跟X教授，說不定是一對「戀人」。那份直覺來自於一次課堂上、X教授講課時，李宇強發現站在一旁的達哥看X教授的眼神很不一樣。

達哥的眼神看起來，也像是被「皮卡丘」的十萬伏特電擊到，那明顯是一個人看著自己愛慕對象在人群裡發光，才會有的眼神。李宇強懂，因爲他也用過那種眼神看過達哥。因此當他看見達哥用同樣的眼神看X教授時，才會大膽猜測達哥跟X教授之間，可能不只是教授跟助教關係那麼單純。

基於同樣的判斷標準，李宇強知道，達哥對他這位小學弟應該沒有感覺。達哥應該知道他是同志，但達哥從來沒用那種眼神看過他。李宇強猜得沒錯，幾堂課下來，達哥猜到李宇強是同志，而且一如李宇強所想，達哥對李宇強沒感覺。達哥純粹覺得李宇強像個弟弟，而他欣賞的對象，恰恰也是偏大齡的成熟同志。達哥對小學弟沒意思，但身爲同志前輩，他知道同志一路走來不易，出於對學弟及「同類」的關懷，他主動遞出橄欖枝。

第三堂課，他就私下找李宇強，跟他說以後要是有課業問題或「其他問題」，都歡迎找他聊，他很樂意幫忙。李宇強當然明白達哥「意有所指」，只是人際關係他向來不會主動，因此沒找過達哥。是後來達哥想多了解小學弟，看有沒有能幫上忙的地方，就偶爾請李宇強吃飯。

慢慢的，達哥知道李宇強來自單親家庭，爸媽離婚，國一就跟著媽媽搬去跟外公一起住。知道李宇強的外公跟媽媽都開小吃店，分別賣豬排飯跟豬腳麵線，生意不錯。他還知道李宇強讀過大量的偵探小說，在書裡看多了人情世故，有超越同齡人的成熟度。

有一些基本了解後，第三次吃飯時，達哥就挑明問李宇強：「你應該看得出來，我是同志吧？如果我沒猜錯，你應該也是，沒錯吧？」李宇強有點驚訝達哥這麼快問他，要直球對決嗎？好，來吧！

「嗯，我是的，可以問達哥一個問題嗎？」

「你問。」

「X教授，是不是也是同志？」

「什麼？」達哥十分訝異：「你看出來了？挺厲害的嘛！」

「我猜得果然沒錯。」李宇強的同志雷達又準了一次，那麼來確定下一個猜測：「達哥，可以再問一個問題嗎？如果你不想說，不用回答我沒有關係。」

「沒事，你問。」

李宇強靠近達哥，把音量壓低，投出時速一百六十公里的快速直球：「你是不是跟X教授在一起呢？」

這一問可把達哥嚇壞了。這個大一學弟搞不好連戀愛的經驗都沒有，竟然有這種敏感度？連這種事也看得出來？他跟X教授這樣處處小心低調，還是被識破了嗎？那可是他跟X教授不能說的祕密，爲了保護彼此，他從來沒跟任何人提起過。

有一件那麼重大的事，只能憋著不能說，好辛苦，結果一個大一學弟一眼就看出來，那還保密個屁？李宇強是同志，懂同志之間的事，又有超齡的成熟度，看起來也不像一個會洩密、傳八卦的孩子，也許可以信任吧？

達哥心想，李宇強有本事猜到這種事，再否認也只是「此地無銀三百兩」，不如先確認他是否能夠守密：「你、我是說，」達哥的語氣變得謹慎：「你可以保守祕密嗎？」

「我可以。」李宇強堅定的說。

「好，這裡人多不方便，等會吃完飯我們去走走，我跟你說。」

那天離開學校附近的牛排館，兩人回到校園漫步。走著走著，達哥懷著猶豫跟不確定，跟李宇強說了：「我是在大三下結束的時候，跟X教授在一起的。」

達哥說起一路往事。他大一時「個體經濟學」被當，大二重修也被當，大三下重修時，剛好X教授從美國回來，也開「個體經濟學」，他才改修X教授的課。

上課第一天，X教授自我介紹說自己是大學長，當年也跟大家一樣坐在臺下聽課，他的專長是「個體經濟學」、「創新跟產業經濟學」，已婚，有一對讀國小的雙胞胎兒子。X教授人很帥氣，帶課超級有趣。經濟學雖然實用有趣，但學習起來其實有門檻（比方要用上數學）。要學好經濟學不容易，要教好經濟學，那就更難了。

用比喻來說，經濟學很像是一條難煎的魚，會難倒一般家庭主婦，很容易就端上來一盤身首異處、皮肉分離、肉塊四散、勾不起食慾的乾煎魚。達哥前兩次重修遇上的老師，就像是尋常的家庭主婦，即便他修了兩次，老師端上來的「個體經濟學」乾煎魚，他還是吞不下去。但X教授不同，他像一位米其林三星主廚，他很會講故事、擅長比喻，經常透過大家日常有感的東西講述經濟學，有辦法把「個體經濟學」這條魚煎到赤赤金黃、魚身完整、魚皮全留、外酥內嫩還散發著淡淡焦香，料理得色香味俱全。

相較前兩次的重修課，達哥這次明顯感覺到不同，這門課在X教授的料理下，變得美味且容易下嚥，他終於比較能了解「個體經濟學」這門課的精妙所在。一開始，達哥並沒感覺出X教授是同志，畢竟老師說自己已婚，有小孩。是幾堂課後，X教授知道他重修兩次便私下關心他，有不懂的地方可以去研究室找他，希望這次重修能幫達哥拿到學分。

那純粹是出於對學生的關心，X教授從頭到尾都沒有放電，他很克制，謹守師生界線。

是離開教室前，X教授拍了拍達哥的肩膀，請他加油，那一刻達哥感覺自己被電到了。像是某一個對準宇宙深處遙遠星系的太空望遠鏡，突然收到來自遠方的無線電波訊號，一番解析，達哥終於意識到X教授是同志，錯不了。

之後課堂上，達哥看X教授的眼神不一樣了（明顯多一絲愛慕），不一樣，但保持距離。達哥後來去找過X教授兩次，期中考前一次，期末考前一次。兩次都純粹是去請教一些自己課堂上沒搞懂的主題；達哥提問，X教授解惑，兩人都很克制，謹守師生界線。

期末考公布分數後，達哥確定這門課及格、拿到學分，他非常開心，就買一盒小蛋糕去研究室謝謝X教授。離開前爲了表達感激，達哥問X教授，可以抱他一下嗎？X教授說可以，兩人就互相擁抱了。那一抱，像接通了兩條電線，擁抱到後來，慢慢一點一點變成擁吻……然後，就有了後來李宇強感知到的這段師生戀。

達哥對李宇強說：「嗯，我們就是這樣開始的。」看似意外，卻又十分自然，原本不算熟悉的一對師生，變成了一對戀人。X教授後來跟達哥說，在他們班上，他很快就注意到達哥了。同爲同志，達哥坐在臺下聽課的樣子，常常讓他想起當年坐在臺下聽課的自己。

後來X教授申請到計畫，需要研究助理，達哥成了當然人選。畢業當完兵，達哥又回來當X教授的助教，每個禮拜達哥會配合X教授安排，至少有一次親密的「Happy Hour」；

通常是在禮拜四晚上，地點不一定，有時候在研究室。

李宇強一邊專注聽，一邊想起自己小學六年級就離婚的爸媽。媽媽是因爲第三者介入，才會跟爸爸離婚，李宇強好奇問：「達哥，那麼X教授的太太知道你這個人嗎？」

「嗯，她知道。」達哥說：「當然她也知道老公是同性戀，但她好像不管他在外面有對象這種事。他們的夫妻關係很特別，X教授說，他有跟太太提起我，太太只是提醒他要保護好自己，也要保護好我。」

「哦？」

「其實一開始，對於要不要跟X教授在一起，我不是沒有猶豫過，畢竟人家有太太，有小孩，我當然會想，這樣會不會傷害到他們家庭？是後來X教授看我猶豫，才跟我說他爲什麼會跟太太結婚，他們之間又是怎麼相處的，你想聽嗎？」

「達哥想說，我就聽。」

達哥說了。X教授跟太太Grace，原本就是大學同班同學，兩人都是高他們幾屆的學長姐。X教授是同志，Grace很早就知道。Grace雖然是異性戀，卻患有原發性的「性冷感」，對男女間性事意興闌珊。從世俗角度看，兩個人都算異類。

照理說，這樣不可能對彼此有「性趣」的兩個人，應該很難有火花，但他們卻意外的很要好。因爲他們都喜歡閱讀，也眞心喜歡經濟學，又經常在同一個討論小組，總是有聊不完的話。聊多了，自然了解彼此。當年在班上他們經常被傳是班對，其實兩人只是很聊得來，友情很純粹。

Grace的爸媽是中小企業主，她是獨生女，從小就是爸媽的掌上明珠，備受疼愛。她開口要什麼，爸媽幾乎都會給，但她卻對書本以外的東西沒有強烈欲望，自然也包括男女情感。這種對世俗欲望淡泊的特質，意外讓她有一種「仙女體質」。Grace總是對世間男女爲情所苦，感到不可思議。那些感情用事，根本都是瞎折騰、自尋煩惱、傻得要命。一個人本來就是完整的，你再去找一個人來也不會讓你更完整，只會更擁擠。

一個人完整多自在，兩個人擁擠多麻煩（照顧自己的時間都不夠，還要照顧另一個人？吃飽太閒嗎），她才不會犯傻、惹麻煩，跟世間男女去玩同樣的遊戲。X教授超級欣賞Grace這種看法，他自己做不到，就跟Grace說她有「仙女視角」，人間少有。

兩個人後來會結婚，是因爲彼此都來自傳統家庭，有傳宗接代的壓力。Grace的爸媽一直希望她早點結婚，多生幾個小孩，最好有個小孩跟她姓，把她們家的血脈傳下去。Grace對男女情愛沒興致，但是她喜歡小孩（小孩比大人單純可愛多了），並不排斥當媽媽，生養小孩。她讀大學時，爸媽就催她交男朋友，每當她被催煩了，就會想：以後要是可以找一個能配合她生小孩，又在性事上對她沒有要求的男人結婚，就兩全其美了。

X教授也喜歡小孩，雖然是同志，但也不排斥生養小孩。他爸媽有三個孩子，他是唯一的兒子（他有兩個妹妹），老爸很傳統，堅持他們家不能無後，他也需要對父母交代。所以他也有想過：以後，也許可以找一位能配合他生小孩，在性事上對他沒有要求，又理解他需要跟其他男人往來的女人結婚……那就太好了。

奇妙的是，這兩種規格明明非常困難，卻沒想到身邊最聊得來的朋友，竟然完全符合。

大學畢業前，Grace就忍不住半開玩笑對X教授說，如果哪一天X教授的父母逼他生小孩，就像她父母一樣，說不定他們可以考慮結婚，一起生小孩喔！他們了解對方，對彼此也沒有要求，當作是畢業後再做一次課堂專案，一起完成一件「人間義務」，好像也不錯。

X教授很訝異，Grace竟然有這種類似的想法，還說得一派輕鬆。這種他只敢想、不敢提的想法，沒想到Grace會主動提出來。女生這麼落落大方，他也不能輸對方，那一刻，他毫不猶豫就說：「好啊，就這麼辦！」

大學畢業後兩年，他們分別申請到美國唸書，雖然讀不同的學校，卻很常聯繫。Grace喜歡美國的開放環境，原本計畫兩年內拿到碩士後，就回臺灣繼承家業。後來她改變主意，想多留在美國一段時間，但Grace的爸媽不同意，執意要她回臺灣找對象結婚，繼承家業，除非她有一個好理由。

對爸媽來說，繼續深造不是好理由，女孩子不用讀那麼多書。所以Grace能夠想到的好理由，就是在美國嫁人，生小孩。一直以來，她都沒有交往對象，所以那一刻她能想到的結婚對象，就只有X教授。大學畢業前，她曾開玩笑跟X教授提議過，要一起結婚生小孩，她記得當時X教授說好。

一個週六下午，Grace跟X教授視訊，提到爸媽要她畢業回國，找個人結婚、繼承家業，她不想回去。她跟X教授提議，或許他們可以考慮在美國結婚，這樣她就能留在美國。她的想法是這樣：結婚之後，她會嘗試人工受孕，計畫生兩個小孩，其中一個小孩跟她姓，滿足她爸媽延續血脈的要求。而X教授要做的，就是陪她度過兩個小孩的育嬰期。

這麼做有很多好處，一來他們了解彼此，對彼此沒什麼要求，雖然結婚，彼此還是可以過自由的生活；二來有小孩之後，他們對父母都有交代；最後還有實質幫助，結婚後X教授就是女婿，Grace爸媽可以提供經濟援助，X教授就可以不用兼差，專心攻讀博士學位。

當然，她明白X教授會有生理需求，結婚後，X教授要跟其他男生往來，她完全能夠理解，也不會過問。甚至哪天X教授想跟哪個男人結婚，她也會誠摯祝福他，會爽快的在離婚協議書上簽名。她的要求只有，生養孩子忙不過來的時候，X教授能出手幫忙。

X教授聽完後覺得，這種方案眞的只有仙女提得出來，這簡直是國際貿易裡的「最惠國待遇」了。經濟學告訴我們，國家跟國家貿易往來越不設限、要求越少、壁壘越少，就越能爲彼此創造最大福祉。人跟人的交往也一樣，你對一個人設限越少、期待越少、要求越少，越能輕鬆相處、關係長久、爲彼此創造出最大福祉。

他了解Grace，知道她說到做到，她說會給你空間就眞的會給。雖然一個男同志跟自己最好的女生朋友結婚有點怪，但也不是不能接受。跟Grace在一起很舒服，他們彼此瞭解又有世俗責任要承擔，能一起承擔，互相協助又給彼此空間，那是再好不過了。

X教授沒有多做考慮，就答應了。一如Grace給他「最惠國待遇」，他也跟Grace說，如果有一天她性慾覺醒，喜歡上別的男生，不想繼續當仙女，他也會眞心祝福她，會非常爽快的在離婚協議書上簽字。Grace笑說，應該不太可能。她對凡間男女強烈的愛慾不感興趣，她始終弄不明白，人們爲什麼會貪戀情愛，還爲此受苦，傻瓜不是嗎？她不會當傻瓜。哈哈，仙女就是仙女。

所以，兩個人就在美國結婚了。婚後Grace嘗試人工受孕，結果第一次嘗試就懷上雙胞胎，簡直是畢其功於一役，雙方家長都很開心。Grace從懷孕、生小孩到育嬰，X教授都待在她身邊，主動承擔起照顧責任，他做的已經遠遠超過Grace的期待。當然他也有生理需求，陸續往來過三位男伴，都是炮友，未涉及情感。

一方面是在一起的男伴，難以理解爲什麼X教授會跟一個女人結婚？他們不想牽扯進複雜的關係，想單純待在砲兵連「一起砲戰」就好；一方面X教授也無意爲誰改變，跟Grace同學四年，又在美國結婚生活育兒，Grace對他來說，不只是最好的朋友，更像是親密的家人。X教授就這樣維持一個家庭，又在不同時期跟不同男同志往來，持續幾年。他不認爲這有什麼問題，他跟達哥說，這純粹只是感情上的「營養均衡」。

人有情感需求，需要被了解、被呵護、被疼愛，人同時也有情慾需求，需要熾熱的肉體來燃燒慾望。這兩種需求不同，需要不同的營養素。世俗規範，我們只能在同一個人身上找兩種營養素：對方既得是你的靈魂伴侶，又得在床上跟你完美契合。這種靈肉合一的伴侶，太難找了。

完美伴侶像是「超級食物」，一種食物包含各種營養素，但超級食物難找，就算找到，也可能隨著時間流逝不新鮮；或者根本就是自己口味改變，超級食物已經不再合胃口。那些守規矩的人會從一而終，但那些還想著「營養均衡」的人，就會試圖在不同人身上尋找所需營養素。比方X教授，他就會比照《木蘭詩》：「東市買駿馬，西市買鞍韉，南市買轡頭，北市買長鞭。」

X教授會盡可能在不傷害人的情況，尋求情感上的「營養均衡」。他無比感謝Grace，是Grace讓這一切成爲可能。X教授後來取得博士學位，也在美國拿到教職。兩人的雙胞胎兒子上小學後，Grace的爸媽便一直要她回臺灣，他們想念孫子，也希望Grace能夠回來繼承家業。

X教授也有回臺的理由，爸媽年紀大了他想回去照顧，另一方面，他也想讓雙胞胎兒子多熟悉中文環境，跟爺爺奶奶多親近。他詢問臺灣母校是否有教職機會？恰好母校也有意延攬X教授擔任教職，他們就舉家搬回臺灣。

於是X教授回母校系上，先開了「個體經濟學」這門課，達哥才會在第三次重修時，在課堂上遇到X教授。那個學期結束前，他們就在一起了。

「這就是所有的故事了。」達哥說：「我沒有跟任何人說過，你一定要替我保守祕密。」聽完達哥說的一切，不知道爲什麼，李宇強突然想起《白蛇傳》。世間有許多故事，都是從兩個看似不適合在一起的人在一起後才開始的。這一連串的祕密李宇強知道了。一位是他心儀的助教，一位是課堂上認眞的教授，身爲他們的小學弟又一樣是同志，保護他們，是最起碼的江湖道義。

「達哥放心。」李宇強說：「我會的。」

「眞好。」達哥神情舒緩：「能把事情說出來，感覺好輕鬆。」

「達哥未來有什麼計畫嗎？」

「X教授鼓勵我出國唸書。」

「是嗎？」李宇強有點意外：「這樣你們不就要分開了？」

「是沒錯，不過他說我還年輕，應該多去外面世界看看，找到自己熱愛的東西，不要一直待在一個地方被侷限，還以爲那就是世界的全部。我覺得他說得蠻有道理的。」

「那你的想法呢？」

「我也想出去看看，過去一年我一直在準備申請學校，快的話明年就出去。」

「很好耶，達哥加油。」

「謝謝你！」達哥說。

分享私密故事，總是能拉近人與人的距離。那之後的每個禮拜，達哥都會找李宇強吃飯，一方面關心學弟，一方面也聊聊心事。每次達哥來，李宇強都很開心。知道達哥跟X教授在一起後，他已經收斂起對達哥的情感，只是達哥一講到X教授，李宇強還是覺得內心有一處，隱隱作痛。暗戀，是情感上的「發炎」。

達哥沒有跟X教授提起李宇強，但X教授倒也看出來，李宇強是同志。

李宇強喜歡經濟學，專業科目分數都很高，期中考的「個體經濟學」還拿到全班最高分。發完考卷那堂課下課，X教授叫住李宇強，恭喜他考高分，然後說：「如果你對這領域有興趣，老師的研究室有很多書可以看，隨時歡迎你來借，不要客氣。」李宇強說好，但從未去借。他相信X教授是出於眞心，想幫助一位學生更了解這個主題，但李宇強已經知道達哥跟X教授的事，知道達哥怎麼跟X教授在一起，他不想讓事情變複雜。

李宇強從小看偵探小說，讀高三的時候，領悟出一個「平凡人推定」原則。那就是：只要是「平凡人」會犯的錯、會掉進去的陷阱，那麼所有平凡人遇上了，就都會犯錯、都會掉進陷阱。達哥跟李宇強都是平凡男同志，達哥在X教授研究室情不自禁，那麼依據「平凡人推定」原則，李宇強去X教授的研究室，也可能情不自禁。這種事不要自命不凡，覺得自己能夠例外。坑就是坑，陷阱就是陷阱，知道自己是平凡人、避不了坑，又知道「深坑」在哪裡，就不要去「深坑」。

達哥把李宇強當弟弟一樣照顧，X教授是達哥的情人，而X教授又有家室，李宇強完全不想在原本就複雜的三角關係裡再湊一角。這件事李宇強沒告訴達哥，但達哥每次找他，還是會說起X教授。達哥看起來很快樂，X教授對他來說是「超級食物」，完美情人。

大一下學期快結束時，達哥的姊姊結婚，達哥請假一個禮拜回南部幫忙婚禮，打算在週日婚禮結束隔天，帶爸媽去南投旅行。本來計畫帶爸媽玩五天，但爸媽籌辦婚禮太累，才三天就想回家休息。達哥只好取消後面兩天的行程，提前回北部。

回北部那天是禮拜四，晚上向來是他跟X教授的「Happy Hour」，他想，不如來給X教授一個意外驚喜。晚上九點多，他買了滷味當宵夜，來到X教授的研究室門外，拿出鑰匙開門進去。結果門一打開，竟然看見X教授光著下身，直挺挺站著，而系上的另一位男性老教授，就跪在X教授的胯下前面，轉過頭望向他……那一刻，三個人都愣住，他們六目相望，都是驚嚇。

達哥立刻轉身帶上門，飛也似的拔腿就跑，彷彿他身後有一顆威力巨大的影像炸彈爆炸，而爆炸的威力把他轟飛出去。那晚快十二點，李宇強接到達哥打來的Line語音電話。達哥在另一端低沉哽咽，說剛剛發生一件事讓他心很亂，需要找人聊聊，問李宇強可以來找他嗎？

李宇強意外達哥那麼晚來電，他不是請假回南部嗎？他直覺跟X教授有關。李宇強說好，掛上電話，很快就換上外出服，從學校宿舍寢室下樓，騎腳踏車去找達哥。達哥在學校附近租了一間獨立套房，李宇強抵達後按門鈴，達哥開門時，臉上有淚痕，而且滿口酒氣。

「達哥，」李宇強進門後關切問：「你還好嗎？」

他們坐下來，達哥說了剛剛發生的事，難過又悲憤：「他竟然還傳Line給我說，一切不是你看到的那樣！」

達哥把手機拿給李宇強，給他看手機的Line對話。李宇強接過手機，先是看到對話框一連串X教授的「未接來電」，接著看見那一則訊息：「一切不是你看到的那樣。」

「不是你看到的那樣，那到底是哪樣？」達哥哭著說。

李宇強非常訝異發生這種事，他沒修過老教授的課，幾次在系上走廊遇見老教授，他的同志雷達也沒嗶嗶響起。面對達哥的意外遭遇，他完全不知道該說什麼。他沒見過這樣的達哥，感覺陌生，達哥一向開朗達觀、陽光燦爛……

李宇強看見茶几上有三瓶空啤酒玻璃瓶，還有一包面紙盒，他抽出兩張面紙遞給達哥。達哥接過面紙擦了擦眼淚，他的腦海一團亂，方才看到的那一幕太震撼，他有強烈被背叛的感覺，他完全想不到，X教授竟然是個渣男！

太誇張，X教授誰不好挑，挑系上快退休的老教授！那位老教授有什麼魅力？他開的課都沒什麼學生想修！X教授就這麼忍不住嗎？要這麼飢不擇食嗎？連那種遲暮下垂的肉體他也可以嗎？這種「Happy Hour」他也Happy得起來嗎？

達哥感到憤怒、痛心、噁心又難過，除此之外，他也感到難爲情。在小學弟面前這樣，眞的好嗎?各種五味雜陳的情緒混雜,讓他覺得自己的大腦好像一臺食物調理機,被放進無數重口味的情緒蔬果,啓動了高速旋,讓他止不住暈眩跟頭痛。

他像個孩子似的,一直低頭啜泣。李宇強見狀,從茶几對面走過去,坐在達哥旁拍著他的背安撫他。達哥止不住傷悲,轉過身就抱住李宇強,趴在他肩上哭。李宇強滿心憐憫,繼續拍著達哥的背。沒想到拍著拍著,當年觸摸王厚禮背部「烏龜殼」經受過的皮卡丘十萬伏特電擊,竟然毫無預警再次襲擊了他……

李宇強驚慌發現,自己的小弟弟竟然完全不受控制,起了反應。彼時的達哥早已半醉、神智不清,但他眼角一瞥,發現李宇強的胯下凸起,在本能慾望的驅使下就伸手去撫觸,就好像是無助的孫悟空想要抓住金箍棒一樣……然後,他抬起頭看著不知所措的李宇強,衝動的把自己的雙唇湊向他……滿滿的臺啤十八天生啤酒口味唾液湧進李宇強口中,就像暴漲的河水,來得又快又急。李宇強沒有抗拒。

狂吻半天,達哥脫掉李宇強的T恤繼續吻他,就在李宇強還搞不清楚,該拿滿口啤酒味唾液怎麼辦之前,達哥的雙唇已經一路往下,一邊親一邊行進,抵達他的胯下。達哥強行褪下李宇強的短褲、內褲,看見李宇強矗立如東京鐵塔般的小弟弟……

那一夜,兩個學長、學弟一路從客廳做到床上,疾風勁雨,颱風式狂暴。完事後,達哥在床上沉沉睡去。那一夜，李宇強躺在達哥身旁，聽著他勻稱的呼吸以及鼾聲，無法闔眼。

方才他又是0號又是1號，小弟弟跟肛門都有腫痛感，口中盡是散不去的啤酒味。他有種當機的虛脫感，腦海不斷重播剛剛發生的一切：達哥柔軟的雙唇與舌頭、堅實的膀臂、直挺挺像網球拍握把的小弟弟……李宇強的內心不斷反覆一句話：「原來這就是做愛啊。」

李宇強，不再是處男了。

清晨五點不到，李宇強就起身離開，彼時達哥還在沉沉夢眠之中，像躺在一條小麥色、綿長的生啤酒河流上，一艘搖曳的木小船。

外頭天還未亮，李宇強騎著腳踏車在學校附近亂晃。六點多時肚子很餓，就找了一家豆漿店吃早餐，點了一碗鹹豆漿、一杯冰豆漿、一份燒餅油條加蛋跟一份飯糰。

離開豆漿店，他躲進一家7-11，買了一罐綠茶在用餐區發呆打盹，直到確定寢室同學應該都出門上課去了，他才回寢室睡覺，將手機關機。他翹了一天課，睡了一整天。醒來已經是下午四點，頭有點暈。他打開手機，發現Line有十幾通未接來電，都是達哥打的。緊跟在那些未接來電之後，還有好幾則訊息，也是達哥傳的：

「後來他跟我說，老教授是他年輕時候的情人」

「老教授對他有恩，當年是老教授鼓勵他出國唸書又幫他寫推薦，他才有今天」

「他回臺灣，也是因爲老教授年紀大又沒有親人，他希望照顧父母之餘，也照顧一下老教授」

「他說第一次看見我在臺下聽課，就想起自己當年在臺下聽老教授的課」

「他說老教授幫過他，他也想幫我，至少不要傷害我」

「他請我不要覺得他背叛，純粹是自己的恩人有需求他可以服務，如此而已」

「我看完他傳的訊息心好亂，不知道該不該相信他，但是昨晚後來的事我很抱歉，希望沒有給你不好的感覺」

「一直聯絡不上你，不知道你是否還好，看到Line回我一下」

李宇強看完一長串訊息感到渾渾噩噩，不知道該怎麼反應。他還沒想清楚昨晚發生的事，又突然知道X教授跟老教授有過一段師生戀，眞是太爆炸了。他覺得自己像是一座剛被轟炸一夜的城市，原本以爲白天可以稍稍喘口氣，沒想到「敵軍」還是不放過他，持續轟炸。

結果他已讀沒有多久，達哥就來電了。他沒接，直接掛斷，簡單回了訊息：「我還好，先讓我靜一靜」達哥秒回：「好，需要聊聊隨時找我」李宇強回了一個OK的表情。

他眞的需要停一下，眞的沒辦法再承受任何資訊炸彈轟炸。那麼，要怎麼看昨晚到現在發生的一切呢？X教授跟老教授有過師生戀，他是眞的沒想到。所以，X教授當學生時跟老教授師生戀，自己當教授就在課堂上找上達哥，把當年的「師生戀」直接「複製貼上」，是嗎？老教授當年的「身教」，X教授就直接拿過來「學以致用」，是這樣嗎？

達哥看到不該看的事，覺得被背叛，結果一個轉身把持不住，就跟他發生關係……這樣算是報復嗎？你背叛我，我也要背叛你，你會「複製貼上」，我也「複製貼上」給你看？

短時間內發生這麼多混亂的事，眞是讓人不明白。那麼跟達哥發生關係，李宇強有不好的感覺嗎？似乎還好。發生那樣的事，當然不在他的預期，但他私下是喜歡達哥的。儘管昨晚不算兩情相悅，只是達哥酒醉、情不自禁，但至少人生第一次是跟自己喜歡的人，不算太壞。那麼傳說中那種「做愛的昇天快感」，他有嗎？似乎不強烈，更多是一種「打卡感」。

很像是一個人費盡千辛萬苦來到美國大峽谷，看見壯闊景觀很震撼沒錯，但比起景觀，更多的感觸是自己終於抵達了，先拍張照「打個卡」、發個IG限動先。李宇強也是這種感覺，比較多是自己在性愛這件事上終於「打卡了」。

只是，事後這一刻回想起來，李宇強覺得昨晚他應該要克制的。他之所以變成單親家庭的小孩，就是因爲爸爸克制不住情慾、有外遇，裂解一個原本完整的家庭。他不喜歡爸爸那樣自私，所以上國中之後他跟自己說，長大以後絕對不能變成像爸爸那樣的人，只顧自己開心不管別人。

李宇強不想變成像爸爸那樣，但昨天晚上，他還是讓事情發生了。為什麼會這樣？人終究會忍不住往火坑裡跳，是嗎？難道這就是「萬般皆是坑，半點不由人」？面對情慾，人眞的只有「服從」一條路可以走嗎？

不。雖然昨晚沒能克制，但李宇強還是不想成爲情慾的奴隸。所以他明白，他也很難跟克制不住情慾的人在一起，比如達哥。一長串想法高速快轉下，李宇強感覺，達哥這個人似乎瞬間被推遠了，像是幾光年外的比鄰星，遙遠到很難再把他當成一位渴慕的對象。

他對達哥原來的愛慕感覺一下子消失了。「幻滅，是成長的開始。」初見時一見鍾情，做愛後一刻消散。（也只能說，那個當下李宇強不明白，如果你對一個人愛慕夠久，愛慕容易變成一團迷霧，太陽一照是會散開沒有錯，但隔天清晨，還是很容易再回來。）

李宇強心想：還是先跟達哥保持距離吧，不想被慾火玩弄，就要遠離火坑。奇妙的是，達哥也有類似的心路歷程。雖然他外表陽光熱情，但情感上，達哥也想當一個忠實的人。他不想背叛別人，當然也不想被別人背叛。然而昨晚，他先是被X教授「背叛」（不管原因是什麼），接著很快的，他也背叛了X教授。

很明顯，達哥不是X教授的「超級食物」，所以X教授才會依然「東市買駿馬，西市買較轆，南市買轡頭，北市買長鞭」。X教授已經有Grace，有他，居然還冒出了老教授！他胃口可眞好啊！誰知道除了這些人之外，他還有沒有別人？

在那麼短時間內經歷「被背叛」又「背叛人」，達哥感覺自己很糟糕，尤其對不起李宇強。酒後亂性隔天一早醒來，他不斷對自己說：「鄭士達，你眞是個爛人！」他知道自己很難再面對X教授，X教授會讓他想到自己被背叛過；同樣的，他也很難再面對李宇強，李宇強會讓他想起自己背叛過別人。

達哥覺得自己應該無法再跟X教授繼續了，恐怕連一起共事都沒辦法。辦公室戀情本來就不容易，辦公室三角戀情就更複雜了。光是之後在系上遇到老教授該怎麼辦？是打招呼，還是不打招呼？局面至此，眞是無比詭異，讓人搞不清楚到底誰才是小三？是老教授，還是他？

達哥也不知道該怎麼處理與李宇強的關係比較好，本來只想找他傾訴一下，沒想到自己會做出那種事……自己一直都把李宇強當成弟弟，結果昨晚還對他那樣，眞是太亂來了，達哥感到很愧疚。

爲什麼要喝那麼多酒呢？李宇強會不會有不好的感覺？會不會覺得自己被侵犯？之後他又該怎麼處理，才不會二次傷害李宇強呢？李宇強說「想靜一靜」是什麼意思呢……達哥煩惱了一整天，也沒想好要怎麼跟李宇強說。結果隔天一早，他就收到李宇強傳來訊息：「我們暫時先不要聯絡好了。」

看見訊息，達哥情緒複雜。他踰越界線，而李宇強，想退回比原來所在還要更遠的後方。雖然這種結局也是達哥期待的，但由李宇強提出，他還是失落。李宇強對他有感覺，他是知道的，結果在情感上，他也不是李宇強的「超級食物」，是嗎？一如他無法再把X教授當戀人，很明顯，李宇強也無法再把他當朋友了。在經歷過雙重「背叛」之後，緊接著來造訪他的，是雙重的「失去」。他回訊給李宇強：「我尊重，眞的很抱歉。」

之後，李宇強在系上沒有再選過X教授的課，老教授的課他也沒有選（兩位老師都不曉得，李宇強知道他們有過師生戀）。他不想橫生枝節，達哥走上X教授走過的路，但李宇強不想走上達哥走過的路。

那個學期結束，達哥就辭去助教，回南部老家專心準備出國。之後他順利申請到學校，前往美國唸書。在這個三代同志師生的多米諾骨牌裡，當年X教授出國唸書，是老教授推了一把；如今達哥出國唸書，也是X教授推了一把，他們都走向學術路線。

李宇強其實也被達哥推了一把，只不過他沒有走向學術路線，他開始跑步。要放下一個人沒有想像中容易，一個你應該放下的人，很像一顆該拔沒拔的蛀牙，這一刻也許不痛，卻總會三不五時回來痛徹你心扉。

李宇強基本上理智，但經歷過那一夜，他內心不時有強烈的騷動翻湧，無處抒發（達哥堅實光滑的膚觸，大衛雕像般的肉體）。那種時刻一來，他就出門跑步。

李宇強之前不愛運動，但是穿上跑鞋出門後卻發狂奔跑，好像後面有一道情慾海嘯追著他，不快跑就會被巨浪吞沒。剛開始跑步他還曾經跑到吐，在路邊吐到把胃幾乎翻出來，好像這樣才能把內在的騷動一起吐出來。

李宇強每次跑步至少會跑一小時，一個小時不行就兩小時、三小時……一開始跑步是出於逃避，幾個月後他跑出樂趣，跑出身心舒暢，跑出天人合一……他愛上跑步，甚至開始參加馬拉松比賽，一年兩次。大四畢業那一年，他已經跑過五次馬拉松。把他送上跑道的人是達哥，是達哥推了他一把。

大學畢業當完兵，李宇強進了臺北一家出版社，當商管類叢書編輯。但他的興趣在文學，兩年之後轉到文學線，負責推理小說的翻譯跟引進。做了幾年，李宇強的外公過世。媽媽是外公唯一的女兒，他則是媽媽唯一的兒子，他於是跟媽媽一起繼承了外公的「深夜加油站遇見豬格拉底」炸豬排連鎖店，以及外公的遺產。

媽媽本來就有一家小吃店「快樂腳豬腳麵線」，生意很好。那家店陪伴媽媽度過人生許多低潮，她有感情，也放不下老客戶。單單這家店，媽媽已經忙不過來，根本管不到豬排店。李宇強當然也無意接掌炸豬排店，當一個炸豬排店老闆，從來不在他的生涯規畫。

母子兩人討論後，決定從原來的炸豬排連鎖店團隊，找一位店長來當專業經理人，管理八家連鎖炸豬排店。李宇強繼承了一筆錢，他不想再做編輯，就決定回老家開一家獨立書店，賣各種推理小說。

那一年他三十四歲，回到桃園，在離媽媽的店面不遠處（方便就近照顧媽媽）租了一家十五坪大的店面，裝潢後開了一家獨立書店名叫「殺手沒有假期——謀殺專賣店」。媽媽對書店名有些意見，都是書店了，爲什麼要「殺來殺去」？她嘴巴上說說，卻還是尊重兒子。畢竟當年自己開店，名字就是兒子取的，也許年輕人就喜歡這一味。

李宇強通常在早上寫作，中午十二點到書店開門營業，下午五點到七點休息（去跑步，跑步完後用餐），晚上七點再繼續開到九點半，每週一、二公休。書店老闆，任性又隨性。

李宇強每天跑步，但跑步時已不再想起達哥。事實上他升上大二後，就沒再跟達哥見過面。達哥後來去美國唸書，比預期多兩年才拿到博士學位，拿到博士後他離開學術圈，轉往金融業工作。

每年聖誕節，達哥都會寄一張卡片給李宇強，出於禮貌，李宇強也會回一張聖誕卡。

開書店那年，他還附上一張自己站在書店前的照片寄給達哥，達哥收到照片後傳Line跟他說，有機會回臺灣再去他的書店看看。李宇強回覆：「歡迎。」

李宇強想，達哥是禮貌客套吧？他已經放下達哥，達哥應該也只會在聖誕節想起他，能偶爾想起彼此又別無牽掛，已經很好。因爲個性內向又宅，交友圈不廣闊，李宇強後來沒再交往過對象，但他的同志雷達還是很靈敏。所以書店開店兩年後，阿瑋第一次走進書店，李宇強就知道，阿瑋之意不在書。

書店附近一處老屋裝修，阿瑋負責木工，看上去小李宇強幾歲。有幾次李宇強下午五點離開書店出門跑步，經過老屋，看過阿瑋把一些廢棄的木板材與木屑搬出老屋善後，準備下班。有一回他跟阿瑋四目相接，發現阿瑋看他的眼神不一樣，李宇強的同志雷達響聲大作。不知道爲什麼，阿瑋的身形讓李宇強想起達哥。

你在路上見到一個人，覺得對方獨特，這種事很尋常；兩個人匆匆一瞥後，從此相忘於江湖，也很尋常。不尋常的是，阿瑋在老屋的工班結束後幾個禮拜，出現在李宇強的書店。李宇強有些意外，阿瑋不像愛看書的人（更別說是偏科的推理小說），架上那些書對他來說好像很陌生。

阿瑋不知道怎麼下手，他端詳書架，隨手拿起一本書翻上幾頁，很快又把書放回去，還時不時望向李宇強，持續了幾分鐘。李宇強不是主動型的書店老闆，他總是安靜的坐在櫃檯前讀書，除非客戶詢問，他從來不打擾客戶翻閱瀏覽。

終於阿瑋走向李宇強，靦腆的向他求助：「老闆，可以幫忙介紹一下嗎？」李宇強站起來，把阿瑋當一般讀者，沒提起阿瑋之前在附近裝修房子，也沒提起他們之前在路上偶遇：「沒問題，你想要看什麼類型的書呢？有喜歡的作家嗎？」

「嗯，沒有耶。」阿瑋有些窘迫：「以前比較少看這種書，想說來試試看。」

喔，剛入門。李宇強想起自己看推理小說是從《福爾摩斯》開始，也許阿瑋也可以由此開始：「你知道福爾摩斯吧？」

阿瑋點點頭，李宇強說：「他的故事蠻適合入門的，我最早也是從他的故事開始看。」

李宇強走向櫃檯右方書架一處，說：「這裡有一套《福爾摩斯全集》總共十本，你剛開始看，一次買全集有點多，我可以拆開單本、單本賣，你先買第一本，看完喜歡的話再說。」李宇強拿出全集的第一本《暗紅色研究》，遞給阿瑋。

「好的。」阿瑋還是靦腆：「那就先買這本好了。」然後阿瑋結完帳，走出書店。

李宇強知道，《暗紅色研究》會帶著阿瑋，走進福爾摩斯跟華生醫生的貝克街住處，跟著他們一步一步找出線索，跟著他們布下陷阱、逮捕罪犯。李宇強好奇的是，看完第一本，阿瑋會繼續嗎？

兩個禮拜後，阿瑋又來到書店，他說第一本很好看（但是說不出來哪裡好看），想要買第二本。李宇強幫他結帳第二本《四個人的簽名》，祝他閱讀愉快，沒有額外的交流。

就這樣，阿瑋開始他的福爾摩斯之旅。他大概每兩到三個禮拜看完一本，然後就會來跟李宇強買下一本。每次他買書，兩人都只是簡單寒暄，沒有打開話匣子近一步交流；兩個人的理由不太一樣，阿瑋是有意卻打不開，李宇強則是故意不打開。

阿瑋不是愛讀書的人，他只是被一位書店老闆「煞到」，想要靠近老闆卻不知道怎麼做，就來跟老闆買書，逼自己讀書，以便之後跟老闆可以有話聊。他書看得不多，還不知道聊什麼。李宇強猜到阿瑋的意圖，他感覺阿瑋像是要透過一本又一本的推理小說，砌出一條「棧道」走進他的世界。

想靠近一個人，你總是會百般嘗試努力，不去想這一路有多艱險，他能夠理解。只是李宇強清楚，兩個人的差異眞的很大，阿瑋顯然低估山路的崎嶇、路途的遙遠，以及工程的浩大。李宇強沒有打開話匣子，純粹是希望阿瑋不要有不切實際的幻想，專心看小說就好，看福爾摩斯怎麼破案就好，不要節外生枝，因此受傷。

結果阿瑋認眞了四個月，停在第七本書，沒有再來買第八本。很好，能堅持到第七本已經不容易，阿瑋能夠在此停損，那是他的「Lucky 7」（第七本書是《恐怖之谷》）。那是夏天就要過去，秋天快要開始的時節，李宇強內心沒有波瀾，他早已習慣各種買書人的來來去去。

一間書店就像是一處公車站，店裡的每一本書都像一部公車，都能送人一程。只是搭公車的人當中，也許有人後來買車、改搭捷運，或者已經有人接送不需要再搭公車，就不會再來公車站。阿瑋，只是眾多改變通勤方式、不再搭公車的一位乘客，沒問題的。

只不過兩個多月後，一個晚秋的禮拜五下午四點，阿瑋再次出現了。這回，阿瑋不是來買第八本書《福爾摩斯退場記》，而是在李宇強書店的對面，擺起一個攤位。阿瑋改裝了自己的摩托車，在摩托車後座架起一個不銹鋼炭火爐鐵架，賣起烤香腸跟糯米腸。他在火爐前方掛起一個小招牌，用不算好看的美術字大大寫著「**斷背山大腸包小腸**」。

李宇強在書店裡隔著大塊玻璃窗，看見對面阿瑋的機車小攤以及他的招牌，覺得很好笑。這是在幹麼呢？在他的書店對面賣大腸包小腸，還取這種名字，會不會太直接了一點？發生什麼事？阿瑋木工不做了嗎？他來這裡擺攤是想幹麼呢？那麼靦腆的一個人做出這樣的事，算是跨出很大一步吧？不管是誰，要跨出這麼大一步都不容易，值得鼓勵拍拍手。

李宇強心想，之前都是阿瑋來買書，做人也該有來有往，這次就換他來照顧一下阿瑋的新生意吧！主客易位，李宇強決定這次他要來打開話匣子。五點一到，他關上書店的大門，準備出門跑步。他先走到阿瑋的攤位，點了一份大腸包小腸。

阿瑋有點激動，模樣緊張，滿臉通紅（是炭火烤紅的吧），額頭冒出斗大汗珠，手裡不斷翻烤烤肉架上的香腸跟米腸。

「斷背山大腸包小腸耶！」李宇強說：「取這個名字，是打算拿來向誰告白啊？」

十七、養豬少年的蔬食店

第十七篇，是這個「電影小吃店」故事宇宙的最後一個故事。一路看到這裡，細心的你可能會發現，我有好多謎團都沒有交代。

那些小吃店後來都怎麼了？還繼續營業嗎？小吃店老闆們後來發生什麼事？他們彼此間還有新的交集嗎？郝思佳後來有當上領隊帶人出國玩嗎？陳善瑜之後還有再回來找她嗎？白路易有遇上殺手姊姊嗎？後來有回到他原來的 B612 號東大寺嗎？李宇強跟阿瑋兩人有沒有進一步發展呢？

我幾乎在每一個故事都留下謎題，沒有回答你。身爲一位資深的讀者跟作者，我一直都知道，讓一個故事有餘韻的從來不是「圓滿結局」，而是「未解的謎」。那麼多謎團，我本來一個都不打算回答，但完全不回答，又好像有點說不過去。好吧，我就挑三個來回答，就三個，不能再多，事不過三。

我們先把時間拉到李宇強剛搬回桃園、回到中學成長的老街開書店後不久。那條老街，大抵還是李宇強青少年時熟悉的樣貌。當然變化一定有，比方有兩個變化，就明顯跟李宇強有關。第一個變化是，李宇強的爸爸李世忠當年開的當歸鴨店，收起來了（第一個謎）。

當年李世忠外遇離婚，後來出了車禍兩隻小腿截肢。前妻曹懷玉很暖心，經常讓人給他送豬腳麵線，李世忠很感動。他想起自己外遇離婚重傷了前妻的心，曹懷玉卻不計前嫌善待他，他無比後悔。爲了挽回前妻，他開了一家小吃店叫做「不管媽媽多麼討厭我——當歸鴨」，力圖振作並企圖挽回曹懷玉。只是開店後生意勉勉強強，沒有太大起色。

李世忠取了一個奇怪的店名，讓一碗當歸鴨麵線吃起來像一種「道歉料理」；料理口味雖好，但吃起來就是怪怪的。就一碗當歸鴨麵線而已，是要道歉什麼啦？媽媽討厭你，關我什麼事啦？李世忠不僅店裡生意沒起色，最後也沒能挽回曹懷玉。離婚兩次的曹懷玉已經有陰影，她回不去了。她只希望彼此各自安好，健康無憂，相忘於江湖。

李世忠開店兩年後，原來公司的長官出來創業，見他硬撐著一家不上不下的小吃店，靠義肢站一整天也不是辦法，就找李世忠幫忙負責後勤。李世忠去了，他很快上手，做得又好又愉快。生活有了新的重心，他慢慢放下曹懷玉。雖然破鏡難以重圓，不過因爲李宇強的關係，他們親子三人在每年愚人節這一天（李宇強生日）還是會偶爾一起吃飯。

老街的另一個變化是，當年李世忠外遇的小三開的飯糰店「**再見，總有一天三角飯**

糰」，開不到一年也收起來了（第二個謎）。飯糰店老闆娘康小橋，對於做飯糰並不熱衷，她只想挽回李世忠，可惜沒有成功。跟小橋的那一段，李世忠是眞心的，但小橋卻當成是一種交易。李世忠身心受創，即便後來小橋再獻殷勤，他已經有陰影，回不去了。他只希望彼此各自安好，健康無憂，相忘於江湖。

在小橋布下的「料理東西軍」實境遊戲裡，李世忠最後當歸的方向，既沒有往「豬腳麵線店」，也沒有往「三角飯糰店」，他直接從遊戲裡離開了。小橋看清李世忠已經戒除癮頭，對她不會再上癮，明白自己慣用的招數都不會管用後，也果斷放手。船沉了就沉了，不會再理會你的鐵達尼號就是沉沒成本，費心打撈起來也載不了人。

也是開店後，小橋才明白媽媽當年開店有多辛苦跟不容易。媽媽也上了年紀，小橋眞的不能再任性放媽媽一個人不管。於是小橋選擇跟媽媽和好，她把自己的店收了，回老家幫媽媽。生活有了新的重心，小橋也慢慢放下李世忠。

小橋回去幫媽媽沒幾個月，就收到來自日本沖繩警方的消息。原來爸爸康大橋在沖繩出了意外，他在家中不愼跌倒過世，警方透過臺灣協助聯繫上她們，請她們前往善後。那一刻小橋才知道，原來爸爸後來從大陸輾轉一個人去了沖繩。

小橋隻身前往沖繩，才知道爸爸爲了謀生，在當地開了一間臺式小吃店，主打滷肉飯。

一個臺灣南部的建商老闆，竟然跑到沖繩開起臺灣料理店，洗手作羹湯。她在爸爸的住處，看到書桌上擺著她小學跟爸爸合照的照片，忍不住一直流淚。原來那麼多年來，爸爸依然把她放在心上……

小橋在沖繩待了五天，整理爸爸的遺物，安排遺體火化，然後把骨灰帶回臺灣。爸爸離開人間，小橋跟媽媽一起經營的「再別康橋——過橋米線」，是真的永別了康大橋。

以上兩個，就是老街上跟李宇強有關的變化。老街有老店關門，自然也有新店家開幕。我們就來說三家也跟李宇強有關的店。

第一家是7-11，位在老街街尾跟一條大馬路的交接口，是當年外公夢遊殺豬的那個廢棄加油站原址，蓋起來的商辦大樓一樓。李宇強每天去書店經過7-11時，偶爾會進去買杯咖啡喝。

第二家是一家房仲店，在7-11隔壁幾棟大樓的一樓。李宇強決定回來開書店時，曾經請他們協助找店面，順便找自己要住的租屋。第三家，則是後來李宇強經常去光顧的蔬食自助餐店，也是我們這一篇要講的故事。

李宇強後來選擇回外公家的老街開書店，主要是想陪媽媽。他沒有搬回家跟媽媽一起住，而是在附近租了間兩房一廳的公寓。一方面保有自己空間，一方面就近照顧媽媽。

曹懷玉的「快樂腳豬腳麵線」的生意一直很好，她的料理口味沒變，店內陳設沒變，客人持續捧場沒變，變的是，她改吃素了。原因是曹懷玉覺得自己剁了太多豬腳，殺生過多。世間有很多愛吃豬腳的人沒問題，她可以服務，但她自己就不吃了。豬少殺一頭是一頭。

曹懷玉一向不重視吃，改吃素之後，她經常在店裡簡單燙個青菜，煮碗麵線配一塊油豆腐就打發一餐。李宇強覺得這樣不行，營養不夠也不均衡，於是他每天傍晚離開書店去跑步前，會先去幫媽媽包一份素食便當。

李宇強回來開書店前一年，老街附近開了一家蔬食自助餐，就叫「**綠巨人蔬食店**」。店家取這個名字很有說服力，因爲老闆就是一個一百九十二公分高、九十三公斤重的年輕壯漢。客戶一進門，看到壯碩的他站在收銀臺前，會覺得自己彷彿看見「大谷翔平」站在本壘板打擊區。吃素能吃出這種身材，眞是給人好大的信心。

書店營業日，李宇強通常會在傍晚五點左右離開書店去跑步。他會先到蔬食店買兩份便當，一份給媽媽，一份給自己；每一份便當他都會挑四種蔬菜，外加兩種豆類製品，再加五穀飯（媽媽的半碗，他一碗），秤重後計價約莫都在一百塊上下。

包完便當，他就去媽媽的店裡把便當交給媽媽，再去附近公園跑步。他會繞著公園跑一小時再回媽媽店裡，那時大概六點，通常是店裡用餐高峰時刻，他大多是拿了便當回書店吃。碰上店裡有空位，他就待在店裡吃便當，一邊陪媽媽。媽媽要是不忙，也會坐下來跟他聊聊天，關心書店生意。

就這樣，李宇強每天買便當，跟蔬食店的老闆也逐漸變熟。年輕的蔬食店老闆叫嚴俊城，小李宇強三歲。店裡只有他跟另外一位阿姨，負責準備一天大約三十道的蔬食（店裡也提供奶蛋料理，給吃奶蛋素的客人）。

嚴俊城跟李宇強說，因爲他姓嚴，國中有個綽號，同學都叫他「鹽巴」，一直到現在還是有很多老同學這麼叫他。李宇強沒跟著叫「鹽巴」，他叫老闆「阿城」。

阿城是個單純開朗又熱情的年輕人，有別於李宇強，他喜歡跟客人互動。遇上長輩來店裡用餐，他總會多招待對方一道菜。李宇強是因爲幫媽媽買晚餐便當，才跟著一起吃素，但遇上書店休假日，他偶爾也會去蔬食店用餐。

有一回休假日，中午下起雨，過了用餐高峰時段，李宇強來蔬食店吃午餐。當時客人不多，李宇強坐在靠近收銀臺的餐桌，邊吃飯邊跟阿城聊天。阿城很開心，難得店裡有一位年紀相仿的常客，恰好下雨天客人不多，可以聊天。他先是隔著收銀臺跟李宇強聊，後來，乾脆拿起餐盤夾滿一整盤菜，盛上一碗五穀飯，坐到李宇強對面一起吃。

阿城在開蔬食店之前也在臺北工作，也是因爲想多陪父母才從臺北搬回桃園。之前，李宇強買便當只能簡單招呼，店裡客人多，沒法跟阿城多聊，難得這回阿城有空，向來好奇的李宇強就開口問他：「你是從什麼時候開始吃素的？」

「我國小一年級就開始吃了。」阿城邊吃邊說，看起來胃口很好。

「這麼早啊？是宗教的關係嗎？」

「不是耶，我們家就只有我一個人吃素，其他人都吃葷。」

「喔？」李宇強好奇：「為什麼？」

「小時候我們家住大園，我爸媽是養豬的，我們有一個養豬場養了六百多頭豬。我小時候常會跟我爸媽去養豬場，養豬場很臭，但是小豬很可愛，特別是那些出生不久的小豬。我很喜歡看小豬一排排躺在豬媽媽肚子前，拚命吸ㄋㄟㄋㄟ的樣子，好像很怕一口ㄋㄟㄋㄟ沒吸到，會被其他小豬搶走似的。我當時看著小豬仔，就覺得牠們好有生命力，讓人覺得好有希望。有時候我爸會抱一隻小豬給我玩，我玩一玩想抱回家當寵物，我爸就會說不行。我小時候很呆，不知道那些小豬養大是要殺來吃的，我是上小學一年級後才知道，當時好難過，有一種上當受騙的感覺。我想，那些小豬應該也會覺得自己上當了吧？我從那時候開始就不吃肉了。」

「就因為這樣？」李宇強說：「你也太特別了吧！」

「哪裡特別？一點都不特別啊！」阿城挾起一塊青椒放進嘴裡，邊嚼邊說：「你看，你今天在養豬場抱起一隻小豬玩，玩得很開心，結果過一陣子牠長大了，就被人送去屠宰場切成一塊一塊，然後你媽媽在超市買到牠的肉，回到家在廚房忙半天，晚餐給你端上一塊炸豬排、一鍋東坡肉、一盤滷豬腳……你吃得下去嗎？我完全吃不下去。之前那麼用心照顧小豬，結果只是爲了把牠養大再殺來吃，做人這樣不是太假了嗎？根本就是在欺騙一隻豬的感情！」

李宇強忍住笑：「這麼說，好像也有道理。」

「是不是？你站在豬的立場想一想，一隻小豬以爲人類對牠好，每天無限供應一堆好吃的是出於好心，眞是太善良了，結果完全不是那麼一回事。拚命餵牠吃東西，不過就爲了長大吃牠的肉，這種事我完全沒辦法接受，所以我就不吃肉了。我豬肉不吃，牛肉不吃，什麼肉都不吃，而且我也不再去養豬場了。只要一想到那些可愛的小豬長大，會被人送到屠宰場切八塊，變成人類餐桌上的蒜泥白肉、蔥爆豬肉、豬肝湯、豬心冬粉……我就難過。」

「你也太感人了吧？」李宇強說：「難得你對豬這麼有同理心。」

「還好啦，你要是像我一樣有從小家裡就養豬，說不定你也會這樣。」

「那你家就你一個人吃素，你媽媽會特別幫你準備嗎？」

「不會喔，我媽媽並不會特別幫我準備。我是家裡最小的孩子，兩個哥哥都愛吃肉，所以我只能吃鍋邊素。不過也還好，我吃奶蛋素，有補充雞蛋跟牛奶，營養還夠。因爲媽媽不會特別準備素菜，所以我從小學五年級開始就會研究好吃的素食料理怎麼做，國中時還會下廚做素菜給我爸媽吃勒！只是當時我沒想到，長大後會開這樣一家素食店。我是眞的希望大家多吃素，少殺生啦！」

「那你爸媽還養豬嗎？」

「早就不養了。」阿城說：「我們家的養豬場一直被人家檢舉，說很臭啦、亂排放污水啦、嫌惡設施啦，我爸媽收到好多罰單，繳了好多罰款。罰到最後他們也灰心了，我國二那年他們就把養豬場收起來。其實我小學三年級的時候，就勸過他們不要再養豬了，你知道爲什麼嗎？」

「爲什麼？」

「因爲我看了宮崎駿的動畫《神隱少女》啊，你有看過吧？」

「當然看過，這部動畫應該沒有人沒看過吧？」

「說得也是。」阿城說：「我是小學三年級看的，《神隱少女》裡面不是有一幕嗎？就是女主角千尋的爸媽因爲貪吃，結果爸媽兩個人都變成豬，你有印象嗎？」

「有。」

「你知道嗎？我那時候看完動畫就超擔心的，你看，只是貪吃就會變成豬，那我爸媽一天到晚養豬，還把豬養大，送去屠宰場宰殺，那不是比貪吃更嚴重嗎？那他們不就早晚也會遭到報應，像千尋的爸爸媽媽一樣，通通變成豬嗎？」

李宇強睜大眼睛：「你真的那樣想？」

「當然啊！所以我才會求我爸媽不要再養豬了，我眞的怕他們會有報應啊！」

李宇強覺得不可思議，阿城繼續說：「但是你想，他們怎麼可能不養豬？不養豬我們吃什麼啊？我爸媽當然不理我。但我小時候就很呆啊，一心想說要是我爸媽變成豬，我們三兄弟不就慘了？我又不是千尋，他們要是變成豬，我肯定沒辦法把他們變回來的。我當時就想不透，爲什麼他們要那麼頑固？一定非養豬不可呢？爲什麼就不肯把養豬場收起來呢？好吧，既然他們不肯，我只好自己想辦法了。」

「喔？你想什麼辦法？」李宇強停下筷子。

「我想說，既然我爸媽可能會變成豬，那我可不可以用一命換一命啊？也就是，我先放走兩隻豬，用那兩隻豬來抵掉我爸媽之後會變成的那兩隻豬。反正都是豬嘛！一隻豬換一隻豬，兩隻豬換兩隻豬，很公平吧！我放走兩隻豬，給兩隻豬一條生路，說不定天上那些豬神明啊、那些死掉的豬豬靈魂看見了，會看在我這麼做很好心的份上，放過我爸媽，給我爸媽一條生路，不要把我爸媽變成豬……」

「你也太好笑了吧！」李宇強笑出來：「你是想想而已，還是眞的放了兩隻豬？」

「我眞的放走兩隻豬！有一個晚上吃完飯，我趁我爸媽不注意溜出門，一個人跑到養豬場去，偷偷放走兩隻豬……」

「眞的假的？」

「眞的啦！」阿城搶白：「我不是跟你說我小時候很呆嗎？我眞的以爲我爸媽以後會變成豬啊，我眞的以爲只要放走兩隻豬，他們就不會變成豬了啊！你看，我成功了吧！我放走兩隻豬之後，到現在，我爸媽都好好的，沒有變成豬耶，哈哈哈！」

「你也太誇張了，就算你沒放走兩隻豬，你爸媽也會好好的，不會變成豬啊！」

「我哪知道啊？我不是一直跟你說，我小時候很呆嗎？」

「你爸媽知道這件事嗎？」

「我哪敢告訴他們啊！不被揍死才怪。但是他們後來淸點豬隻的時候，還是發現有少喔。只不過他們沒想到，少掉的兩頭豬是我偷偷放走的，我算逃過一劫啦！哈哈哈。」

「你這個事情完全可以寫成一篇故事了。」

李宇強的腦海，滿滿是少年阿城在養豬場緊張兮兮放走豬的畫面：「人家是『神隱少女』，你是『養豬少年』，養豬少年放走兩隻豬，阻止爸媽變成豬。」

「欸，這個聽起來不錯！」阿城說：「你寫出來要給我看。」

「沒問題。」李宇強說：「是說，你吃素能吃到這麼壯，也蠻厲害的。」

「其實我開始吃素之後，我媽媽也一直擔心我營養不夠。我是上國中加入學校棒球隊，接觸到一些資訊，才知道怎麼吃比較能長肌肉。加上棒球隊每天練球，我算是有鍛鍊到身體吧！結果慢慢就長成現在這個樣子了。所以，後來我要開素食店，就想以我這種體格來開素食店，取名叫『**綠巨人蔬食店**』，應該也算名符其實，沒有騙人吧！」

「很可以，老闆吃素長這麼壯，會給吃素的人很大的信心。」李宇強說：「我覺得你的經歷好特別，一個養豬人家的小孩從小就吃素，長大還開素食店，你不覺得你很像是彈珠臺裡的彈珠嗎？你被你們家的養豬場撞上，然後大力彈開，最後彈到一個離養豬場無比遙遠的地方。」

「這樣說好像也是。我小時候吃素，是眞的沒想過長大以後會開這家素食店。我覺得你應該也差不多吧？難道你小時候就有想過，你長大會開一家書店嗎？」

「是沒有想過。」

「是不是？」阿城說：「很多事情會變成現在這樣，我們都要到很後來才會知道。」
「是沒錯，但是我小時候就喜歡看書，我開書店不像你開素食店一樣，離你小時候的養豬場那麼遠。」
「這樣說好像也是。」阿城吃完盤餐裡的最後一口油豆腐：「你知道嗎？我三不五時都會想起小時候放走的那兩隻豬，不知道牠們後來到底怎麼了？雖然豬跟人一樣，都難免一死，但是我眞的很希望牠們被我放走之後，在死掉之前，有過上不一樣的日子。」
「嗯，」李宇強若有所思：「我也希望。」
這是養豬少年阿城的故事。因爲國小三年級看了《神隱少女》，擔心爸媽變成豬，就偷偷放走兩頭豬，希望藉此阻止爸媽變成豬。
長大以後的阿城不知道當年他放走的那兩隻豬，後來怎麼了。阿城不知道，但我知道，因爲故事是我寫的。第一隻豬，跑去另外一個故事宇宙，開啓全新的故事（也許有一天我會寫出來告訴你）。第二隻豬的下落，說不定你已經猜到了（第三個謎）。
是的，第二隻黑毛豬後來四處遊蕩，來到一間廢棄加油站，當天晚上，就被深夜夢遊闖進來的老曹，也就是李宇強的外公，錯手殺了……那隻黑毛豬本來不會那麼早死，要死應該也是死在屠宰場才對。結果，卻意外死在深夜的一間廢棄加油站夢遊闖入的老曹手中。然後，我們有了這一系列的故事。

老曹先是殺了黑毛豬，然後開始炸豬排，開了一家炸豬排店。而老曹的女兒在炸豬排店幫忙，聽老爸的建議，開了一間豬腳麵線店。後來曹懷玉的前夫出車禍，她派人給前夫送豬腳麵線，前夫因爲感動想挽回婚姻，開了一家店賣起當歸鴨……

就這麼一路往下，最後，李宇強來到養豬少年阿城長大後開的蔬食店，聽他講起當年他放走兩頭黑毛豬的往事。李宇強完全想不到，其中一頭豬，就是外公當年深夜夢遊，在廢棄加油站殺掉的那一隻。

這一切故事的源頭，僅僅是因爲養豬少年阿城看了《神隱少女》，期盼消弭爸媽變成豬的厄運，而偷偷放走了兩頭豬……你隨意做的一件事，就像一隻翩翩起舞的蝴蝶，你永遠不會知道那隻蝴蝶的翅膀拍著拍著，最後會刮起什麼風暴。

是的，我說的就是「蝴蝶效應」，而這一系列故事，其實就是一個「蝴蝶效應」的黑毛豬版。

一頭黑毛豬的意外出現，改變了老曹的人生軌跡，而隨著老曹的人生改變，身邊很多人的生活也跟著一起改變。有時候改變你人生的契機，可能就是那麼荒謬、可笑。在那之前，你很可能已經經歷了非常不堪又破碎的人生。

不要緊的。
破碎的人生，我們用一道小吃來重生。

後記・小吃店與它們的產地

火星爺爺的【創意王】企業課堂，教室共有六桌小組，一組有六個人。

火星爺爺：好的，同學們，這個單元我們現在來假設一個情境：就是有一家公司啊，他們對明年的行銷活動完全沒有想法，一個點子也沒有，就跟我們有時候在公司想不出點子的情況一模一樣，這時候怎麼辦呢？來，我們來Cosplay一下，假裝我是這個專案的負責人，大家是我的組員，這種時候我會先跟大家玩數到十的遊戲，什麼意思？來，請你們雙手握拳準備「數隻」，最快數到十的我加一萬分。首先先給我十種臺灣的水果，開始數隻！

同學們開始數隻而且唸唸有詞：蘋果、橘子、柳丁、檸檬、水蜜桃、西瓜、哈密瓜、荔枝、櫻桃、蕃茄、草莓……

第三組C同學舉手！

火星爺爺：第三組加一萬！好，下一題請給我十種動物，請數隻。

各組同學唸唸有詞數隻中，卻立即有人舉手！

火星爺爺：這麼快！一定是十二生肖對不對！來這一套，要五毛給一塊。好，有講十二生肖的小組加一萬分。最後一個，請你們給我十個超級英雄的名字，就是鋼鐵人、蜘蛛人這種，快，最快數到十的加一萬分！

各組同學開始唸唸有詞：鋼鐵人、綠巨人、神力女超人、蝙蝠俠、雷神索爾、黑寡婦、閃電俠、超人、美國隊長、奇異博士……

第五組F同學舉手！

火星爺爺：好，第五組加一萬！這一班同學很厲害嘛！漫威、DC電影看很多。你說火星爺爺，啊我們明年要幹麼，點子都想不出來了，你還在玩數到十，是在玩火大的嗎？當然不是，我現在來公布答案，是哪家公司想不出點子。

投影幕出現一家啤酒公司。

火星爺爺：就是這家啤酒公司，他們想不出明年要辦什麼活動。好，我現在問大家，請問水果＋啤酒，我們可以玩什麼？

第六組G同學舉手：可以玩水果啤酒。

火星爺爺：非常好，水果啤酒有沒有？

投影幕出現許多瓶水果啤酒。

火星爺爺：請問這些水果啤酒，你有喝過任何一罐的，給我舉個手！

眾同學紛紛舉手。

火星爺爺：有舉手的加五千。再來，請問十二生肖＋啤酒，我們可以玩什麼？

第一組W同學舉手：可以玩生肖紀念酒！

火星爺爺：非常好，加一萬！生肖紀念酒，還眞的有人玩過欸！不信你看。

投影幕上出現兩款生肖紀念啤酒。

火星爺爺：原來可以這樣玩！生肖紀念酒眞的很不錯，但是有個麻煩，就是一年才換一次，要等很久捏！什麼時候才能輪到我啊？有沒有那種不要等那麼久的，比方說一個月一次的？

第二組P同學舉手：老師，星座！

火星爺爺：對，星座，一個月一次。你們這一班眞是有水準，我上次問有什麼東西一個月一次，竟然有一班同學跟我說：「老師，大姨媽，大姨媽一個月一次！」

眾同學大笑。

火星爺爺：大姨媽一個月一次，說得也沒錯。那星座加啤酒，有沒有人玩過呢？眞的有耶！

投影幕上出現幾款星座紀念啤酒。
火星爺爺：你看有吧！再來是超級英雄＋啤酒，可以玩什麼？我問大家，請問喝啤酒是不是要啤酒杯？那麼我們可以玩超級英雄杯嗎？
投影幕上出現幾款超級英雄造型的杯子。
火星爺爺：這是不是有一家便利商店玩過？同學們，這一招好好學起來，這一招就叫做「跟沒有借東西數到十」！跟我一起唸一遍：「跟沒有借東西數到十！」
同學們：跟沒有借東西數到十！
火星爺爺：每當你想不出點子的時候，你就問：「我們的產品沒有什麼？服務沒有什麼？門市沒有什麼？記者會沒有什麼？活動沒有什麼？App 沒有什麼？」你就會有一堆點子跑出來，你只要問：「把哪些沒有的加進來，會讓客戶瘋掉？」那可能就是一個好點子！這樣會了嗎？來，有了解的同學揮個手。
眾同學揮手。
火星爺爺：好，我們再來一個，假設我們現在要幫臺鐵想點子，我就問大家火車上沒有什麼？你隨便給我一個點子，我就加你五千。
眾同學紛紛回答：沒有便利商店、沒有夜市、沒有電影、沒有 KTV、沒有酒吧、沒有米其林餐廳、沒有按摩椅、沒有美術館、沒有溫泉、沒有百貨公司……

第四組D同學：老師，沒有鬼。

火星爺爺：是你「沒有」遇到。

眾同學大笑。

第二組Z同學：沒有健身房。

火星爺爺：健身房很好！我現在每個禮拜去健身房四天，我們假設有一家健身房跟臺鐵合作，讓你可以一邊搭火車一邊健身，推出一個莒光號聯名款，你們覺得酷不酷？

眾同學：酷！

火星爺爺：對，就是第一節車廂可以讓你踩飛輪，第二節車廂都是跑步機，第三節車廂都是重訓器材，第四節車廂可以讓你游泳，敞篷的喔！就是無邊際泳池的概念。你在上面游啊游，回去跟你爸說：「爸，我今天從南港一路游到左營，你說酷不酷！」

眾同學：酷！

火星爺爺：這就是「跟沒有借東西」的威力，學會這一招，你再也不會創意枯竭，你會有用不完的點子。不信的話，我們再給你看案例！

投影幕上出現十幾個運用的案例。

火星爺爺：這樣了解嗎？好，現在我出個題目讓你們玩一下。就是有一個人，他想要開小吃店，你知道臺灣有很多好吃的小吃，大概你想得到的小吃他都會做，而且做得很好吃。但他知道只有好吃是不夠的，小吃店如果沒有特色，媒體不會報導，網紅不會打卡！所以他就想用「跟沒有借東西」這一招。他喜歡看電影，就想要跟電影借東西，打算把每一道小吃都用電影來命名。我問大家，「藍波」那部電影叫什麼名字？

第一組Q同學：第一滴血！

火星爺爺：加一萬！那請問，《第一滴血》配小吃，你會配哪一道？

第五組N同學：第一滴血豬血糕！

火星爺爺：加兩萬！這個厲害，光聽名字就很費工，純正只用每隻豬的第一滴血做成的豬血糕，爲了成就這隻豬血糕，要殺一百八十七頭豬，只用每隻豬的第一滴血，每日限量一隻，賣完，賣完就「第二滴血豬血糕」……

衆同學大笑。

火星爺爺：好的，我們來跟沒有借東西，來幫這位小吃店老闆想想點子，看看可以推出什麼樣的電影小吃。現在請每一組的一、三、五號同學負責想電影，二、四、六號同學負責想小吃，最後請你們小組配一個最厲害、類似「第一滴血豬血糕」給我，最厲害的小組我加你們三十萬分。然後我規定，第三組（最活潑的一組）你們要走情色路線，推出情色料理，你們就把香港三級片跟限制級電影想過一遍！有清楚我們要幹麼的同學，給我揮個手！

眾同學們揮手！

火星爺爺：好，給大家五分鐘，五分鐘後見眞章！

五分鐘過後。

火星爺爺：時間到！來，哪一組同學要發表？

第一組A同學舉手：老師，我們這一組要推出的是「送行者棺材板」。

第四組B同學舉手：老師，我們推的料理是「唐山大地震佛跳牆」。

第五組E同學舉手：我們是「大白鯊鯊魚煙」。

第二組H同學舉手：我們的料理是「天邊一朵雲棉花糖」。

第六組J同學舉手：老師，我們這組是「鋼鐵人鐵蛋」。

第一組Q同學舉手：老師，我們還有一個是「海底總動員海產粥」。

火星爺爺：非常好，來聽聽看壓軸的正宗情色路線組，要爲推出什麼情色料理！

第三組M同學：老師，我們這一組有三個，可以都講嗎？

火星爺爺：情色大爆發，沒問題，你說。

第三組M同學：第一個是「金瓶梅梅乾扣肉」，第二個呢，是「3D肉蒲團肉圓」，低油、低鹽、低糖，三低喔！最後一個我們覺得比較厲害，是「斷背山大腸包小腸」……

同學們一陣爆笑。

火星爺爺：哇，這個太猛了，你們很會嘛！可以來一個情色滿漢全席了！好啦，我這門課上那麼久，也聽過一些奇奇怪怪的料理，你們想聽嗎？

同學齊喊：想！

火星爺爺：來，「老闆不是人四神湯」，不是人喔，是神湯。還有這個，「我和我的冠軍女兒親子丼」，很酷吧？還有這個，「剎不住迴轉壽司」，拿不到拿不到拿不到！

同學們笑。

火星爺爺：情色料理，我也聽過不少，「三百壯士擔擔麵」，一碗六百顆蛋，一整個吃不完！還有這個，「官人我要喔、喔、喔、蚵仔煎（呻吟狀臺語）」，喔半天，結果是蚵仔煎。好玩吧！「跟沒有借東西」這一招你學會，你的創意永遠不會枯竭！這一招有懂的同學，給我揮個手！

同學們揮手。

火星爺爺：你們知道嗎？我上課聽了這麼多有趣好玩的小吃，我就在想，我可以拿這些電影小吃來幹麼？我決定挑十七個電影小吃，把它們寫成一本小說，書名就叫「**歡迎來到電影小吃店**」。我已經開始寫了，這本書是寫給你們的，寫完之後，我會在書的扉頁上題詞，就寫：「獻給創意王課堂的同學們。」你們說好不好啊？

同學們齊聲：好！

火星爺爺：你們等我！

附錄・十七部電影

1

深夜加油站遇見蘇格拉底（*Peaceful Warrior*，二〇〇六年，美國電影。）

導演　維克多・羅納德・沙爾瓦（Victor Ronald Salva）

劇情　講述一名奪牌無數的大學體操運動員（丹），在深夜的加油站遇見一名老人（丹戲稱老人為「蘇格拉底」），經常和老人聊天，從老人身上收獲許多人生智慧。

2

快樂腳（*Happy Feet*，二〇〇六年，澳洲動畫，榮獲第七十九屆奧斯卡最佳動畫。）

導演　喬治・米勒（George Miller）

劇情　講述南極一隻不會唱歌只會跳踢踏舞的帝王企鵝波波，因為被誤解受到驅逐來到人類世界，又重返南極，成為族群英雄的故事。

3

不管媽媽多麼討厭我（母さんがどんなに僕を嫌いでも，二〇一六年，日本電影。）

導演　禦法川修

劇情　眞實故事改編，講述作者歌川泰司從小受盡母親各種言語、身體責罰，成長後卻放下恨意，以愛重新面對母親的故事。他不僅要拯救曾經受虐的自己，也要拯救痛苦的母親。

4

再見，總有一天（*Sayonara Itsuka*，二〇一〇年，日本電影。）

導演　李宰漢

劇情　講述一位日本東部航空男性員工（已訂婚），轉到泰國分公司工作三個月，與一位貴婦一見鍾情，兩人縱情愛慾。三個月後兩人分手，男人回東京與未婚妻結婚，貴婦遠走紐約。二十五年後兩人在泰國重逢，卻已來到暮年。

5

人間四月天（一九九九年，臺灣、大陸聯合製作電視劇。）

導演　丁亞民、曾念平

劇情　講述詩人徐志摩與元配張幼儀、心儀對象林徽音，以及最後伴侶陸小曼之間的愛情故事。

6

殺手沒有假期（*In Bruges*，二〇〇八年，英國、美國合拍電影。）

導演　馬丁・麥多納（Martin McDonagh）

劇情　講述一位年輕殺手因爲誤傷了一位小男孩，跟搭檔逃往比利時布魯日，卻無意間在當地引爆出更多連環殺機。

7

老闆不是人（*Horrible Bosses*，二〇一一年，美國電影。）

導演　賽斯・高登（Seth Gordon）

劇情　講述三位在職場上被老闆霸凌的上班族，覺得如果沒有老闆存在，自己的人生會過得更幸福，因而密謀要一起謀害老闆。

8

我和我的冠軍女兒（*Dangal*，二〇一六年，印度電影。）

導演　涅提・帝瓦里

劇情　講述一位印度業餘摔角選手，突破傳統，培養自己的女兒贏得大英國協運動會摔角冠軍的故事。

9

再見了，可魯（盲導犬クイールの一生，二〇〇四年，日本電影。）

導演　崔洋一

劇情　講述導盲犬可魯在仁井夫婦家中成長，後來成爲一開始很討厭狗的盲人渡邊先生的導盲犬，陪伴渡邊先生度過人生最後的三年，年老又回到仁井家，安詳辭世。

10

和墨索里尼喝下午茶（*Tea with Mussolini*，書中故事取諧音「握手妮妮」，一九九九年，義大利電影。）

導演　佛郎哥・澤菲雷里（Franco Zeffirelli）

劇情　講述二次大戰前，幾位住在義大利佛羅倫斯的英國婦人每天一起喝下午茶，一起照顧一位孤苦無依的孤兒。她們相信墨索里尼不會讓戰爭蔓延到小鎮，卻在戰爭發生後，不斷調整信念的故事。

11

等一個人咖啡（二〇一四年，臺灣電影。）

導演　江金霖

劇情　講述在「等一個人」咖啡館，來工讀的大學新鮮人思螢暗戀著帥哥澤于，卻跟傳奇學長阿拓成爲無話不談的朋友。一直要到阿拓離開身邊，她才發現自己在等待的人不是澤于，而是學長阿拓。

12

彗星撞地球（*Deep Impact*，一九九八年，美國電影。）

導演　米米・利達（Mimi Leder）

劇情　講述未知彗星將撞擊地球，太空人坦納率領五位太空人，搭乘「彌賽亞」號太空船登陸彗星，準備設置核彈引爆彗星，最後驚險拯救地球的故事。

13

剎不住（*Unstoppable*，二〇一〇年，美國電影。）

導演　安東尼・大衛・史考特（Anthony David Scott）

劇情　講述一臺滿載可燃液體跟有毒氣體的列車失控，無法煞車，將與另一臺列車對撞。老練卻面臨裁員的火車司機與菜鳥列車長合作，成功化解火車對撞的危機。

14

二分之一的友情（ディア・フレンズ，二〇〇七年，日本電影。）

導演　兩澤和幸

劇情　講述罹患癌症的美麗高中女生莉娜，在病重絕望、意圖了斷生命時，遇見小學同班同學眞希，被眞希的鼓舞所打動，激起活下去的勇氣，並理解什麼是眞正的友情。

15

夢鹿情迷（*Testről és lélekről*，二〇一七年，匈牙利電影，榮獲第六十七屆柏林影展金熊獎。）

導演　恩伊達・伊爾蒂蔻（Enyedi Ildikó）

劇情　講述在屠宰場工作的兩位孤僻男女，彼此傾慕卻難有交集，因爲一場突發的竊盜案，兩人意外發現彼此做著同樣的夢。夢中他們化身爲雄鹿與雌鹿，在冬日森林相戀漫步，卻難以把夢境帶回到現實。

16

斷背山（***Brokeback Mountain***，二〇〇五年，美國電影。）

導演　李安

劇情　講述牧場青年艾尼斯與牛仔傑克兩人，一九六三年夏天在懷俄明州斷背山相遇，進而相愛相惜。只是面對世俗保守壓力，他們不得不屈服，卻依然一生心繫彼此。

17

綠巨人浩克（***Hulk***，二〇〇三年，美國電影。）

導演　李安

劇情　講述科學家布魯斯・班納經歷一次伽馬射線外洩意外後，發現自己只要一生氣，就會變身成力量無窮的綠色巨人浩克。最後他重新面對父親，也就是讓這一切發生的始作俑者……

歡迎來到電影小吃店

看世界的方法 287

作者——火星爺爺

封面設計——謝佳穎
版型設計——吳佳璘
內頁排版——華漢電腦排版有限公司
責任編輯——蔡旻潔

發行人兼社長——許悔之
總編輯——林煜幃
設計總監——吳佳璘
企劃主編——蔡旻潔
行政主任——陳芃妤
編輯——羅凱瀚

藝術總監——黃寶萍
策略顧問——黃惠美・郭旭原
郭思敏・郭孟君・劉冠吟
顧問——施昇輝・林志隆・張佳雯
法律顧問——國際通商法律事務所
邵瓊慧律師

出版——有鹿文化事業有限公司｜臺北市大安區信義路三段106號10樓之4
T. 02-2700-8388｜F. 02-2700-8178｜www.uniqueroute.com
M. service@uniqueroute.com

製版印刷——沐春行銷創意有限公司

總經銷——紅螞蟻圖書有限公司｜臺北市內湖區舊宗路二段121巷19號
T. 02-2795-3656｜F. 02-2795-4100｜www.e-redant.com

ISBN——978-626-7603-29-1
初版——2025年5月
定價——400元

歡迎來到電影小吃店 / 火星爺爺著 —初版・— 臺北市：有鹿文化，2025. 面；公分 —（看世界的方法；287）

ISBN 978-626-7603-29-1（平裝）

863.57…………114004937

讀者線上回函

更多有鹿文化訊息